La princesa india

Cuando el viento azul

ALFAGUARA

La princesa india

Inma Chacón

ALFAGUARA

© 2005, Inma Chacón
© De esta edición:
   Santillana Ediciones Generales, S. A de C.V, 2006.
   Av. Universidad, 767, Col. del Valle,
   México, D. F. C. P. 03100
   Tels: 55604-9209 y 5420-7530
   www.alfaguara.com.mx

Primera edición en México: abril de 2006

ISBN: 970-770-398-9

Diseño:
Proyecto de Enric Satué

© Cubierta:
Diego Rivera, *Vendedora de alcatraces* (1942)
Colección privada

Impreso en México

A mi hermana Dulce, que me encargó su historia.

Y a su sobrina Clara, que me soportó cuando la escribía.
Y a su sobrina Dulce, que me apoyó.
Y a sus nietos Gonzalo, Miguel y Luna.
Y a sus hijos Dolo y Jorge, María y Edu, y Eduardo y Miriam.
Y a sus hermanos Antonio y Ángeles, Ida y Pedro, Aurora y Carlos, Lorenzo y María, Piedy, Paco, Juan y Ana; y a Humberto.
Y a todos sus sobrinos:
Rocío y Toné, Aurora, Ida y Juanjo, Unai y Agüi, Rocío y Jesús, Carlos, Joseba, Mariana, Carlota, Humberto, Sara, Guillermo, Marta y Juan.
Y a su tía Lourdes.
Y a todos los que la acompañaron.

Y a su padre y a su madre, por supuesto.

Primera parte

Sumérgete en la hondura
Allí
en el fondo
está la transparencia.

DULCE CHACÓN

Capítulo I

1

La escotilla del camarote no bastaba para renovar el aire. El calor se pegaba a las ropas de la princesa y la oprimía hasta la asfixia. En los días de bochorno, se desprendía de los vestidos que don Lorenzo le compró en Cuba y se cubría con su túnica de algodón. Sólo vestía a la española para subir a cubierta, pero necesitaba la ayuda de su esclava, que se quejaba invariablemente de la dificultad que encontraba en abrocharla.

—¡Malditos botones! ¡Con lo fáciles que son nuestros lazos! Si esto es una muestra de lo que vamos a encontrar en el nuevo mundo, nos espera un infierno.

Si hubiera podido calzar sus sandalias, habría soportado mejor aquellos ropajes. Al fin y al cabo, las sayas y las enaguas le arrastraban tapándole los pies, nadie se daría cuenta. Pero el capitán le aconsejó que se acostumbrara a los botines nada más iniciar el viaje. Un viaje que la transportaba a un mundo extraño en el que quizá no se cumplieran sus sueños.

Ehecatl siempre pensó que el impulso del viento la ayudaría a volar muy lejos. Sin embargo, el vuelo que acababa de emprender la llevaría más allá de lo que sus sueños hubieran imaginado. El viento que significaba su nombre no se apoyaría en sus ilusiones, sino en los malos augurios que presagiaba la fecha de su nacimiento. Su propio destino le marcaría el rumbo.

A los pocos días de nacer, su madre adoptiva la llevó al templo de Quetzalcoatl para que las sacerdotisas intercedieran por ella.

—Os lo ruego, pedid a nuestro gran teul que dulcifique el destino de mi pequeña.

Las sacerdotisas invocaron a Quetzalcoatl, la Serpiente Emplumada, y bendijeron a la niña. Pero aconsejaron a la madre que, nada más cumplir los tres años, no dejara de llevarla al calmecac, donde podría consagrarse al estudio de los libros sagrados.

—Honrará a los teules memorizando los cantares divinos y los poemas representados en sus pinturas. No podemos cambiar su sino, pero el dador de la vida compensará sus oraciones mejorando su futuro.

Llegado el momento, la princesa ingresó en el colegio para hijas de altos dignatarios. Como el resto de sus compañeras, permanecería en el calmecac hasta que alcanzara la edad de concertar su matrimonio. Durante su estancia en el colegio, se levantaba varias veces cada noche para ofrecer incienso al dios de las artes y las letras, recitaba los himnos como si con cada una de sus palabras se cumpliera la itoloca, la tradición que aseguraba que algún día se oiría a Quetzalcoatl cantando las oraciones que él mismo pintó sobre el papel.

Memorizó los códices sin esfuerzo y aprendió las artes del bordado y de las plumas preciosas. Le gustaba pensar que sus telas servirían para adornar los cuerpos de los jóvenes que serían entregados a los dioses; de esta manera, ella también contribuía a que el Sol prosiguiera su marcha, alimentado por la sangre de los sacrificios sagrados.

En realidad, Ehecatl hubiera querido ser un joven guerrero para morir en combate y acompañar al Sol desde su salida hasta el mediodía, como los compañeros del águila. Pero sólo era una mujer y el día de su nacimiento la marcaría hasta su muerte. Había nacido en 4-viento, signo desfavorable que la igualaba a los adivinos y a los magos.

La princesa era hija de Chimalpopoca, un cacique de la provincia de Cempoal, y de su primera concubina, Quiauhxochitl, Flor de Lluvia. Su madre, una antigua esclava de la esposa del cacique, impresionó a Chimalpopoca por la mirada de sus hermosos ojos negros, los mismos que heredó Ehecatl.

Cuando Flor de Lluvia sintió los primeros dolores de parto, el cacique ordenó llamar a la mejor partera de la región, quien advirtió de inmediato que el niño venía con problemas. El vientre de la parturienta se encontraba excesivamente hinchado, el anillo por el que debía salir la criatura ya se había cumplido y, sin embargo, no asomaba cabeza alguna por el orificio, más bien parecía que las nalgas del bebé taponaban su salida al mundo con cada esfuerzo de la madre por expulsarlo.

—¡Empuja, empuja!

Los gritos de la partera se confundían con los de la parturienta.

—No puedo más.

—Si no empujas más, tendré que sacarlo yo.

Pero a medida que la madre empujaba, el niño se encajaba más en su pelvis, como si los dioses no quisieran recibir al recién nacido. La partera comprendió que no podría dar la bienvenida al bebé, su piel amoratada no dejaba lugar a dudas, introdujo las manos en el vientre de la madre y recitó para sí los ritos que hubieran acompañado su nacimiento.

—Piedra preciosa, plumaje rico, habéis venido a este mundo donde hay calor destemplado, y fríos, y aires. Tu oficio es dar de comer al Sol con sangre de los enemigos. No sabemos si vivirás mucho en este mundo.

Flor de Lluvia lanzó un grito cuando la partera puso en sus manos al niño.

—Mi hijo querido, mi joya, mi pluma preciosa.

Mientras la madre acariciaba ensimismada al hijo que no pudo ser, escuchó a los pies de la estera una voz impaciente.

—Hay otro, señora, viene uno más.

Flor de Lluvia se incorporó; en su gesto, la incredulidad se mezclaba con el dolor y las ganas de empujar; en el de la partera, el desconcierto y el estupor. El segundo bebé también venía de nalgas.

A veces los dioses se interponen entre los hombres que están por venir y las mujeres que los han de traer. La partera repitió la operación desgarrando las entrañas de la madre. La vida de Flor de Lluvia se escapaba tras su sangre sobre la estera. Mientras le cortaba el cordón umbilical, la partera recitaba versos de bienvenida a la niña que acababa de nacer.

—Hija mía muy amada. Habéis de estar dentro de la casa como el corazón dentro del cuerpo. Habéis de ser la ceniza con que se cubre el fuego del hogar.

Cuando el cacique entró en la habitación en que había tenido lugar el alumbramiento, la partera ya había lavado a la niña y a la madre. Flor de Lluvia yacía vestida lujosamente rodeando al niño con sus brazos.

2

La noticia de que Flor de Lluvia había muerto de parto se extendió rápidamente por la ciudad. Los ancianos de la familia se acercaron a la casa del cacique, las mujeres dieron gracias solemnes a la partera por el naci-

miento de la niña y los hombres saludaron a la recién nacida con largos discursos. Después, esperaron las señales
del cacique para acompañarlo en su duelo.

Chimalpopoca tomó a la niña de manos de la partera y, sin mirarla, se la entregó a su esposa, retiró al bebé
muerto de los brazos de su madre y ordenó a todos que
salieran de la sala. Se reclinó sobre la estera y lloró sobre el
rostro de la concubina. Nunca la había visto tan pálida,
parecía sonreír. Aquellos ojos, que tantas veces le miraron
con pasión en la oscuridad de la alcoba, no volverían a
cruzarse con los suyos. Si pudiera dar marcha atrás, regresaría al momento en que provocó la hinchazón de su vientre y abandonaría la habitación.

No hay mayor culpable que aquel que se apropia de
un error que no le corresponde. Ni culpa más dolorosa que
la que no puede expiarse, a pesar del arrepentimiento. El
cacique lloraba acariciando el cuerpo que no habría fecun-
dado si hubiera sabido que los hijos provocarían su muerte.
Recorrió con los dedos aquel vientre que había sido plano,
todavía deformado como si faltaran varias lunas para com-
pletar su ciclo.

—¡Perdóname! ¡Yo te he matado! ¡Te he matado!

Inclinó la cabeza sobre ella y gritó buscando consuelo en la fuerza de sus alaridos.

—¡No te vayas! ¡No te vayas así!

Chimalpopoca lloró hasta que sus lágrimas se trans-
formaron en cansancio. Se tendió en el suelo y se quedó dormido. Al atardecer, despertó del sueño que le robó las últimas horas del cuerpo caliente de su concubina. Besó sus
ojos y su boca, y la cargó sobre su espalda para llevarla a enterrar. Mientras atravesaba el jardín, no dejaba de susurrarle.

—Te buscaré entre las mujeres valientes. Serás mi
diosa del paraíso occidental. Buscaré tus ojos negros en la
noche.

Como todas las mujeres que morían de parto, Flor de Lluvia se convirtió en una diosa. En lugar de incinerarla, como habrían hecho si la muerte hubiera sido natural, la enterrarían en el templo junto a otras mujeres divinizadas por la misma causa, las mujeres valientes, aquellas que reemplazan al mediodía a los compañeros del águila para escoltar al Sol hasta el ocaso. Las ancianas y las parteras acompañaron al cortejo con grandes voces, al igual que los mancebos que, portando escudos y espadas, intentaban arrebatarles el cadáver.

A la puesta del Sol, Flor de Lluvia reposaba bajo el patio del templo. Durante cuatro días y cuatro noches, el cacique y sus amigos velaron el cuerpo para evitar que los mancebos le cortaran el pelo y el dedo corazón de la mano izquierda. Reliquias que les ayudarían a ser más fuertes y valientes, y cegarían los ojos de sus enemigos.

Mientras Chimalpopoca velaba el cadáver de su concubina, su esposa, Miahuaxiuitl, Espiga Turquesa, organizó los ritos funerarios del bebé muerto. Ordenó que dispusieran la pira mortuoria en el jardín de la casa, indicó a las esclavas que debían amortajar al niño con las mejores ropas que habían tejido para él, en cuclillas, envuelto en varias telas sujetas por sogas. Una vez estuvo todo dispuesto, ella misma colocó hermosas plumas de guacamaya sobre el cuerpo y una máscara de mosaico sobre la cara. En ningún momento dejó que apartaran a la niña de sus brazos.

Los ancianos cuidaron de la hoguera mientras entonaban himnos funerarios para que los teules protegieran al bebé, recogieron después las cenizas y las introdujeron en una jarra en la que depositaron el símbolo de la vida, un trozo de jade. Espiga Turquesa les indicó el lugar en que debían enterrarlo, a la izquierda de su hijito muerto. Los dos niños se harían compañía en el mundo oscuro de Mictlan, hasta llegar al noveno infierno, el último círculo donde encontrarían su reposo.

3

Algunas veces los dioses devuelven a los hombres el regalo que antes les quitaron. Espiga Turquesa tembló cuando su marido le entregó al bebé superviviente. Hacía tiempo que su cuerpo no sentía el escalofrío del abrazo, el calor de un cuerpo contra el suyo, el latido de la emoción golpeando su pecho. La pequeña que dormía en sus brazos la despertaba otra vez a la vida. Volvían las caricias.

Acurrucó a la niña absorbiendo el olor que la transportó a un tiempo en que los días brillaban, cuando sus pechos se llenaban para vaciarse en una boca pequeña y agradecida, y su existencia se reducía a contemplar a una criatura que había crecido dentro de ella. Un tiempo en el que permanecía embelesada día y noche, contemplando a su hijo, perpleja, extrañada del tamaño del bebé que había abultado su cuerpo, incapaz de creer que lo hubiera llevado en sus entrañas.

Espiga Turquesa acarició los deditos de la niña y suspiró. Hacía casi dos años desde que los aires de la enfermedad atraparon a su pequeño. De nada sirvieron las curanderas y sus invocaciones a la diosa del agua.

—Escucha, ven acá, tú, mi madre, la de las enaguas preciosas. Y tú, la mujer blanca.

Como tampoco sirvieron los remedios que propusieron después, la valeriana, la zarzaparrilla, la raíz de jalapa, todo fue inútil. Ella misma enterró las cenizas de su hijo junto a seis años de caricias y de mimos. Los días se volvieron grises, iguales unos a otros, repetidos en el dolor que la arrojó a un pozo sin salida.

A partir de la muerte del niño, dejó de importarle acicalar a la concubina que elegía su marido para dormir cada noche. Se acabó la sensación de abandono que le mordía cada vez que se encontraba sola en su estera; la rabia de comparar su belleza con la de otra, su cuerpo de madre con el de las que nunca habían parido. Arreglaba a las concubinas con la misma tranquilidad con que lo hacía cuando las manchas de sangre le impedían cumplir con su esposo. Con el mismo alivio con que preparaba a una de las jóvenes cuando su cuerpo cansado no deseaba al del cacique y éste le pedía que preparase a una de las jóvenes.

Aspiró el olor del bebé y volvió a suspirar. El aire que salió de su pecho expulsaba tras él la oscuridad de los últimos dos años, y le devolvía su instinto de protección. Cuidaría a la niña como si fuera fruto de su vientre.

A pesar de su alegría, no hubo regocijos por el nacimiento de la pequeña, ni invitados, ni oradores que ensalzaran el pasado ilustre de la familia, ni regalos, ni joyas, ni plumas. Ni banquete para celebrar el bautizo.

El cacique, ocupado en el dolor por la muerte de su concubina, olvidó llamar al adivino para que consultara el signo de la recién nacida. Espiga Turquesa mandó buscar a una de sus esclavas, la hija de un sacerdote que sabía leer en los calendarios. Todavía no llegaba a los trece años, pero Atolotl, Pájaro de Agua, ya tenía fama de adivina y de curandera. Las demás esclavas y las concubinas utilizaban sus servicios desde que la compró el cacique y rara vez fallaba en sus predicciones. Espiga Turquesa la hizo pasar a su alcoba y le pidió que extendiera sus libros en la estera.

—Consulta el libro de la cuenta de los días, y dime bajo qué signo ha nacido la pequeña.

La esclava consultó el almanaque que heredó de su padre. Al cabo de unos minutos, se incorporó muy despacio y se dirigió a su ama con los ojos muy abiertos.

—4-ehecatl, señora. El de los hechiceros y la magia negra. Maléfico. Así lo dibujan los papeles.

—Vuelve a contar. ¿No te habrás equivocado?

Pájaro de Agua estudió los libros una y otra vez, pero su respuesta no variaba. El destino de la niña aparecía marcado por los malos vientos.

—No nació en buen signo, señora, pero podemos encontrar un signo menos desastrado, uno que temple la maldad del signo principal.

Espiga Turquesa caminaba de un lado a otro de la habitación con la niña en los brazos. Sus manos temblaban, sus ojos no se desviaban de las de Pájaro de Agua.

—Mira otra vez las hojas de los libros. Busca el signo ascendente.

La joven consultó de nuevo el horóscopo, avanzó hasta encontrar el signo secundario con la esperanza de que fuera más favorable. Volvió a levantarse lentamente y se dirigió a Espiga Turquesa, que acariciaba los deditos de la niña enredándolos en los suyos.

—1-coatl, señora. Promete éxito y riqueza, pero la llevará a tierras lejanas.

4

Hay mentiras piadosas que dañan más que las verdades, y se vuelven contra los que no se atreven a enfrentarse a la única cara de la verdad. Espiga Turquesa nunca explicó a la niña lo nefasto del signo de su nacimiento. En lugar de mostrarle las armas con que combatir la fatalidad asociada a su sino, dulcificó la verdad convirtiéndola en mentira. Ehecatl creció pensando que las artes adivinatorias que heredó con su nombre la convertirían en la mejor maga de los alrededores de Cempoal. Protegida por su madre transformada en diosa, rescataría a su hermano de la región de los muertos invocando al Dios Dual, al Señor del Cerca y del Junto.

Pájaro de Agua, su esclava inseparable desde que salió del calmecac, le enseñó las virtudes de las piedras y de las plantas medicinales. La joven se divertía buscando en los cestos donde su esclava guardaba los productos mágicos. Pájaro de Agua le explicaba con paciencia los efectos benéficos de cada objeto que cogía.

—Ésa es la piedra de sangre, sirve para evitar las hemorragias nasales. Ésa, la de oro de lluvia, para espantar los rayos de las tormentas.

Ehecatl no se cansaba de preguntar, pero Pájaro de Agua respondía siempre con la misma paciencia.

—Sirve para curar la fiebre, procura que no se derrame, es bálsamo de copal blanco.

La princesa aprendió remedios para todos los males acompañando a su esclava cada vez que la llamaban para una sanación. Pero su fama comenzó a ennegrecerse con la mala fortuna, una murmuración sobre hechizos malignos crecía a sus espaldas mientras ella intentaba curar a los enfermos. Su destino empezaba a manifestarse, con su carga de muerte y de incertidumbre. Su 4-viento impulsaba su nombre hacia el lado de los hechiceros que dañaban con sus maleficios.

Ehecatl quería volar, su sueño se representaba en un vuelo protegido por el Dios de los Vientos, por la magia blanca, capaz de aplacar la carne enferma y arrojar los hechizos a la orilla del mar. Nunca imaginó que tendría que enfrentarse a las habladurías de los que no aceptan los

pecer su trabajo, su voz ronca y potente inundaba la nave.

—¡Volved a vuestros camarotes! ¡No quiero gente de tierra en mi cubierta hasta que no quede una gota de agua!

El calafate se afanaba con la bomba de achique, desalojando el agua que había hecho el barco durante la noche. Algunos pasajeros salían a la superficie huyendo del calor y se rezagaban en cumplir las órdenes del capitán.

—¡He dicho que despejen la cubierta! ¡Fuera de ahí!

Pero la advertencia no iba dirigida a don Lorenzo, el capitán De la Barreda tenía licencia para moverse a su antojo por el navío, conocía a don Ramiro desde que tenía uso de razón. Él fue quien le ayudó a conseguir el permiso para embarcarse, cuando su hermano le obligó a abandonar su casa tras negarse a contraer matrimonio con Diamantina. Pretendía que ocupara la casa-palacio que heredó de su padre, justo enfrente del palacete familiar, en la plazuela del Pilar Redondo. A don Lorenzo le encantaba la casa, y nunca hasta entonces había pensado en marcharse, pero la idea de vivir tan cerca de don Manuel le resultaba insoportable. Su hermano nunca mostró simpatías por él, le consideraba una amenaza desde el mismo día de su nacimiento.

A pesar de que resultaría difícil conseguir la licencia para viajar a las Indias, se dirigió a Sevilla con Juan de los Santos, y con los mil ducados de oro que su padre le entregó antes de morir. El dinero le ayudaría a solucionar el inconveniente principal para que la Casa de Contratación le permitiera embarcarse, no era cristiano viejo.

Sabía que don Ramiro de San Pedro armaba una expedición de suministros para Cuba, su padre y él mantuvieron una amistad que se remontaba a los tiempos de la Beltraneja. Ambos acompañaban al Segundo Conde de Feria cuando cerró a Enrique IV las puertas de Badajoz para que no concertara con el rey de Portugal la boda de la infanta. Los monarcas debieron celebrar su entrevista al aire libre. El Conde de Feria les negó la entrada a la ciudad.

El padre de don Lorenzo apoyó al conde en su oposición a estas bodas reales. Conoció a don Ramiro en la frontera del río Caya, cuando capitaneaba el bergantín que subía y bajaba la corriente del río para vigilar el encuentro de los Reyes. Desde entonces, cultivaron una amistad que se mantendría durante casi medio siglo, con frecuentes visitas de don Ramiro al palacete de la plazuela del Pilar Redondo.

Don Lorenzo encontró al capitán San Pedro entre el bullicio del único puerto autorizado para armar expediciones. Sevilla había crecido más de lo que podía imaginar desde la última vez que la visitó con su padre. El Guadalquivir brillaba repleto de navíos; en sus orillas, los mercaderes y los curiosos se confundían con los marineros, que se afanaban en el avituallamiento, cargando toda clase de objetos en los barcos que se preparaban para partir. El Alcázar y la Giralda rompían la línea del horizonte.

Entre el griterío del puerto, don Lorenzo escuchó una voz grave y sonora que le llamaba desde un galeón.

—¿Dónde vas, muchacho? ¿No sabes que la gente de tierra no tiene nada que hacer por estos lares?

Los dos hombres se abrazaron y se pusieron al día de sus respectivas vidas. La noticia sobre la muerte de don Miguel de la Barreda encontró a don Ramiro prevenido. Le preocupaba la salud del Señor de El Torno desde la última vez que visitó Zafra. Sobrevivir a su querida Arabella era la única batalla a la que jamás hubiera querido enfrentarse. El capitán San Pedro lloró la muerte de su amigo y comprendió de inmediato la presencia del joven en Sevilla.

—¿Puedo hacer algo por ti?

—Necesito vuestra ayuda. Quisiera embarcar a las Indias. En la Casa de Contratación no me darán el permiso. Es por lo de mi madre.

El viejo lobo de mar le miró de los pies a la cabeza y sonrió dándole una palmada en el hombro.

—¿Crees que con esa planta alguien podría decir que no eres cristiano viejo? Déjalo en mis manos. El Señor de El Torno sólo trajo hidalgos al mundo.

2

La primera Señora de El Torno murió del parto de su tercer hijo, el niño con el que siempre había soñado su esposo. Don Miguel se encontraba en Los Santos de Maimona junto a don Gómes, en plenas negociaciones para conseguir la demolición del castillo de la ciudad, que suponía una amenaza para la hegemonía del Conde de Feria en la zona.

Cuando el Señor de El Torno llegó a su lecho de muerte, su esposa se incorporó casi sin fuerzas y le dirigió una sonrisa.

—Siempre llegáis tarde. Por fin os he dado un niño.

Las manos de don Miguel sujetaron la cabeza de su esposa. Retiró el paño que le refrescaba la frente y la besó.

—Gracias, es precioso. Fuerte como su padre y tierno como su madre. Ahora descansad, me han dicho que ha sido muy largo, deberíais haberme avisado antes.

La Señora de El Torno cerró los párpados, la palidez de su rostro acentuaba las ojeras que la marcaban desde que era niña. Sus manos amoratadas presagiaban el final. De su boca tan sólo salía un hilo de voz.

—No quería estropearos la victoria como la última vez. ¿Recordáis?

—Claro que me acuerdo, nuestros hijos siempre vienen con un castillo debajo del brazo. Todavía quedan muchos por conquistar, tendréis que recuperaros pronto.

Los ojos de la parturienta se abrieron para mirarlo por última vez. Cogió la mano de su marido y se la acercó a los labios.

—No podré daros más hijos. Pero desearía que los que os he dado se críen felices. Prometedme que vuestra próxima esposa será una buena madre para ellos.

Don Miguel no tuvo tiempo de pronunciar su promesa. La mano de su esposa cayó en el lecho dejando la suya en el aire.

Hasta diez años después, no encontraría a la mujer que habría cuidado de los niños como si fueran suyos, si no hubiera sido porque éstos jamás la aceptaron como la segunda Señora de El Torno.

Arabella no parecía hija de un moro, sus ojos castaños cobraban un tinte verdoso cuando les daba la luz. Desde que la conoció en Coín, no había rostro más dulce que el suyo para don Miguel. Aquella muchacha rubia, que protegía su cara detrás de un cántaro, le cautivó desde el mismo momento en que reparó en ella.

Las tropas de don Gómes Suárez de Figueroa acababan de entrar en la ciudad apoyando a los reyes Isabel y Fernando. El sitio al que la sometieron finalizaba con la incursión de los ballesteros disparando a diestro y siniestro. Don Miguel se fijó en una joven que intentaba resguardarse de las flechas detrás del cántaro que llevaba su sirvienta. Las cubrió con su escudo y las condujo hasta un arco de la muralla. No volvió a verla hasta que el Rey ordenó demoler los restos de la fortaleza, pero su cuerpo menudo aparecía en sus sueños cada vez que cerraba los ojos.

Volvieron a Zafra convertidos en marido y mujer. La noticia de que se había casado con la sobrina de un visir llegó a la ciudad antes que ellos. Desde que entraron por el Arco de la Puerta de Sevilla, don Miguel hubo de soportar el rechazo de los vecinos hacia su esposa. Los murmullos se escuchaban tras las ventanas. Las puertas se cerraban a su paso. Los comercios echaban la cancela a pesar de que era día de labor. Y las calles se quedaron completamente vacías.

Las miradas se clavaron en sus espaldas y les acompañaron hasta la puerta del palacio del Pilar Redondo. En su propia casa, el recibimiento no fue muy diferente, sus hijos se encerraron en sus habitaciones y se negaron a conocerla hasta que don Miguel les amenazó con desheredarles.

El Señor de El Torno confiaba en que la sensatez se impusiera a la cerrazón de los que temen contaminarse con las ideas de otros, de los que piensan que el aire que rodea a los diferentes puede contagiarles. No creía en la pureza de sangre, el linaje no es más que ignorancia disfrazada de orgullo, de miedo a perder los privilegios obtenidos en la cuna, aunque la mayoría ni siquiera los merezca. La estirpe debería ganarse con esfuerzo, como él ganó su título en las batallas.

Don Miguel se enamoró de su esposa sin preguntarle su origen, tampoco a él le consultaron cuando su rey necesitó de sus servicios y él le defendió con las armas. Nadie debería preguntar a otro el nombre de su padre o el de su madre para abrirle sus puertas. Amaba tanto a su pueblo como él quisiera que amaran a su mujer. Pero ni siquiera las criadas del palacio la trataron como a la nueva Señora de El Torno. Arabella intentaba calmar su ánimo justificando la actitud de los que la despreciaban.

—No se lo tengas en cuenta. Ya estoy acostumbrada. Algún día entenderán.

Sin embargo, para casi todos los que la rodearon el resto de su vida, nunca sería nada más que «la Mora».

3

El hijo de la primera Señora de El Torno disimulaba delante de su padre el rechazo que le producía su esposa, sobre todo desde que nació el pequeño Lorenzo. En cambio, cuando su padre se ausentaba, se valía de cualquier excusa para evitar el trato con Arabella. Sus hermanas, doña Clara y doña Blanca, visitaban con frecuencia sus habitaciones. Con el tiempo, se encariñaron con la mujer de su padre, la ayudaban en el cuidado de Lorenzo y comentaban sus cambios entusiasmadas.

—Cada día se parece más a su madre. Aunque también tiene cosas de nuestro padre, ¿has visto el hoyito que tiene en la barbilla?

—No lo va a creer cuando vuelva. Ayer atravesó el cuarto de Arabella sin sujetarse de su mano.

El joven Manuel, incapaz de ocultar su animadversión ante sus hermanas, se acaloraba siempre que se hablaba del pequeño.

—No comprendo qué le veis al bastardo de la Mora. ¿Acaso le preferiríais a él como futuro Señor de El Torno?

Doña Blanca calmaba sus inquietudes poniéndose continuamente de su lado. No se atrevía a contradecirle, temía sus rabietas desde que era niña y don Manuel estuvo a punto de clavarle una flecha tras una discusión.

—No seas tonto, un bastardo no podría heredar el título de nuestro padre.

Sin embargo, doña Clara se permitía recriminar la actitud recelosa de Manuel. Los cinco años que les separaban le valieron siempre para ejercer la autoridad de la madre que les faltaba.

—Lorenzo no es un bastardo, es tan hijo de nuestro padre como tú. Deberías mostrarle más respeto. Tus celos te perderán algún día si no te controlas.

El joven Manuel enrojeció mientras dirigía su dedo índice hacia su hermana.

—El hijo de una mora nunca podrá ser igual que yo.

Don Lorenzo creció protegido por su madre y por doña Clara, que acostumbraba a llevárselo a la alcazaba de El Castellar desde que contrajo matrimonio con el oficial de Contaduría del alcaide Sepúlveda. Su propio hijo sería con los años el mejor amigo de don Lorenzo.

Mientras tanto, en el palacio de la plazuela del Pilar Redondo, el futuro Señor de El Torno se preparaba para asumir el control de su hacienda. Acompañaba a su padre a visitar los olivos y las viñas, le ayudaba con el peso de la uva y de la aceituna que debían entregarle los aparceros, y le sustituía en sus tareas cuando se ausentaba.

La fortuna de don Miguel se incrementaba en la misma proporción que los prejuicios del joven hacia su hermano. Desde que el rey Fernando confirmó los antiguos privilegios de la villa, la feria del ganado consolidó a la ciudad como centro de comercio de la comarca. La creciente demanda de los productos de la vid y del olivo obligó a don Miguel a establecer rutas comerciales en toda la zona de Badajoz. Juan de los Santos, su criado de confianza, era el encargado del transporte de la uva y de las aceitunas hasta los lagares y las almazaras donde le compraban su mercancía. El joven Lorenzo le acompañaba en todos los viajes.

Don Miguel se mostraba orgulloso cada vez que su hijo pequeño volvía con las bolsas llenas. Bromeaba con él sin darse cuenta de que sus palabras marcarían su futuro.

—Aprendes deprisa, muchacho, pronto nos quitarás el puesto a tu hermano y a mí.

Los celos del primogénito no pasaban inadvertidos para Arabella, que tachaba a su esposo de imprudente cuando se quedaban a solas.

—¿No te das cuenta de que provocas a Manuel con esos comentarios? Conseguirás enfrentar a tus hijos.

Sin embargo, el enfrentamiento entre los hermanos se produciría únicamente cuando los esposos faltaran. La desazón de la envidia acorralaba al joven Manuel, pero se cuidaba de que su padre no lo notara y pensara en desheredarle, alababa los progresos de su hermano dejándole creer en su admiración.

—Yo creo que este chico está preparado para tratar con los aparceros. Podríamos enviarlo al campo, así vigilaría que no se queden con más olivas de las que les corresponden.

Don Miguel reía a carcajadas las ocurrencias de su hijo, Lorenzo era demasiado joven para recaudar las rentas de sus campesinos.

—Dejémosle que crezca un poco, después lo convertiremos en el virrey de Badajoz y de Sevilla.

Don Miguel nunca supo que sus palabras aumentaron la rivalidad entre sus hijos. Don Lorenzo creció más de lo que nunca crecería el joven Manuel, y se convirtió en un joven al que nadie habría confundido con mestizo. Los celos de su hermano aumentaban con cada pulgada en que le superaba en estatura.

El matrimonio del joven Manuel, tras la toma del castillo de Salvatierra por las tropas del Conde de Feria, convirtió su angustia en pesadilla. Elvira, la futura Señora de El Torno, no dejaba de llorar recordando los estragos que el conde causó en su ciudad. El castillo donde había vivido desde niña convertido en ruinas, sus padres obligados a recuperar su patrimonio concertando su casamiento, sus deseos de convertirse en una monja clarisa, como su querida amiga doña Blanca, desvanecidos para siempre.

El mismo día de la boda, el rostro del joven Manuel enrojeció hasta la ira cuando su hermano presentó sus respetos a la nueva señora. La primera sonrisa de doña Elvira desde que llegó a la plazuela del Pilar Redondo había sido para el bastardo.

4

En la alcazaba de El Castellar, la amistad entre Alonso y Lorenzo de la Barreda desmentía los temores de Arabella sobre el rechazo de toda la población hacia su hijo. Sospechaba que más de uno se sentiría aliviado si decidieran abandonar la villa junto a los conversos que partían hacia el sur, huyendo de la intransigencia de algunos cristianos viejos. Sobre todo, después de la toma de Granada y de la expulsión de los judíos de los territorios de la reina Isabel.

Los dos muchachos crecieron jugando a moros y cristianos, sin importarles el papel que les correspondía en cada combate. Cabalgaban con Juan de los Santos entre los olivos y las viñas, escalaban las rocas sobre las que se cimentaba el recinto amurallado de El Castellar y se entretenían buscando el pasadizo que, según la leyenda, unía la fortaleza con el convento de la Encarnación y Mina. Años después, se aficionarían al ajedrez y pasarían tardes enteras participando en los torneos que se organizaban en la familia de los Ruy López de Segura.

En realidad, hasta la muerte de su madre, don Lorenzo prácticamente no se dio cuenta de las diferencias que le separaban de su hermano. Don Miguel se encontraba en la corte del rey Carlos, jurándole obediencia como gobernante de Castilla y Aragón, cuando Arabella contrajo la enfermedad que la llevaría a la tumba en menos de una semana. En el momento de llevarla a enterrar, el futuro Señor de El Torno se negó a que compartiera con su madre la capilla donde reposaban sus restos.

—Se trata de una mora. No consentiré que profane la sepultura de mi madre. No puede enterrarse como cristiana.

Don Lorenzo se enfrentó por primera vez a su hermano delante del cuerpo sin vida de su madre.

—Nuestro padre jamás te perdonará esta afrenta. Te lo advierto, quiero ver el nombre de mi madre en el panteón de la familia. De lo contrario, no descansaré hasta que te vea privado de tu ansiado título.

No era la primera vez que el joven Manuel se oponía a que la madre de su hermano compartiera algo con su propia madre. En aquella ocasión, don Lorenzo pensó que se trataba de una rabieta, don Manuel se negó a que Arabella utilizara en público un rosario que había pertenecido a la primera Señora, y que sus hermanas le habían regalado después de que comulgara por primera vez.

Arabella no le dio importancia al rosario, rezaba con los suyos propios. Noventa y nueve cuentas que representaban los noventa y nueve nombres de Dios. Manuel jamás se preocupó por conocerla, no sabía que abrazó la fe de los cristianos por amor a su esposo, pero conservó sus tradiciones en la sombra, como muchos conversos que escondían sus credos a los ojos de los que nunca entenderían que la ley de Dios se puede escribir de distintas maneras.

Don Lorenzo consiguió igualar en la muerte a su madre con la primera Señora de El Torno, pero la cólera de su hermano se mantendría a la espera, hasta que se enfriara el plato donde serviría su venganza.

Cuando don Miguel regresó a la plazuela del Pilar Redondo, el joven Manuel le acompañó a la cripta y lloró con él ante la sepultura de Arabella. No volvió a la capilla hasta el día en que enterró a su padre y se convirtió en el Segundo Señor de El Torno.

Desde la muerte de su madre, don Lorenzo procuraba no hablar con su hermano a menos que su padre estuviera presente, sabía que no se arriesgaría a perder su mayorazgo con un enfrentamiento, pero no deseaba causarle a don Miguel más tristezas de las que le consumían tras la pérdida de Arabella. Una vez desaparecido el padre, el heredero descubrió sus cartas con la misma naturalidad con que las había ocultado hasta entonces. A nadie le extrañó el llanto de la nueva Señora de El Torno por cada rincón del palacio, ni las idas y venidas de los aparceros quejándose de las subidas del diezmo, ni los embutidos que guardaba la cocinera en su cesto después de salir de las habitaciones de don Manuel. Don Lorenzo procuraba mantenerse lejos del palacio, cerrando los ojos a las tropelías de su hermano, hasta que Juan de los Santos le contó un rumor que circulaba por todo Zafra.

—Don Manuel anda detrás de Diamantina. La sigue allá donde va. Si se entera don Alonso, incluso al río llegará la sangre.

Don Lorenzo se paró en seco cuando escuchó a su mozo.

—No es posible, pero si es hija de su hermana.

Doña Clara había muerto de fiebres de parto como su madre; la pequeña Diamantina se crió al cuidado de su hermano y de su padre, que siempre la trataron como si los años no transcurrieran para ella. A pesar de que ya estaba en edad de casarse, para los dos hombres Diamantina tan sólo era una niña de dieciséis años. Don Lorenzo la quería como a una hermana, se dirigió a la plazuela del Pilar Redondo con la determinación de acabar con aquellos rumores.

Don Manuel le abordó nada más cruzar el umbral; antes de que pudiera pronunciar una palabra le comunicó los planes que había urdido para él.

—¡Bienvenido al hogar, hermano mío! Te gustarán las noticias que tengo que darte. He concertado tu matrimonio con la joven Diamantina, don Alonso está encantado de emparentar de nuevo con nosotros. Viviréis en el palacio, la casa que te dejó nuestro padre no reúne condiciones para una dama.

No pudo decir una palabra, aún no había digerido lo que acababa de oír cuando le disparaba con otra sorpresa.

—Ya sé, ya sé, me dirás que sois parientes de sangre, pero no es así, doña Clara y tú tan sólo erais medio hermanos. Ni siquiera tendremos que solicitar la dispensa del Papa, la boda puede celebrarse este mismo viernes, ya está hablado con el prior de la Encarnación y Mina.

La sorpresa de don Lorenzo se transformó en indignación.

—¡No te atrevas a utilizarme! ¡Diamantina nunca entrará en este palacio! ¡No le pondrás las manos encima!

La cara de don Manuel se encendió mientras hablaba.

—Si no entra Diamantina, tú tampoco. Ya puedes ir buscando un sitio donde vivir. ¡Aquí no eres bien recibido!

Don Lorenzo quiso alejar a la joven Diamantina de las garras de su hermano. En aquel momento, no podía imaginar que su negativa a casarse con ella la condenaría a una tragedia mayor que la que trataba de evitarle.

Se embarcó hacia las Indias Occidentales escapando de la ruindad y de la codicia. Sin embargo, la experiencia le había demostrado que escapar no garantiza encontrar la salida. En la cubierta del galeón que le devolvía a su tierra, don Lorenzo pensó que por segunda vez huía de los mismos males. Pero ahora volvía para presentar batalla, para conseguir para su familia lo que su madre no pudo lograr, el respeto de los que algún día tendrían que olvidarse del color de su piel.

Capítulo III

1

La princesa subió a cubierta y se arrepintió al instante. La única persona del barco a la que podría llegar a aborrecer la abordó como si la estuviera esperando. Le habría gustado pasar sin detenerse, pero prefirió ver la cara del hombre que se convirtió en su enemigo sin haber cruzado con ella una sola palabra. Quizás escuchándole comprendiera la razón.

Hasta que su criada no le habló de él, no había reparado en aquel comerciante de paños que no miraba a los ojos cuando hablaba, y que escondía su odio detrás de unos labios que simulaban sonreír. La mayor parte de la travesía transcurrió sin que se diera cuenta de su existencia. Por las mañanas se quedaba en el camarote hasta que los marineros terminaban la limpieza del barco. Por las tardes, disfrutaba de los atardeceres con el resto del pasaje, se entretenía bordando y charlando con su criada, y jugaba a las cartas con doña Gracia y con doña Soledad, dos hermanas que parecían sentirse a bordo como si hubieran pasado toda la vida navegando. Llegaron a Cuba huyendo de la prole que aumentaba en su casa cada nueve meses, buscando un marido que las mirase como si fueran únicas, irrepetibles, como si no existiera más mujer en el mundo que cada una de ellas.

Doña Gracia volvía a su tierra casada con un letrado, un joven escribano que se paseaba por la nave vestido con hermosas camisas. Doña Soledad perdió a su esposo, pero volvía con un niño capaz de arrancar las carcajadas de las dos hermanas siempre que se lo proponía. En el barco se enamoró del contramaestre, un viejo zorro que supo ganarse los favores de doña Soledad adelantándose a las intenciones de uno de los pilotos de la nave. Viajaban acompañadas de dos criadas, Laura y Juana, dos jovencitas de ojos azules que se debatían entre el deseo y el temor a las miradas de los marineros.

A la princesa le enternecía la inquietud de las jóvenes mientras los ojos de la tripulación seguían sus pasos por cubierta. Se veía a sí misma hacía más de cuatro años, cuando la seleccionaron como regalo a los dioses que venían del mar. Y volvió a ver su propio deseo y su propio temor, su deseo y su inquietud de ser entregada a los teules. Recordó el hervidero de comentarios de las jóvenes en edad de contraer matrimonio. Emparentar con los dioses sería un honor para cualquiera. Los guerreros preparaban la ceremonia de bienvenida, y las madres no podían ocultar su preocupación y su esperanza de que sus hijas se encontraran entre las ocho seleccionadas. En todas las casas se escucharon las instrucciones que las muchachas debían recibir antes de su boda.

—No uses afeites ni te pintes la cara de color amarillo, es cosa de mujeres carnales y desvergonzadas. Para que tu marido no te aborrezca, atavíate, lávate y lava tus ropas.

Los guerreros no sabían si creer o no lo que llegaba a sus oídos.

—Vienen del mar. Son tan altos como los techos. Todo su cuerpo está cubierto de hierro, solamente aparecen sus caras con largas barbas. Son blancos como de cal. Algunos tienen el cabello amarillo, y también el bigote y la barba.

Por toda la región circulaba el rumor de que más de treinta ciudades de la provincia componían la Coalición junto a las tropas de los teules. Algunos emisarios del emperador también lo habían abandonado. Sabían del terror de Moctezuma a los dioses que vinieron del mar, de su creencia en que con ellos se acabaría la Quinta Época, la del Sol de Movimiento, de la misma manera que desaparecieron los cuatro soles anteriores, con un cataclismo.

Después de su baño diario, Chimalpopoca, el padre de la princesa, convocó en su casa al consejo de ancianos y a los sacerdotes del templo. Les ofreció comida y bebida, como era su deber, y se dirigió a ellos con gran ceremonial.

—Señores, debemos tomar una decisión. Los nuevos teules se acercan a nuestra ciudad. Todos sabemos cómo se ha formado la Coalición, los teules nos ofrecerán ayuda contra Moctezuma, pero no conocen las negativas. Los que no aceptan su amistad se convierten en sus enemigos.

Los notables comenzaron a hablar, atropellándose los unos a los otros.

—Dicen que algunos son mitad hombre, mitad venado, y que sus perros son enormes y tienen ojos que derraman fuego.

—Y que tienen manchas de colores.

—Sus arcos y lanzas son de hierro.

—Y también sus escudos.

—Dicen que tienen un brazo largo de hierro que escupe fuego, y el sonido penetra hasta el cerebro.

—No capturan a sus enemigos, los matan y los dejan abandonados en el campo.

El más anciano de los hechiceros se levantó de su taburete.

—Los antiguos sabios nos dejaron sus palabras verdaderas. Dijeron que la Serpiente Emplumada volvería del mar para salvar a su pueblo. Quetzalcoatl ha vuelto de la tierra de color rojo, donde se marchó después de plantar a los hombres sobre la Tierra.

Cuando las posibilidades de elección se reducen a una única salida, no es tiempo de vacilaciones. El consejo de ancianos decidió que se unirían a la Coalición. Juntarían todos sus poderes contra Moctezuma, y volverían a establecerse el canto y la música en las ciudades. Los nuevos dioses traerían tiempos mejores.

Cada uno de los presentes ofreció a una de sus hijas para sellar la alianza y entregarla a los dioses. Tras unos momentos de silencio, el hechicero volvió a levantarse y miró a los presentes hablando muy despacio.

—Vuestras princesas tienen los ojos abiertos a las artes. Conocen los salmos que honran al Dios encerrado en las nubes. Todas sabrán honrar a los teules aquí en la Tierra, en la región del momento fugaz. Que el destino decida.

Introdujeron en una cesta una piedra distinta cada uno. El hechicero extrajo ocho de ellas mientras recitaba sus salmos.

2

Las calles se engalanaron para recibir a los dioses. Encalaron las casas, prepararon grandes esteras con obsequios, regaron las huertas y los jardines, y enramaron la avenida principal por donde circularía la comitiva. El olor a tierra mojada se mezclaba con el de las flores de las terrazas y con el incienso de los braseros de barro colocados en las intersecciones de las calles. En las casas donde alojarían a los recién llegados, se prepararon grandes bandejas con guajolotes, pan de maíz, pescado asado, miel perfumada con vainilla, ciruelas y cacao.

El consejo de ancianos esperaba a la comitiva al final de la gran avenida. Ehecatl, unos pasos detrás de su padre, esperaba su futuro junto a las otras siete jóvenes principales.

Sólo habían pasado tres días desde que Chimalpopoca comunicara la noticia a la princesa.

—Un viento como de obsidianas sopla y se desliza entre nosotros. El emperador nos apremia con los tributos. Sus guerreros roban a nuestras mujeres y capturan a nuestros hombres para sus sacrificios. El hacedor de los hombres ha vuelto para aliviarnos. Acompañarás a los nuevos teules, y ellos nos protegerán.

El corazón de la joven palpitó con fuerza. Su mirada, fija en el suelo. Le hubiera gustado buscar el abrazo de su madre, pero Espiga Turquesa se encontraba detrás del cacique, apretaba el respaldo de la silla como si quisiera parar el movimiento del Sol y detener los días. Ehecatl levantó la cabeza para escuchar a su padre. En el momento en que los ojos negros de su concubina se cruzaron con los suyos, Chimalpopoca deseó haberle hablado de otra manera.

—Mi muchachita, escucha bien, tú eres mi sangre, mi color, en ti está mi imagen.

Pero no lo hizo, jamás se dirigió a ella con los mimos con que se dirigía a sus otros hijos. Ehecatl estaba maldita, no podría escapar a su destino de magia negra y hechicería. Quizás, entroncándola con los dioses encontraría la paz. Chimalpopoca desvió los ojos de los de su hija y continuó con sus recomendaciones.

—No hagas quedar burlados a nuestros teules. No les eches polvo y basura, no rocíes inmundicias sobre su historia. No los afrentes, mejor sería que perecieras.

El cacique abandonó la sala para que Espiga Turquesa diera a su hija los consejos que un padre no puede pronunciar.

—Mi niñita, no entregues en vano tu cuerpo. No te atrevas con tu marido, no pases en vano por encima de él.

No seas adúltera. Vive en calma y en paz sobre la Tierra, mi niña pequeñita. No muestres tu corazón, y llega a ser feliz.

Ehecatl se abrazó por fin a su madre, se miraron como si la tierra se hundiera bajo sus pies y se secaron las lágrimas la una a la otra.

3

Tres días y tres noches dan mucho tiempo para pensar, pero no son suficientes para preparar una vida nueva. Durante el día, Ehecatl se movía por la casa de un lado para otro, seleccionando las cosas que formarían su equipaje. Objetos que ocupaban un lugar, un orden, un territorio, y que ahora se desparramaban por su habitación como si no les hubiera buscado su sitio, como si nunca más fueran a esperar su regreso. Ehecatl contemplaba parte de sus faldas dobladas en los cestos, sus blusas, sus túnicas, sus sandalias. La ropa que luciría para alguien que todavía no conocía, transformada en bultos que viajarían con ella hacia lo desconocido.

Tres días tampoco son suficientes para elegir lo que formará parte del futuro. Seleccionar es también rechazar, renunciar a lo que se deja, abandonarlo. La princesa miraba sus pertenencias intentando recordar el pasado de cada una de ellas. El collar que heredó de su madre muerta, los libros que aprendió de memoria en el calmecac, las piedras que le regaló Pájaro de Agua para que empezara a practicar como maga. Los brazaletes, los pendientes, las mantas. Todas sus cosas dispuestas en el suelo, esperando la mano que impediría su olvido.

Recorría todas las habitaciones intentando llevarse la imagen intacta de cada una de ellas. Retener cada objeto en la memoria, para volver a contemplarlos cuando estuviera lejos.

En las noches, escuchaba el sonido de las caracolas que marcaban el recorrido de la Luna. No quería dormir. Repasaba uno a uno los años que vivió en la idea de que algún día las ancianas propondrían a sus padres un esposo para ella. Un joven con el que formaría una familia en el mismo lugar donde siempre había vivido. Intentaba mantenerse despierta, pero sus ojos se obstinaban en cerrarse cuando todavía no había apurado sus recuerdos.

Dos días antes de partir, Espiga Turquesa le regaló a una de sus esclavas para que la acompañara en su viaje. Aunque no cabía duda de cuál elegiría, su madre las reunió a todas en el jardín para que Ehecatl decidiera.

—Llévate a la que tengas más cerca en tu corazón.

La princesa se dirigió a Pájaro de Agua y la abrazó. La esclava respondió a su abrazo envuelta en lágrimas. Hacía un año que salió del calmecac, pero desde entonces sólo se habían separado para dormir. El hecho de que hubiera sido ella quien averiguó su horóscopo produjo entre ambas una relación de dependencia que llegaba más allá del cariño. Pájaro de Agua se secó los ojos y procuró que el llanto no le cortara la voz.

—¡Mi niña, tu destino es el mío! Será un honor para mí acompañarte allá donde vayas.

Tres días y tres noches también dan tiempo para momentos vacíos. Ehecatl se acurrucaba en los brazos de su madre, fumaban juntas un cigarro e intentaban imaginar el rostro de los nuevos teules.

A la salida del Sol del día previsto para su llegada, todo estaba preparado. La estera donde dormiría, mantas de algodón, los cestos con las faldas y las blusas bordadas, joyas de acuerdo con su linaje, y una cesta con hierbas y piedras curativas. Entre el equipaje que llevaría Pájaro de Agua, se encontraban los libros que heredó de su padre.

Las esclavas revoloteaban alrededor de la joven, una le ataba los cordones de las sandalias, otra le adornaba los brazos y las piernas con plumas de colores, otra le arreglaba la blusa, y todas se admiraban de la hermosura de la princesa. Parecía una diosa. Mientras Pájaro de Agua terminaba de anudarle las trenzas sobre la espalda, Espiga Turquesa se acercó a ella con una caja de piedra en las manos.

—Tengo un regalo para ti.

Sacó de la caja un colgante que reproducía la imagen de una diosa esculpida en ónice con adornos de plata, lo besó varias veces y se lo colgó a su hija del cuello.

—Llévate mis besos. Cuando sientas mi ausencia, yo estaré allí.

Ehecatl se acercó el colgante a la mejilla, cerró los ojos y lanzó pequeños besos al aire. En el interior del cofre encontró el anillo de oro que llevaba su madre en las grandes ceremonias, una cabeza de águila que se ajustó perfectamente al menor de sus dedos.

4

La polvareda no dejaba ver a los dioses, que entraban en la avenida entre gritos y aspavientos de los campesinos. El cortejo de bienvenida, inmóvil al final de la calle, mantenía la vista fija en la mancha de arena que flotaba en el aire.

A veces los ojos sólo quieren ver lo que tienen delante. Mirar hacia atrás es permitir el recuerdo, y el recuerdo araña, y se instala en la boca del estómago, y duele. Ehecatl miraba la nube de polvo intentando mantener la mente en blanco. No pensar. No acariciar la cabeza de águila, que sobresalía del anillo con el pico entreabierto. No sentir el viento en la cara, como cuando su amigo Itzcoatl, Serpiente de Obsidiana, capturó al primer prisionero y pudo cortarse el mechón de su nuca, delante de todo el pueblo, en el acantilado. No sentir la sequedad de su boca, como cuando acompañó a Pájaro de Agua a curar a una niña, y murió en el mismo instante en que ella la tocó. Desde entonces comenzaron los rumores sobre su magia negra, porque en lugar de curarla la había cargado con el aire de la enfermedad. No pensar. No mirarse las sandalias que había bordado su madre con adornos de oro mientras ella le contaba historias del calmecac. No buscar entre el grupo de guerreros la cabeza de Serpiente de Obsidiana, que ya se adornaba con plumas porque por fin había capturado a su cuarto prisionero, el que subió las escalinatas del templo casi dormido porque le habían dado a beber demasiado peyote. Al sacerdote le costó trabajo arrancarle el corazón, tenía los huesos del pecho endurecidos. No pensar. No pensar. Mirar hacia delante y descubrir a los nuevos dioses entre el polvo de la calle.

El cacique ordenó a los esclavos que volvieran a regar la avenida. Un brillo metálico se divisó a lo lejos, al tiempo que la muchedumbre lanzaba un grito de exclamación seguido de murmullos y comentarios.

—Mira sus cabezas, se parecen a los cascos de los soldados del Sol.

—Quetzalcoatl ha vuelto con sus compañeros del águila.

—Los venados también tienen cabeza, parecen enfadados. ¡Oh dador de la vida, protégenos!

Cuando la comitiva se acercó a los ancianos, un olor penetrante sustituyó al aroma del incienso y de las flores. Una mezcla de acidez y de acritud que nunca habían olido acompañaba cada movimiento de los recién llegados. La imagen de los Señores de las Tinieblas se coló en la mente de Ehecatl, junto con la de su hermano muerto.

Los venados horadaban el suelo con su paso. Llevaban colgados en sus lomos pequeñas campanillas y cascabeles que tintineaban con gran estruendo. Todo el cuerpo cubierto de sudor. Del morro les goteaba una espuma blancuzca y pegajosa que caía hasta el suelo. Resoplaban con fuerza y levantaban la cabeza como si quisieran liberarse de las cuerdas que salían de su boca. Cuando se detuvieron delante de los notables, la multitud guardó un profundo silencio. Los venados bramaban, era el único sonido que se escuchaba en la avenida.

Uno de los teules se dividió en dos partes ante el estupor de todos los presentes: por un lado quedó el venado; por otro, la forma de un hombre cubierto de hierro de la cabeza a los pies. Una mujer joven que venía con ellos sujetó las cuerdas del venado mientras el hombre se acercaba a Chimalpopoca y le daba un abrazo. El cacique se inclinó en una gran reverencia y, con un gesto, ordenó que se adelantaran las ocho jóvenes y que acercaran la estera de los regalos, preciados objetos que consiguieron burlar a los recaudadores de Moctezuma, mantas de algodón, ruedas de Sol de oro, ruedas de plata de la Luna, arcos y flechas de oro, y largas plumas de colores.

—Señor, gran Señor, recibe esto de buena voluntad. Y si más tuviera, más te diera.

La mujer que les acompañaba se dirigió al recién llegado y le habló de forma extraña. Los ancianos se miraron unos a otros mostrando su sorpresa, los dioses no entendían su lengua. La joven se dirigió hacia ellos traduciendo al nahuatl las palabras de su señor.

—Mi señor dice que te lo pagará en buenas obras y en lo que tú necesites.

Chimalpopoca hizo una nueva reverencia y habló mirando unas veces a la mujer y otras al teul.

—Dile que somos amigos, que queremos tenerlos por hermanos.

La joven respondió sin esperar a que hablara el recién llegado.

—Sólo tienes que pedirle qué quieres que haga por vosotros, y él lo hará.

—Dile a tu señor que el gran Moctezuma nos tiene atemorizados, que se ha llevado todas nuestras joyas, y que las que hemos escondido son las que le ofrecemos ahora como regalo.

Tras intercambiar algunas palabras con su señor, la joven volvió a dirigirse a Chimalpopoca en nahuatl.

—Mi señor dice que es vasallo de un gran señor, que es dueño de muchas tierras y señoríos, y que les envía para deshacer agravios y castigar los malos comportamientos.

—Dile a tu señor que Moctezuma es el dueño de grandes ciudades, tierras y vasallos. Y que tiene grandes ejércitos de guerra. Que estaremos felices de unirnos a la Coalición, como las otras ciudades de Cempoal.

La princesa Ehecatl no salía de su asombro. Era difícil comprender que sus dioses no pudieran entenderles. ¿Habrían oído sus oraciones? ¿Habrían entendido los salmos que ella les rezó en el calmecac? ¿Comprenderían los libros sagrados, los libros de tinta negra y roja donde se guarda el secreto de los sabios? ¿Por qué habían elegido a una mujer para hablar por su boca? ¿Acaso las mujeres tienen voz en su mundo?

Ehecatl escuchó de nuevo a la joven, que se dirigía al cacique con los modales de las hijas de la nobleza.

—Dice mi señor que el emperador de más allá de los mares ordena que no hagáis más sacrificios. Que os ayudará contra Moctezuma si quitáis los adoratorios como ya han hecho los otros pueblos de Cempoal.

Chimalpopoca habló con los ojos abiertos de espanto.

—No está bien dejar nuestros ídolos. Nuestros teules nos dan salud y buena sementera. Si los deshonramos, moriremos, y también vosotros con nosotros moriréis. El Sol dejará de moverse si no les damos la sangre de los sacrificios.

La joven habló nuevamente después de escuchar al hombre de hierro.

—Mi señor dice que estáis engañados, que vuestros ídolos proceden del infierno y que el dios que ellos traen es el verdadero. Si no quitáis los ídolos, lo harán ellos y no os tendrán por amigos sino por enemigos mortales.

El cacique dio un paso hacia delante y se dirigió directamente a los recién llegados, levantando la voz a medida que avanzaba en sus palabras.

—¿Por qué queréis destruirnos? ¡No podéis derrocar a nuestros dioses! ¡La maldición caerá sobre vosotros! ¡No consentiremos que les hagáis daño!

No hizo falta que la joven les dijera lo que el hombre de metal gritó después de oír la traducción de la respuesta. Todos vieron cómo volvía a fundirse en uno con su venado, los demás teules le rodearon con sus largos brazos de hierro echando fuego, sus guerreros subieron las gradas del templo e hicieron rodar las imágenes escaleras abajo.

Capítulo IV

1

Algunas tardes, la princesa y su esclava bajaban al camarote y relataban a los niños historias de su pueblo hasta que el Sol comenzaba a ocultarse y las órdenes del contramaestre retumbaban en el galeón, como si fueran a cumplirse por sí mismas.

—¡Desencapillad la mesana! ¡Izad el trinquete! ¡Primera guardia preparada en el castillo de popa!

Otras veces charlaban con doña Gracia y doña Soledad, mientras jugaban a los naipes y gastaban bromas a sus criadas sobre el marinero que elegiría cada una para desembarcar de su brazo. A Laura y a Juana se les subía el color y salían corriendo entre risas.

Los días transcurrieron apacibles, luminosos e idénticos, hasta que la princesa y su criada chocaron con la primera sombra que encontrarían en el nuevo mundo.

Se encontraban fumando en el antepecho donde se guardaban las hamacas, cuando un calafate se dirigió a los marineros tras empujarlas.

—¡Estas indias deben de ser sordas! O a lo mejor no entienden que las batayolas son para guardar los cois, no para esconderse y hacer porquerías.

El carpintero no se dio cuenta de que don Lorenzo se acercaba, y continuó hablando mientras buscaba su hamaca.

—¡Fuera de aquí, indias del demonio! ¿No veis que estorbáis?

Los puños del capitán se estamparon contra la nariz y el estómago del calafate sin concederle una tregua. La tripulación jaleaba a uno y a otro mientras la princesa sentía los ojos del comerciante de paños clavados en ella, al mismo tiempo que hablaba al oído de un marinero. Don Ramiro acudió alertado por el contramaestre, obligó al tripulante a pedir perdón a las damas y le envió al palo mayor. La refriega sólo duró unos momentos, pero sería el inicio de la pesadilla en la que se convertirían los sueños de la princesa.

Desde que salieron de Cuba no había vuelto a escuchar esa palabra de la forma en que la pronunció el marinero, «¡i n d i a s!». Como si las letras ardieran en su boca; como si la rabia le obligara a expulsarlas una a una; como si no fueran letras, sino ácido que escuece en el estómago; como dardos.

La princesa volvió al camarote convencida de que ésta no sería la única vez que la llamarían así, pero se prometió a sí misma evitarle a don Lorenzo la obligación de volver a defenderla. A partir de ese momento, cuando alguien la llamara india, le contestaría en nahuatl con versos que confundirían al que ofende con el ofendido. Le diría la frase que solían pronunciar las niñas del calmecac cuando otras las insultaban, palabras capaces de demostrar que los desprecios no ofenden cuando se ignoran.

—Como esmeraldas y plumas finas, llueven tus palabras sobre mi rostro.

Muchas veces quiso decirlo en Cuba cuando escuchaba gritar a los vendedores de esclavos mientras los conducían en cordadas.

—¡Vamos, vamos! ¡Indios holgazanes! ¡Un poquito más de salero en esa fila!

Muchas veces quiso gritar que no eran indios, sino aztecas, totonacas o mayas, y que los esclavos no merecen ese trato. Pero el miedo la enmudecía, se ocultaba tras la espalda del capitán y suplicaba a su diosa de los besos para que cerrara sus oídos a las palabras que hieren.

Muchas veces quiso gritar que los indios tenían un nombre, un nombre que les dieron al nacer y formaba parte de su destino. Un nombre que les robaron sin saber la razón, arrastrado por el agua que derramaron sobre sus cabezas, inclinados, entregados a los dioses que vinieron del mar para salvarles de un tirano. Su nombre. Cada uno tenía su propio nombre. Como lo tuvo ella. Ehecatl. Como el que intentó conservar cuando se lo arrebataron, inclinada también, como el resto de las princesas y sus esclavas. El nombre que conservó para sí mientras el agua bautismal caía sobre ella, mientras abría los labios para permitir que unas gotas entraran en su interior, y se tocaba el pecho con la mano húmeda, tal y como la tocaría la partera si la estuviera bautizando.

No escuchó al sacerdote de los nuevos dioses, que levantaba las manos arriba y abajo, y a derecha e izquierda, pronunciando extrañas palabras que ni siquiera la mujer traductora podía entender. Tan sólo escuchó sus propios pensamientos.

—Recibe el agua azul del Señor del mundo, el agua celestial que lava y limpia tu corazón. Únete a la diosa del agua, la gran Señora que está sobre los nueve cielos.

Pájaro de Agua lloraba a su lado.

—Nos han cambiado el nombre, mi niña.

Desde que los ídolos cayeron por las escaleras del templo, Pájaro de Agua no se separó de ella. Ambas corrieron a refugiarse con las mujeres de los caciques. La princesa abrazaba a su diosa de ónice con la mano. Su madre la protegió con su cuerpo, señaló el besador y se lo escondió bajo la blusa.

—Deprisa, que no te lo vean.

Los ancianos lloraban tapándose los ojos. Los guerreros levantaron sus arcos y flechas y se dirigieron hacia las gradas, por donde se desplomaban sus ídolos hechos añicos. Ehecatl distinguió a Serpiente de Obsidiana dispuesto para el disparo. Las piedras que lanzaban los jóvenes rebotaban en los cuerpos plateados de los nuevos teules.

Cuerpos caídos con agujeros de fuego en la espalda. Flechas de hierro atravesando las corazas de maguey y los trajes de piel de jaguar. Penachos de plumas de colores empapados en sangre. Campesinos corriendo de un lado para otro.

Los hombres de hierro apoyaron cuchillos tan largos como sus brazos en el cuello de los ancianos. Los gritos de la intérprete se elevaron sobre los de su señor.

—¡Dejad las armas, o morirán!

La joven se dirigió a Chimalpopoca.

—Los teules dicen que no quieren haceros daño. Que han venido para favoreceros contra Moctezuma. Diles a tus hombres que bajen sus arcos o matarán a todos los principales.

Hay momentos en los que la razón se tiene que imponer sobre el deseo. Chimalpopoca deseaba continuar la lucha y expulsar de la ciudad a los recién llegados, pero ordenó a los guerreros que dejaran las armas. También hay momentos en que las lágrimas no son suficientes para mostrar el llanto. Las mujeres se abrazaban unas a otras, mientras sus ídolos ardían apilados en el centro de la calle. Y el desconcierto se adueña de los que sufren y no comprenden la razón de la herida. Los sacerdotes obligados a cortarse sus cabelleras, dignificadas por la sangre acumulada de los sacrificios sagrados. Sustituidas sus vestiduras por mantas anudadas a la espalda, como cualquier campesino.

Ehecatl se tapó la cara con las manos después de ver cómo la furia de los teules destruía su pueblo. Protegida por el cuerpo de su madre, la princesa acarició el besador que escondía bajo su blusa y rezó una oración. Deseó con todas sus fuerzas que la diosa de ónice entendiera sus palabras. Suplicó para que terminara aquel sueño convertido en pesadilla. El rostro de los muertos, que poco antes se sorprendían jubilosos con el aspecto de los hombres plateados, se grabó en su mente. A veces las sorpresas llegan cargadas de tristeza y desengaño. Bocas abiertas que dieron la bienvenida a los que cerrarían sus ojos para siempre. Bocas que gritaron por la esperanza de la libertad, calladas por los que prometieron defenderles del tirano. Rostros que cambiaron su expresión de alegría por la de la incomprensión, y por el horror paralizado en sus ojos.

2

Algunos jóvenes no se sometieron a las órdenes de los nuevos teules, se rebelaron y se refugiaron en los pueblos cercanos. Y aprovechaban las sombras de la noche para atacar al invasor. Las ofensivas se sucedieron sin que la Coalición perdiera a ningún guerrero. Los resistentes, sin embargo, aparecían al amanecer, cubriendo el suelo de cuerpos sin vida.

Las mañanas se oscurecían con el humo de las casas en llamas y de las piras funerarias con que los ancianos despedían a sus difuntos. Las cenizas caían del cielo, donde se adivinaba el Sol transformado en una mancha anaranjada. En las noches, las mujeres esperaban la vuelta de los rebeldes, confiando en que no murieran en las emboscadas. Los ancianos rezaban para que los caciques de los pueblos cercanos se unieran a la resistencia contra las fuerzas ocupantes. El trueno de los disparadores de bolas de metal sustituyó al de las caracolas y los tambores. Todos esperaban que terminara la noche, iluminada por una lluvia de chispas y fuego.

Cuando el mundo se desmorona, no sirven las justificaciones. El miedo sólo paraliza a los que no lo saben vencer. Los dioses no perdonan. Ardieron ante los ojos húmedos de los que no supieron defenderlos, y el fuego se alimentó de otros fuegos. Los libros sagrados escritos en tinta negra y roja, los cantares, los poemas, las oraciones, las banderas, los libros de tributos. Las llamas no distinguen. Y las lágrimas no apagan las hogueras.

Los nuevos dioses destruyeron el adoratorio. En el mismo lugar, comenzaron a construir uno más pequeño, donde obligaron a todo el pueblo a participar en sus ceremonias sagradas. En su interior pusieron la imagen de una mujer con un niño en brazos, y la figura de un hombre casi desnudo, clavado en unas maderas con los brazos extendidos, y las manos y los pies atravesados por pequeñas estacas de hierro. El dolor se reflejaba en su rostro; su cuerpo, cubierto de sangre, mostraba una gran herida en el costado. A ambos lados de las imágenes, cuatro barras de cera ardían por un extremo.

Los dioses se arrodillaron e inclinaron la cabeza ante sus ídolos mientras los ancianos se miraban extrañados unos a otros.

—¿Por qué se humillan así? ¿Acaso no son teules?

El sacerdote que traían consigo extendió en la tarima una tela blanca sobre la que dejó una gran copa de oro con incrustaciones de piedras preciosas, se dirigió a los presentes y les habló a través de la joven.

—Postraos ante la señal de la Cruz, donde padeció muerte y pasión el Señor del Cielo y de la Tierra, nuestro Señor Jesucristo, para salvarnos a todos.

Los ancianos obedecieron imitando los movimientos de los nuevos dioses. Se arrodillaron ante las imágenes que adoraban los extranjeros, en el mismo lugar donde antes veneraron a los ídolos que fueron pasto de las llamas, los de sus ancestros, a los que nunca más podrían honrar.

Su mundo se hundía bajo el calzado de hierro de los recién llegados. Sus sacerdotes, despojados de las vestiduras que divinizaban su identidad y de las cabelleras que millares de sacrificios sagrados habían ennoblecido, se postraban en el nuevo templo, igualados a las clases más bajas con sus mantas de algodón. Los ancianos agachaban la cabeza evitando mirarles. Sus ojos volvieron a llenarse de lágrimas.

3

Las princesas sabían que una vez regaladas no era posible la vuelta atrás, la deshonra caería sobre la familia del que no la entregara a su dueño. Durante los días de la revuelta, vivieron en sus casas esperando la orden de prepararse para la partida. Una vez establecida la tranquilidad, los notables se dirigieron a la casa donde se alojaban los teules para cumplir su palabra. Los nuevos dioses les esperaban en la puerta con la mujer que hablaba su lengua.

Ehecatl apretaba su colgante de ónice bajo la blusa. Hasta ese momento, no los había visto tan cerca. Tras una larga reverencia, su padre recibió el abrazo de uno de los teules, que ya no cubría su cuerpo con placas metálicas, sino con una malla plateada. Chimalpopoca habló dirigiéndose a la joven intérprete.

—Dile a tu señor que aquí le traemos a nuestras hijas, que las tomen para hacer generación.

El teul sonrió y extendió los brazos hacia arriba.

—Alabado sea nuestro Señor Jesucristo, que os abre los ojos a la nueva vida y os perdona vuestros pecados. Bautizaremos a las princesas para que puedan emparentarse con nosotros.

La mujer obedeció un gesto de su dueño y se acercó a las jóvenes.

—Venid conmigo.

Antes de seguirla, las princesas se volvieron hacia sus padres para pedir su bendición. Inclinaron la cabeza y los ancianos las cubrieron con sus manos abiertas. Chimalpopoca rozó los cabellos de su hija evitando cruzarse con los ojos que quizá le miraban por última vez.

Las jóvenes se encaminaron hacia el jardín acompañadas de sus esclavas. Lo atravesaron ante la mirada de un grupo de soldados de los teules que, entre murmullos y sonrisas, seguían sus movimientos mientras ellas se dirigían a las alcobas destinadas a las concubinas. Ehecatl caminaba erguida, con la mirada baja. Unos pasos antes de llegar a la alcoba, una piedra cayó delante de sus pies. La princesa siguió su camino sin inmutarse hasta que Pájaro de Agua le tiró de la manga y le susurró al oído.

—¡Mira, mi niña! ¡Mira quién está allí!

Ehecatl miró hacia el lugar que le señalaba su esclava, Serpiente de Obsidiana la saludaba desde el otro lado del patio. Formaba parte del grupo de guerreros que lucharía junto a los nuevos dioses contra Moctezuma.

Cuando entraron en la habitación de las concubinas, las princesas comprobaron que no eran las únicas que compartían destino. Más de veinte jóvenes, ataviadas con faldas y blusas bordadas de colores, esperaban sentadas en las esteras.

Antes de salir del cuarto, la intérprete se dirigió a las princesas.

—No tengáis miedo. Los dioses os tratarán bien. A mediodía será el bautizo y después os repartirán entre ellos. Podréis conservar a vuestras esclavas.

Pájaro de Agua se retiró del grupo y avanzó hacia la joven.

—¿Hasta cuándo estaremos aquí?

—Mañana, cuando salga el Sol, marcharemos hacia Tlaxcala.

La esclava se horrorizó ante el nombre de la ciudad enemiga de Moctezuma, cuyos guerreros tenían fama de valientes y feroces. Bajó la voz mirando de reojo a la princesa y continuó interrogando a la intérprete.

—¿Nos dirigimos a Tlaxcala?

—Se encuentra en el camino hacia Tenochtitlan, es allí adonde nos dirigimos, también pasaremos por Cholula.

La joven se giró para marcharse, dando la conversación por terminada, pero Pájaro de Agua la siguió con una última pregunta.

—¿No habrá bodas?

—No.

4

Antes de marcharse, los teules nombraron un capitán para que gobernara a la población y vigilara que los sacerdotes barrieran y enramaran el templo, y no celebraran sacrificios. Cambiaron el nombre de la ciudad y comenzaron a reconstruir las casas derruidas en la batalla. A la entrada del pueblo, colocaron una columna de piedra donde atarían a los guerreros que no cumplieran sus órdenes. Y en el centro de la plaza, unos palos de los que colgarían a sus enemigos atándoles una soga al cuello.

La Coalición abandonó la ciudad entre el silencio de los que antes la habían aclamado. Los hombres-venado encabezaban la marcha seguidos de los soldados a pie. Tras ellos, los cincuenta guerreros que entregaron los ancianos a petición de los teules. Las princesas y sus esclavas cerraban la comitiva delante de los porteadores, que llevaban sobre sus espaldas la comida, las mantas y las joyas, vigilados por soldados armados.

Serpiente de Obsidiana se situó en la última fila de guerreros, a unos pasos de Ehecatl. La princesa caminaba tras él recordando las palabras de su madre. «No muestres tu corazón.» «No entregues en vano tu cuerpo.»

Las mujeres no pueden descubrir sus sentimientos, acatan, obedecen, sirven a su señor, se someten sin preguntas. Preguntar es dudar, es buscar alternativas, pero la búsqueda se carga de emociones cuando existen preferencias de unas respuestas sobre otras. Ehecatl aprendió desde pequeña que las mujeres no preguntan. Nunca se cuestionó el rechazo de su padre. Hay respuestas que aumentan el dolor de la duda. Ni por qué fue ella quien sobrevivió a su hermano gemelo. El Dueño del Cerca y del Junto marcó su destino impar, los libros sagrados no pueden volver a escribirse, pero ella añoraba a su pareja y no se preguntaba la razón por la que su dios se lo permitía. Le dolía contemplar el nacimiento de dos cachorros a la vez, buscaba en el espejo de obsidiana una imagen que no era la suya, sentía un vacío que rodeaba su cuerpo, una ausencia que la envolvía sin rozarla y al mismo tiempo la ahogaba. Sin embargo, preguntar el porqué sería insistir en el dolor de las preguntas sin respuesta. Tampoco se preguntaba ahora si el dios que la había tomado como suya venía de la región de las sombras.

Ehecatl no se preguntaba por qué abandonaba la tierra de donde nunca había salido, y que ahora no reconocía. Nuevos gobernantes, nuevos templos, nuevas calles y plazas. Una ciudad diferente, cuyo nombre era incapaz de pronunciar. También ella había cambiado, las magulladuras de una noche de humillaciones la obligaban a sujetarse al brazo de Pájaro de Agua para seguir el ritmo de sus compañeras de viaje. Le ardía el pubis, pequeñas gotas de sangre recorrían sus muslos doloridos. El bálsamo de corteza de pasiflora que le untó Pájaro de Agua no evitaba que los pezones le escocieran con el roce de la blusa. No, Ehecatl no era la misma. El agua con que la bautizaron los nuevos dioses arrastró consigo mucho más que el nombre que le dieron al nacer.

Capítulo V

1

La princesa se cruzó con el calafate en tres ocasiones, en cada una de ellas le dedicó su letanía en nahuatl mirándole a los ojos. Las esmeraldas y las plumas finas llovieron sobre su cabeza, produciendo en el carpintero la confusión que ella buscaba.

Unas horas después de que le repitiera sus versos por tercera vez, el marinero se presentó en la zona de cubierta donde ella jugaba a las cartas con su esclava, con doña Gracia y con doña Soledad. Llevaba el cuerpo repleto de manchas y la cara desfigurada. Se dirigió a la princesa y gritó mientras se sujetaba el estómago con las manos.

—¡Maldita bruja! ¿Qué me has hecho?

Mientras las mujeres se levantaban, el calafate caía al suelo vomitando sangre. Los marineros acudieron al oír sus gritos y rodearon al grupo. El operario se retorcía en el piso apretándose la mano izquierda con un pañuelo. Apenas podía respirar. Todos callaban procurando mantenerse apartados del carpintero, que mantuvo los ojos fijos en la princesa hasta el último estertor. La esclava se acercó al cuerpo y retiró la pañoleta de su mano. Cinco picaduras en forma de círculo destacaban entre la hinchazón que deformaba sus dedos.

—Mordedura de araña. El veneno le ha llegado a la garganta. No hay planta que lo remedie.

Todas las miradas se centraron en la princesa, que no dejaba de observar la boca retorcida del calafate. Los marineros comenzaron a murmurar mientras don Lorenzo y los oficiales del barco se abrían paso entre ellos. La esclava permaneció arrodillada ante el cadáver hasta que Juan de los Santos la levantó. Su señora contemplaba los rostros asustados de la tripulación. Se les podía escuchar el pensamiento, la palabra bruja retenida en sus labios. La criada les miraba insistiendo en el motivo de la muerte.

—Ha sido una araña.

Pero los marineros continuaron escudriñando a la princesa, no podían ocultar el terror de sus caras. La criada gritó de nuevo la frase sin conseguir que la tripulación cambiara su gesto.

—¡Ha sido una araña!

Juan de los Santos intentó calmarla, pero comenzó a llorar sin control. Sus gritos se elevaron hasta que parecieron contradecir lo que trataba de hacer creer a los demás.

—¡Ha sido una araña! ¡Ella no tuvo nada que ver! ¡Sólo le dijo palabras hermosas!

Su destino se cruzaba con la muerte una vez más. La muerte que les acompañaba desde que los extranjeros llegaron a su tierra para salvarles. La muerte que les separó de sus raíces y les esperaba en cada ciudad que la Coalición sometía en su camino a Tenochtitlan. La muerte y el dolor, en Cempoal, en Tlaxcala, en Cholula. La muerte y la desolación mientras avanzaban hacia la capital de los mexicas y aumentaba el número de guerreros que se unían al invasor tras su derrota.

Cuando llegaron a la capital de la región de Tlaxcala, el ejército de los nuevos dioses ya contaba con más de mil quinientos guerreros. Les acompañaban numerosos notables, un nutrido grupo de jóvenes principales y cientos de porteadores.

Desde que salieron de Cempoal, habían pasado casi dos lunas y se montaron decenas de campamentos. Cada uno de ellos suponía la anexión de un nuevo poblado y el crecimiento de las fuerzas de la Coalición.

Serpiente de Obsidiana procuraba mantenerse cerca de Ehecatl cada vez que se detenían. Sin embargo, rara vez conseguía hablar con la princesa. Su nuevo dueño, don Gonzalo de Maimona, la obligaba a permanecer en su alojamiento mientras duraban las acampadas. El guerrero buscaba a Pájaro de Agua para obtener noticias de la joven.

—¿Cómo está Ehecatl? ¿Se ha curado ya de sus heridas?

—No sigas viniendo por el real. Si te ve mi señor volverá a enfadarse con ella y a ti volverán a azotarte en la picota.

Serpiente de Obsidiana se tocó las cicatrices y miró a la esclava.

—No me da miedo tu señor, si vuelve a tocarla, lo mato.

Pájaro de Agua miró hacia los lados para comprobar que nadie pudiera oír su conversación.

—Ya sabes de lo que son capaces los teules, no quisiera que a ti también te cortaran las manos.

—Dile a Ehecatl que mañana volveré, que vaya a bañarse al arroyo cuando salga el Sol.

La esclava le tomó por los hombros y lo giró al mismo tiempo que le empujaba para que se marchara.

—No voy a decirle nada. ¿Acaso quieres que las cosas empeoren para ella? Y no vuelvas a llamarla así, entérate de una vez, su nombre es doña Aurora.

Serpiente de Obsidiana intentó repetir el nombre que la esclava no había sabido pronunciar.

—Doña Aurora, ese nombre es imposible, como todos los de los teules.

Y gesticulando exageradamente con los labios, se volvió hacia Pájaro de Agua librándose de sus manos.

—Adiós, Valvanera. Mañana volveré, díselo a Ehecatl.

Cuando Serpiente de Obsidiana regresó al lado de los guerreros, se enteró de que su capitán lo buscaba para enviarle como embajador. Don Gonzalo de Maimona lo había seleccionado personalmente. El último guerrero que utilizaron los teules como emisario fue sacrificado en la capital de Tlaxcala.

Después de cada combate, Serpiente de Obsidiana se acercaba hasta el campamento para comprobar si doña Aurora había sufrido algún daño. Despertaba a Valvanera, que dormía en una choza junto a otras criadas, y se precipitaban los dos hacia la casa donde se alojaba la princesa. Cuando encontraban la puerta cerrada, se escondían a la espera de que saliera don Gonzalo. La esclava sólo entraba después de que la princesa hubiera abierto la puerta.

—¿Estás bien, mi niña? ¿Te traigo agua para lavarte?

La joven se abrazaba a Valvanera y le pedía que corriera a tranquilizar a Serpiente de Obsidiana.

—Vete tranquilo, la princesa está bien, márchate antes de que te vea mi señor.

Don Gonzalo de Maimona no acostumbraba visitar la tienda durante la noche, se alojaba junto a los otros teules a las afueras del poblado, esperando las hostilidades en primera línea. De vez en cuando, don Gonzalo se presentaba unas horas después de la salida del Sol o una vez terminada la comida. Ordenaba a doña Aurora con un gesto que se quitara la ropa muy despacio y, después de desfogarse, se quedaba dormido hasta que sonaban las caracolas que advertían de la lucha. A veces, ni siquiera la tocaba, la dejaba desnuda delante de la estera y se aliviaba él solo. En varias ocasiones, don Gonzalo observó la presencia de Serpiente de Obsidiana delante de la casa.

2

Durante los asentamientos, Valvanera solía recorrer el real para buscar noticias que contarle a la princesa. Paseaba con las criadas y con sus dueñas, curaba a los guerreros heridos y les averiguaba su suerte. Cuando don Gonzalo permitía salir a doña Aurora de la casa, se sentaban delante de la puerta sobre las esteras extendidas en el suelo, fumaban un cigarro, consultaban los libros adivinatorios y se entretenían en predecir el resultado de la guerra. La princesa estaba preocupada por Serpiente de Obsidiana, habían pasado cinco días y cinco noches desde que el guerrero dejó el asentamiento. Su esclava la tranquilizaba intentando desviar su atención.

—No temas, es listo y valiente, sabrá defenderse. Mira, por allí se acercan doña Mencía y doña Beatriz con sus dueños. Ya tienen el vientre muy abultado. ¿Les acompañamos en el paseo?

Doña Beatriz y doña Mencía ya estaban embarazadas cuando llegaron con los teules a Cempoal. Valvanera lo advirtió aunque todavía no se les notaba; desde entonces, les aliviaba las molestias del embarazo con sus hierbas. A las dos les faltaba el mismo tiempo para cumplir su ciclo, cuatro lunas llenas, pero ya tenían los pies muy hinchados, y las cuerdas de las sandalias se marcaban en sus tobillos. Valvanera les aconsejó que caminaran para evitarlo. La esclava las acompañaba con frecuencia en sus paseos.

Cuando doña Mencía y doña Beatriz se acercaron a la choza de doña Aurora, Valvanera insistió en que la princesa caminara con ellas hasta el río.

—¡Vamos, mi niña! Te vendrá bien.

Pero doña Aurora temía las iras de don Gonzalo, prefería no alejarse de la vivienda. Valvanera recordó la imagen de Serpiente de Obsidiana amarrado a la picota y rectificó.

—Tienes razón, será mejor que nos quedemos, no vaya a pensar que hemos vuelto a bañarnos sin su permiso.

La joven aprendió a adivinar los deseos de su señor desde el primer día. No hacía falta que entendiera sus palabras. El tono de su voz bastaba para que se acurrucara temblando en el fondo de la habitación o continuara tejiendo hasta que le ordenara desnudarse. Pero don Gonzalo era imprevisible y la tensión de la espera casi superaba a la del encuentro. Cualquier ruido la asustaba, se abrazaba a Valvanera buscando un refugio que no podía darle y, después de unos momentos, abría su caja de piedra para acercarse a la mejilla el colgante de su diosa. La esclava volvía entonces a abrazarla retirando el amuleto de sus manos.

—Guarda eso, mi niña. Que no te lo vean nunca.

Nunca. A doña Aurora no le gustaba esa palabra, asociaba el nunca y el siempre a su destino maldito, prefería utilizar el posible y el todavía. Todavía era posible adorar a la diosa de los besos. Todavía podía llamar Pájaro de Agua a su esclava cuando estaban a solas. Todavía el viento que significaba su nombre podría impulsarla a volar. Todavía quedaba la posibilidad de que regresara Serpiente de Obsidiana y que don Gonzalo no volviera a encontrarlos juntos en el río.

Los días se sucedían en la desesperación del tiempo estancado, mientras los combates continuaban cargando la noche de relámpagos y de truenos. Los caciques de Tlaxcala enviaron espías que fueron descubiertos y devueltos mutilados a sus jefes. Algunos perdieron sus manos, otros tan sólo el dedo pulgar. Muchos guerreros aprovechaban la oscuridad de la noche para huir.

La visión de sus espías con las manos cortadas y el hecho de que sus propios soldados huyeran espantados de las armas de fuego debieron convencerles de que los extranjeros eran invencibles tanto de día como de noche, y se unieron a la Coalición.

En la capital de Tlaxcala doña Aurora se alojó con don Gonzalo en el palacio de Ocotlana, Piedra que Gira, uno de los notables de la ciudad. Piedra que Gira tenía esposa y cinco concubinas. Entre todas sus mujeres le habían dado veintisiete hijos, pero los ocho varones murieron en la guerra y cinco de sus hijas habían emparentado ya con otros notables; las catorce restantes vivían en habitaciones contiguas a la que ocupaban doña Aurora y su señor. La mayor parte de las noches don Gonzalo se llevaba a una de las jóvenes a su habitación y compartían la estera con la princesa. Valvanera se instaló en las habitaciones destinadas a las esclavas.

Serpiente de Obsidiana seguía sin aparecer. Doña Aurora pidió a Valvanera que visitaran a los dueños de doña Beatriz y de doña Mencía para que intercedieran por él en secreto. Pero los secretos mejor guardados son los que no salen de la boca y no pueden convertirse en rumor. Cuando don Gonzalo se enteró de que la esclava había visitado a los capitanes, las probabilidades de ver al guerrero con vida se redujeron a un imposible.

Hacía tiempo que doña Aurora sabía que los españoles no eran teules, Valvanera aprendió su lengua y le enseñó el significado de los objetos que antes creían sagrados. La espada, el caballo, el cañón, el arcabuz, las corazas que pintaban de betún para evitar que se oxidaran, su crucifijo, su Virgen, las velas. La princesa intentaba pronunciar aquellas palabras imposibles aprovechando las noches para que nadie las escuchara, no se cansaba de preguntar aunque sus párpados se cerraran a pesar suyo. Valvanera terminaba la conversación cuando ambas caían rendidas por el sueño.

—Mañana seguimos. Ahora duerme, mi niña, y recuerda que don Gonzalo no debe enterarse de que entendemos lo que dice.

Valvanera continuó con sus enseñanzas hasta que doña Aurora asimiló todo lo que ella había aprendido. Se llamaban españoles, su emperador gobernaba grandes extensiones de tierra y sangraban y morían como cualquier guerrero.

Los de Tlaxcala los recibieron con la misma admiración que arrancaron a su paso en Cempoal. Después vendrían los intentos de derrocar a sus ídolos. La desolación. La horca y la picota. Y también los regalos, el oro, la plata, las plumas de quetzal, las mantas de algodón y las jóvenes a las que cambiarían el nombre.

Las princesas regaladas se bautizaron en la ceremonia de inauguración del nuevo templo. Después de la misa, se repartieron entre los capitanes. Una de las hijas de Piedra que Gira se encontraba entre ellas. Doña Aurora contempló la despedida y la bendición de sus padres. Un punzante vacío se apoderó de su estómago.

Don Gonzalo le permitía salir de la habitación en raras ocasiones.

El anciano cacique la observaba caminar, cabizbaja y pálida, seguramente se preguntaba cómo trataría su dueño a su pequeña. Se interesaba por su bienestar a través de las concubinas y de Valvanera, le enviaba frutas y cacao y la animaba a bañarse junto a sus hijas en la fuente del jardín. Al principio no aceptaba el ofrecimiento, prefería bañarse sola aprovechando las ausencias de don Gonzalo, pero a medida que éste se encaprichaba de una de las hijas del cacique, comenzó a relajar su vigilancia y podía recorrer todas las dependencias de la casa.

La princesa encontró en el cacique al padre que nunca la acarició. En uno de sus paseos la joven vio al anciano en el huerto, cortaba flores que depositaba en una bandeja. Cuando se acercó hasta él, el cacique eligió una rosa y se la ofreció.

—Pareces triste, pequeña, ¿podría hacer algo para remediarlo?

Le sorprendió su dulzura, le agradeció sus atenciones, y compartió su preocupación por Serpiente de Obsidiana. Piedra que Gira le sonrió.

—Que no sufra tu corazón, los últimos embajadores que llegaron están en el templo, los engordan para el sacrificio. Pronto será un compañero del águila. Pero si tú me lo pides, yo haré que lo liberen.

Doña Aurora no pudo evitar el llanto. Sabía que, aunque le ofrecieran la libertad, Serpiente de Obsidiana no renunciaría al honor de acompañar al Sol en su camino hacia su cenit. El anciano levantó su cara tomándola de la barbilla y le hizo sonreír.

—Nadie podría resistirse a esos ojos negros. Le diré que estás conmigo y vendrá.

Sin embargo, además de la reacción de don Gonzalo, le preocupaba que el cacique confundiera su amistad con el adulterio. Las leyes eran muy estrictas, ella las conocía desde pequeña. La muerte y el deshonor para ambos.

Piedra que Gira volvió a mirarla con la ternura de un padre.

—Pequeña niña, estás unida a tu señor como la liebre al ave rapaz. Los dioses nos perdonen, esconderé a tu amigo hasta que también nos protejan.

Durante días, esperó al anciano recorriendo el jardín en compañía de Valvanera y de las hijas de Piedra que Gira, incluso se atrevió a visitar a doña Mencía y a doña Beatriz, que ya tenían contracciones y reclamaban constantemente a Valvanera. A veces infringía las normas que prohibían a las jóvenes de la nobleza salir solas a la calle, y visitaba a los heridos mientras su esclava atendía a las embarazadas. La criada siempre mostraba su preocupación ante el riesgo de que don Gonzalo conociera sus salidas.

—Esto es una locura, algún día nos lo encontramos en el camino.

Sin embargo, doña Aurora había recuperado su capacidad de reír y explotaba en una carcajada que rápidamente se extendía a Valvanera y a las otras jóvenes de la casa. La esclava se rendía a sus deseos sin ofrecer excesiva resistencia.

—Está bien, vendrás conmigo otra vez, pero no te separes de mí.

En ocasiones, se cruzaban con Piedra que Gira cuando volvía de buscar al guerrero en todos los templos de la ciudad.

—Lo siento mucho, pequeña, hoy tampoco lo he encontrado. Algunos emisarios de los teules se fugaron en lugar de venir hasta aquí, quizás esté entre ellos.

La princesa no creía en esa posibilidad. Serpiente de Obsidiana no se marcharía sin avisarla antes. El anciano la tranquilizaba mientras las acompañaba de vuelta a casa.

—No te preocupes. Mañana volveré a buscarle. Si está en la ciudad, tiene que aparecer.

3

—¡Despierta, mi niña, despierta!

Valvanera zarandeó a la princesa, que dormía sola en su habitación desde que don Gonzalo trasladó su estera a la de la hija de Piedra que Gira.

—¡Despierta! El anciano señor quiere verte.

La princesa se vistió una túnica sobre su cuerpo desnudo y corrió descalza en busca de Piedra que Gira. Al atravesar el jardín que la separaba de las habitaciones del cacique, escuchó su nombre a sus espaldas y se paró en seco.

—¡Ehecatl!

Doña Aurora se giró hacia el muchacho que ella habría aceptado por esposo. Serpiente de Obsidiana la miró de arriba abajo.

—Pareces una campesina, así me gustas más.

Ehecatl se lanzó a sus brazos, ambos rodaron por el suelo en una noche de bodas en que negaron el dolor de las heridas que no habían llorado. Pasión para olvidar lo perdido.

Sí, por supuesto que habría dicho «Sí» en el caso de que sus padres le hubieran preguntado. En su papel de intermediarias, las ancianas habrían acudido a su casa varias veces en nombre de la familia del guerrero. La costumbre obligaba a que la primera vez obtuvieran una negativa.

—La doncella no está todavía en edad de casarse y no es digna de tan honorable familia.

Pero las ancianas regresarían al día siguiente y sus padres comenzarían las negociaciones después de haber consultado con ella.

—No sabemos por qué se engaña este mozo que la demanda, porque ella es muy poca cosa, pero ya que habláis con tanto empeño, consultaremos a nuestros parientes. Venid mañana y llevaréis la solución a su familia.

Su madre disfrutaría con los preparativos de la boda, la comida para la fiesta del día anterior en su casa, los bordados de la falda y la blusa, los adornos de plumas rojas para los brazos y las piernas, la pintura amarilla para su cara. La ceremonia se celebraría en casa del novio, adonde la conducirían sus amigas y parientes por la noche en una procesión que recorrería las calles de la ciudad entre antorchas, cantos y exclamaciones. Serpiente de Obsidiana saldría a recibirla con un incensario en la mano. Cuando el cortejo llegara al umbral de la casa, le entregaría otro a Ehecatl y ambos se ofrecerían incienso en señal de respeto. Recibirían regalos de ambas familias, una blusa y una falda bordadas para ella y vestidos de hombre para él.

Serían marido y mujer cuando las ancianas anudaran la manta del novio a la blusa de la novia. Después, pasarían a la cámara nupcial y aguardarían cuatro días para consumar el matrimonio, durante ese tiempo tan sólo rezarían. Saldrían del aposento al mediodía y al ocaso para ofrecer incienso en el altar de la casa. Al quinto día, sus padres les bendecirían cuatro veces, Ehecatl se adornaría la cabeza con plumas blancas y cambiaría las rojas de sus brazos y piernas por colores vistosos.

Y más regalos, y más comida, y un lecho de plumas, y un trozo de jade, y un baño con su esposo en el que el sacerdote les bendeciría con agua sagrada.

—Mi pequeña turquesa. No volveré a dejarte sola. Piedra que Gira me ha prometido que nos ayudará a escapar.

Algunos amaneceres deberían prohibirse, el sonido de las caracolas despertó a los jóvenes en el momento en que don Gonzalo salía de su habitación. Los golpes alarmaron a las mujeres, que salieron de sus alcobas y rodearon a los dos hombres con cara de espanto. Serpiente de Obsidiana intentaba defenderse esquivando las embestidas hasta que su mano tropezó con una rama de árbol recién cortada; en el mismo momento, don Gonzalo se abalanzó sobre él blandiendo su hierro. El guerrero se defendió levantando la rama, convertida en una lanza que atravesó el cuello de su contrincante.

La sangre salía disparada a borbotones. Don Gonzalo intentaba mantenerse de pie taponando la herida para detener la hemorragia. La hija del cacique se precipitó gritando sobre él, le empujó con las manos abiertas y los dos cayeron al suelo, la joven descargó su rabia ante el desconcierto de todos los presentes, sus puños golpeaban un cuerpo sin vida.

4

No hubo misericordia para Serpiente de Obsidiana. Piedra que Gira no pudo evitar que los soldados se lo llevaran el mismo día de la muerte de don Gonzalo; intentó interceder por él ante los extranjeros, pero sólo consiguió que le devolvieran el cadáver marcado por la señal de la soga.

Valvanera amortajó al guerrero con ayuda de las mujeres del cacique, doña Aurora le cubrió el rostro con una máscara de barro y se retiró a su habitación cuando encendieron la pira en el jardín. Sus pensamientos volaban al lado de su hermano mientras intentaba amortiguar el olor de la cremación con un brasero de incienso.

—Hermano mío, acompáñale en su camino por la ribera de las nueve corrientes. Guíale hasta el noveno círculo, allá, en el fondo, está la transparencia.

A veces el dolor sabe a dulce. Dulce. La princesa se recreó en su llanto recordando las caricias de una noche azul que no debería haber terminado. Azul. La mañana asomando por un cielo en el que sólo brillaba una estrella, el viento impregnando su cuerpo con el olor de otro cuerpo. El sueño interrumpido. El dolor de unos ojos cerrados, de un cuerpo desnudo, de una boca entreabierta. El deseo y la muerte. El llanto.

Valvanera se sentó a su lado, la rodeó con sus brazos y se mantuvo en silencio, doña Aurora se reclinó sobre su hombro, sus sollozos se fueron apagando hasta que se durmió agotada. Sólo se oía el crepitar del fuego cuando Francisca, la esclava de doña Beatriz, irrumpió en la habitación.

—Ya viene el niño. Mi señora está muy mal. ¡Corred!

Las dos mujeres corrieron tras Francisca. Valvanera cargaba con sus cestos repletos de telas de algodón y plantas medicinales.

—¡Pero si le faltan casi dos lunas por cumplir!

Al entrar en la casa de doña Beatriz, encontraron a su señor con un niño en brazos, la parturienta yacía en la estera cubierta de sangre. Valvanera se arrodilló para cerrarle los ojos y le cantó unos versos de despedida.

—Despierta ya, el cielo se enrojece, ya cantan las lechuzas color de llama. Quien ha muerto se ha vuelto una diosa.

Después tomó al bebé de los brazos de su padre y lo envolvió en las telas de su cesto. Doña Aurora les miraba sin pronunciar una palabra. Valvanera bañó al pequeño y le curó la tripa que le mantuvo unido a su madre durante siete meses; mientras tanto, Francisca empujaba a su señor hacia el jardín y, después de enterrar el cordón umbilical junto a las miniaturas de un escudo y unas flechas que su madre le había tallado, comenzó a preparar a doña Beatriz para que la llevaran al templo de las mujeres valientes.

Valvanera terminó de arreglar al recién nacido y salió de la habitación abrazando una manta bordada de peces de colores. El padre esperaba caminando a grandes zancadas con las manos a la espalda, se acercó a la esclava y extendió los brazos para que le colocara al niño. El bebé comenzó a llorar en el momento en que su padre le besó en la frente, lo meció susurrándole una canción y dándole palmaditas en la espalda, pero el niño seguía llorando, agitando los brazos con los puños cerrados. Valvanera intentó explicarle con gestos que tenía que comer. A doña Mencía también se le había adelantado el parto, había dado a luz una niña tres días atrás, podría amamantar a los dos pequeños. Su señor murió en la última refriega y vivía con ellas desde entonces.

El padre la miró con los ojos húmedos y le entregó al bebé.

—No te esfuerces, mi esposa me enseñó vuestra lengua. Puedes hablar en nahuatl. Te lo ruego, di a doña Mencía que visitaré todos los días a mi hijo. Llevaos también a Francisca para que se encargue de atenderle.

Doña Aurora seguía observándoles en silencio, la muerte de Serpiente de Obsidiana y el nacimiento del pequeño se habían producido en su veinte cumpleaños. Los dioses repetían su propia historia y cruzaban el destino del bebé con el suyo, 4-ehecatl. Quizá la muerte del guerrero y la de su hermano tenían sentido, su hermano cuidaría de Serpiente de Obsidiana y ella, del pequeño, las dos madres muertas velarían por que se cumpliera el trato. Su amigo llegaría al noveno círculo para encontrar el reposo y el bebé tendría una madre igual que ella la tuvo, una madre que suavizaría la fatalidad de su signo de nacimiento.

La princesa pidió a Valvanera que le entregara al niño, acarició sus deditos enredándolos con los suyos y preguntó a su padre el nombre por el que debían llamarle.

—Miguel, deseo que le llamen Miguel.

Antes de marcharse, Francisca recogió las cosas que su señora había preparado para su hijo. Cuando llegaron al palacio, doña Mencía lo acercó a su pecho, el bebé se quedó dormido jugando con el pezón que calmaría su llanto durante meses. La princesa buscó su diosa de ónice, se la acercó a la mejilla con los ojos cerrados y la colocó en la cabecera de la cuna donde acostó al pequeño.

Capítulo VI

1

Durante los días siguientes a la muerte del calafate, doña Aurora apenas salió del camarote. Doña Gracia y doña Soledad la visitaban al atardecer para jugar su partida diaria. Se esforzaban en aparentar normalidad, pero la princesa no perdía la expresión de desconcierto con que despidió al carpintero, envuelto en un serón que lo llevaría hasta el fondo del mar.

En cierta ocasión, don Lorenzo vio desde el puente de mando una ballena a estribor de la nave que expulsaba agua por el lomo. El capitán San Pedro señaló el chorro y respiró profundamente.

—Las primeras señales ciertas de tierra empiezan a aparecer.

Hacía días que don Ramiro sabía que se acercaban a Sanlúcar sin necesidad de consultar sus instrumentos. Las bandadas de pájaros marinos se recogían más tarde y volvían más temprano por la mañana; la Luna y las primeras estrellas se podían ver aunque reluciera el Sol; las aguas se tornaron verdosas, señal de que en los fondos ya había hierbas; y en la superficie aparecieron manchas de grasa y hojas de árboles.

Don Lorenzo se alegró de que terminara la travesía sin haber sufrido ninguna borrasca. Desde el episodio de la araña, temía el pánico de los marinos a los fuegos de San Telmo. Achacaban las llamas azules que resplandecían en los cabos y en los extremos de los mástiles después de las tormentas a la presencia de espíritus malignos. Don Ramiro se burló de sus temores, le divertían los fuegos de San Telmo, se aprovechaba del miedo de la tripulación para tenerlos controlados.

—Sólo son supersticiones. ¿No me digas que tú también crees en los espíritus?

—Claro que no, pero no me hubiera gustado que también los fuegos fatuos se los achacaran a doña Aurora.

El capitán San Pedro le dio una palmada en el hombro.

—No hay cuidado, muchacho, ya se han olvidado de la araña.

Sin embargo, no era así. Aunque al día siguiente un grumete encontró la araña en la batayola donde guardaba su hamaca, los marineros evitaban a doña Aurora desde la muerte del calafate.

Don Lorenzo se lamentaba del confinamiento de la princesa, pero sabía que el viaje le resultaría más penoso si subiera a cubierta y la tripulación le volviera la cara. Confiaba en que ninguna persona del barco hablara de brujería cuando llegaran a Sevilla. El Tribunal del Santo Oficio de Llerena solía actuar únicamente contra los moros y contra los judíos conversos. Pero, en otros distritos, varias mujeres acabaron en la hoguera denunciadas por brujas.

Unos días después de la muerte del calafate, doña Aurora se vistió su mejor traje español y subió a cubierta con un espejo en la mano. Ante el asombro de los marineros, se dirigió al capitán en nahuatl mirándole fijamente a los ojos. Después, repitió sus palabras mirando a Valvanera, a Juan de los Santos y al capitán San Pedro. Colocó al pequeño Miguel delante de su padre y volvió a decir las mismas palabras. Antes de volver al camarote, hizo una reverencia a la tripulación y se miró al espejo repitiendo sus versos nuevamente.

El capitán San Pedro soltó una carcajada, se volvió a don Lorenzo, y le habló con una voz muy ronca y exagerada. Era evidente que buscaba los oídos del resto del barco.

—¡Muchacho! Esta mujer es más lista que todos nosotros juntos.

Los marineros reconocieron la letanía que causó la muerte del calafate, se miraron perplejos unos a otros y preguntaron a Valvanera su significado. Juan de los Santos se adelantó y tradujo la frase que atemorizó al carpintero.

—Como esmeraldas y plumas finas, llueven tus palabras sobre mi rostro.

La confusión de los marineros aumentó con la traducción de la frase, buscaban su significado cuando el capitán San Pedro volvió a estallar en carcajadas y se dirigió a su tripulación.

—No le deis más vueltas. La dama dijo que cuando las palabras son necias, los oídos se vuelven sordos. ¡Volved al trabajo!

Los marineros rieron con su capitán, se abrazaron, se empujaron unos a otros entre bromas y regresaron a sus tareas. Repasaron los cabos y las redes, recogieron el cable del ancla, revisaron los aparejos, levaron las velas. Cada cual se afanaba en lo suyo, y todos recuperaron una tradición que hacía días no ponían en práctica. Mientras trabajaban, repetían a coro una canción que entonaba el grumete desde el castillo de proa.

Don Lorenzo bajó a los camarotes y encontró a doña Aurora con Valvanera. En aquel momento, deseó que la princesa hubiera sustituido sus ropas por la túnica con que solía vestirse cuando no estaba en cubierta.

Pero le esperaba con el espejo en la mano, vestida como una condesa a punto de ser recibida por el rey, y con una sonrisa de media luna que los tres convirtieron en carcajada.

De momento, parecía que la tripulación les había perdido el miedo, pero don Lorenzo no estaba tranquilo, temía por doña Aurora y por su criada. Su capacidad para aplicar ungüentos y plantas medicinales era conocida por todos los soldados de la Coalición. Incluso en Cuba se hablaba de sus poderes.

Su fama se fue extendiendo a medida que las fuerzas aliadas invadían nuevos territorios. Asistían a los partos, preparaban emplastos con plantas y piedras curativas, averiguaban el horóscopo de los recién nacidos, y consultaban el oráculo de cualquiera que se lo solicitase. En todas las ciudades que recorrieron en su camino hacia Tenochtitlan se esforzaron en curar a los enfermos y a los heridos, sobre todo en Cholula, donde consiguieron aliviar de sus quemaduras a cientos de guerreros de la resistencia. La batalla de Cholula les marcaría el resto de sus vidas.

Antes de abandonar Tlaxcala, los caciques de Cempoal solicitaron permiso para volver a su provincia. Doña Aurora se planteó la posibilidad de acompañarles con el pequeño Miguel y con Valvanera, pero el capitán don Lorenzo de la Barreda no quería separarse de su hijo.

—Vuelve con los tuyos y deja al pequeño con doña Mencía, Francisca le ayudará en sus cuidados.

Sin embargo, la princesa prefería continuar con los extranjeros antes que dejar al niño.

Don Lorenzo de la Barreda visitaba a su hijo todas las mañanas. La primera vez lo reconoció por la manta de peces de colores. El pequeño Miguel dormía al lado de la hija de doña Mencía. Doña Aurora y Valvanera se encontraban fuera de la vivienda, atendiendo a los heridos y a los enfermos. Cuando la princesa supo que don Lorenzo había estado en la casa, decidió retrasar en adelante sus salidas hasta que el capitán volviera junto a su tropa. Argumentaba que debían dejar al niño bañado para descargar de trabajo a doña Mencía y a Francisca. Sin embargo, la esclava se impacientaba cuando el capitán se demoraba en la visita.

—Vámonos, mi niña, el pequeño está bien, ¿no lo ves?

La princesa se mantenía de pie junto al padre y al hijo escuchando el ronroneo de la canción con que siempre lo acunaba, hasta que la voz de Valvanera rompía su ensimismamiento.

—¿Nos vamos ya? Los heridos nos esperan.

El capitán dejaba entonces al niño en la cuna y se dirigía a doña Aurora con el gesto fruncido.

—No os preocupéis, ya me voy. Os dejo para que podáis bañarle. Aunque Francisca también podría hacerlo.

Desde que las tropas llegaron a las puertas de Cholula, el capitán había espaciado las visitas. Dos días antes de la matanza se acercó a la casa donde se alojaban las mujeres y los pequeños. Llevaba puesta la coraza pintada de betún y ni siquiera cruzó el umbral, pidió a Valvanera que saliese y le habló en el zaguán sin quitarse el yelmo.

—No debéis salir bajo ningún pretexto. Mis hombres han descubierto en las calles pozos rellenos de estacas puntiagudas. Todas las azoteas están repletas de piedras dispuestas para ser arrojadas sobre nosotros.

Valvanera se llevó las manos a la cabeza y salió a la calle para señalar las terrazas de las viviendas cercanas.

—¿Entonces? ¿El recibimiento con flores?

—Un engaño para distraernos. Moctezuma ha enviado veinte mil hombres para evitar que lleguemos a Tenochtitlan, están acampados al otro lado de la fortaleza, sólo esperan la orden de los de Cholula para entrar en combate.

—¿Y los de Tlaxcala?

Don Lorenzo la empujó suavemente hacia la puerta y la obligó a entrar de nuevo en el zaguán.

—Se quedaron fuera de las murallas. Ahora entra en la casa y cuida de que nadie salga hasta nueva orden.

2

Don Lorenzo recorrió las calles desiertas de la ciudad, los incensarios iluminaban tenuemente las escaleras de los templos bajo una noche sin Luna, las siluetas de decenas de pirámides se adivinaban por el trazo de las brasas. Habían apagado las antorchas de las azoteas y los patios, la oscuridad se desparramaba por la ciudad, mezclada con el olor del incienso. Cuando llegó al templo de Quetzalcoatl, no pudo reprimir un suspiro de admiración, la pirámide se elevaba majestuosa hacia la negrura del cielo, su tamaño duplicaba el de cualquier templo que jamás hubiera visto.

Aún no había salido de su asombro cuando los guerreros de Cempoal le señalaron un adoratorio por el que descendían varios hechiceros manchados de sangre. Cuatro sacerdotes sujetaban a un hombre por los brazos y las piernas en el altar, mientras un quinto le clavaba su cuchillo de obsidiana y le arrancaba el corazón. Otros seis cuerpos esperaban, despedazados y colocados en calderos de agua hirviendo, para ser consumidos como la carne del propio dios de la guerra.

Al amanecer, los patios de Cholula se convirtieron en una trampa para sus propios guerreros. Don Lorenzo no recordaba cómo se provocó la matanza, más de tres mil muertos y decenas de heridos en un espectáculo de fuego y de muerte. Hombres vivos ardiendo sobre los muertos, gritos, caballos embravecidos relinchando en busca de una salida, disparos de escopeta, confusión y sangre, mucha sangre.

Ni sus trescientos sesenta templos invocando la protección de los dioses, ni los veinte mil guerreros que se quedaron al otro lado de la fortaleza, pudieron evitar que la ciudad santa de Quetzalcoatl quedara reducida a escombros.

Don Lorenzo de la Barreda presentó su batalla recordando el corazón que latía en las manos del sacerdote. Su espada atravesaba las corazas de algodón y de maguey sin detenerse a comprobar si había batido a sus enemigos. No habían transcurrido más que unos minutos desde el comienzo de la refriega cuando una flecha atravesó la abertura de su yelmo y cayó al suelo.

Las casas cercanas a la muralla recibían a los soldados supervivientes desde las primeras horas del atardecer. Doña Aurora y Valvanera esperaron la vuelta del capitán hasta la mañana siguiente. Debía de haber caído en la batalla, herido o muerto. La princesa decidió salir en su busca acompañada por Valvanera. Como de costumbre, la criada protestaba ante las iniciativas arriesgadas de su señora.

—Las calles no son seguras, mi niña, no deberíamos salir.

Las mujeres atravesaron la ciudad entre las ruinas de los templos que les maravillaron tres días antes. Preguntaban a los lugareños el camino hacia las casas de los extranjeros, pero la mayoría se quedaban pensativos mirando a su alrededor sin saber qué contestar.

—Lo siento, ni siquiera puedo reconocer mi propia calle, busco mi casa desde el mediodía.

Valvanera se colgó del brazo de la princesa y señaló hacia el norte.

—Vayamos a la gran pirámide, don Lorenzo dijo que los extranjeros se alojaban en el centro de la ciudad.

Los cadáveres se multiplicaban conforme se acercaban al centro. Los guerreros de Cholula y de Tlaxcala confundidos en la miseria de la muerte. El olor a sangre y a pólvora se agudizaba en cada paso, y les guiaba hasta el lugar de la matanza. Cuando llegaron al patio donde ardieron los guerreros, las mujeres ya habían regresado e intentaban reconocer a sus difuntos. Cuerpos carbonizados con los brazos y las piernas encogidos, imposibles de identificar. Doña Aurora contempló el espectáculo con los ojos llenos de lágrimas, Valvanera se aferró a ella apretando su brazo hasta hacerle daño.

—Volvamos a casa, aquí no lo vamos a encontrar.

La princesa miró a su alrededor deseando que don Lorenzo no hubiera participado en aquella masacre, se agachó hasta tocar la arena con las palmas de sus manos y rezó a la diosa del agua una oración por los muertos. Antes de volver, recorrieron varias salas de la vivienda repletas de guerreros heridos. El capitán no estaba entre ellos.

Al día siguiente, volvieron al lugar de la matanza para curar a los quemados con sus plantas medicinales. En la sala destinada a los extranjeros, encontraron a don Lorenzo con la cabeza envuelta en una tela blanca que le tapaba los ojos. Mientras doña Aurora se acercaba hacia él, escuchó cómo gritaba a un soldado que intentaba mantenerlo tendido en la estera.

—¡No padecen ni sienten! ¡Son animales!

El soldado intentaba sujetarle pasando un trapo húmedo por su frente, pero el capitán se incorporaba invadiendo la sala con sus gritos.

—Beben sangre humana. ¿Por qué vinimos a esta tierra maldita? Tierra de salvajes. ¡Mátalo! ¡Mátalo!

La princesa pasó junto a él sin detenerse, salió de la habitación y se dirigió al patio donde se concentraban los guerreros, algunos tan sólo emitían un gemido que apenas les salía de la garganta, otros aullaban intentando desprenderse de la piel los restos de maguey y de algodón, la salmuera que utilizaban para endurecer la coraza penetraba en su cuerpo agudizando el dolor de las heridas. Las mujeres retiraban a sus muertos identificándolos por los cuchillos y por las flechas de obsidiana que encontraban a su lado. Valvanera y doña Aurora se sumaron a su silencio de llanto y de rabia, prepararon grandes cantidades de manteca de cacao y de corteza quemada de ahuehuete, el árbol viejo de agua capaz de cicatrizar las quemaduras, y la aplicaron a los heridos mientras se miraban sin hacer comentarios.

Durante dos semanas, la princesa y su criada volvieron cada día al centro de la ciudad para repetir las curas. Jamás visitaron a don Lorenzo.

3

Desde que cayó herido en la batalla de Cholula, don Lorenzo no podía conciliar el sueño. Las imágenes de los sacrificios se cruzaban en sus duermevelas y le impedían dormir. Le costaba trabajo cerrar los párpados, a pesar de que una venda le tapaba los ojos, debía cubrírselos con la mano abierta para conseguir mantenerlos cerrados. Cada vez que conseguía adormilarse después de dar vueltas y más vueltas en la estera, esperando que el cansancio y el dolor le rindiesen, las pesadillas se colaban en sus sueños. Sus propios gritos le despertaban empapado en sudor.

Le extrañaba que doña Aurora no hubiera acudido a visitarle, temió por su vida y por la de su hijo. Nada más recobrar el conocimiento, envió a su mozo de espuela a las casas de la muralla para buscar noticias sobre ellos, pero las palabras del criado aumentaron su extrañeza.

—Están todos bien, capitán, doña Aurora acude todos los días al real con Valvanera para curar a los indios heridos.

No estaba muy seguro del tiempo que permaneció inconsciente, la fiebre le subía y le bajaba sin control mientras deliraba sin poder distinguir el sueño de la realidad. Una tarde, creyó escuchar la voz de la princesa desde el otro lado del patio y ordenó a su criado salir en su busca. Juan de los Santos regresó al poco tiempo con las manos vacías.

—Os visitará si termina las curas antes de que se haga de noche. Hay tantos quemados que no dan abasto con la manteca de cacao, deben prepararla todos los días cuando vuelven a casa.

Pero don Lorenzo esperó la visita que nunca recibió sin saber siquiera si la conversación había sido producto de su delirio.

La primera vez que se acercó a la casa de la muralla, encontró a doña Mencía dando de mamar a su hijo. La niña ya había comido, Francisca la bañaba entre toses y estornudos. Su cuerpo parecía pesado y torpe, su cara brillaba por la fiebre. Doña Aurora y Valvanera habían salido momentos antes de la vivienda, el capitán las esperó hasta que los niños volvieron a reclamar leche.

—Por favor, decidle a doña Aurora que mañana volveré, desearía hablar con ella.

Pero al día siguiente, el capitán tampoco pudo ver a la joven. Valvanera salió de su habitación con un recado de la princesa, estaba ocupada y no podría recibirle.

—Dile que mañana os buscaré en el campamento, si no consigo verla vendré al anochecer.

Ni en el campamento, ni al anochecer consiguió encontrarla, Valvanera acudió sola a cuidar de los heridos, y por la noche su señora se acostó temprano debido a un dolor de cabeza insoportable.

Los desencuentros se multiplicaron hasta que la princesa se dirigió al campamento para buscarlo. Llevaba el pelo dividido en dos trenzas que se anudaban en la nuca sujetas por un peine, de una de las trenzas escapaba un pequeño mechón que ella se retiraba de la mejilla, mientras preguntaba al capitán la razón de su búsqueda. Don Lorenzo reprimió el deseo de llevar a su sitio el mechón, que insistía en abandonar la oreja donde la india lo colocaba. Nadie diría que aquellas manos no fueron educadas únicamente para realizar ese movimiento. En su dedo meñique brillaba un anillo en el que resaltaba una cabeza de águila. La princesa repitió su pregunta buscando la mirada del capitán, pero él bajó la cabeza como si hubiera perdido algo en el suelo.

—Sólo quería deciros que los caciques de Cempoal no vendrán con nosotros. Si queréis, podéis regresar con ellos.

Doña Aurora rechazó la invitación de la misma manera que lo hiciera en Tlaxcala, pero Francisca aceptó marcharse, padecía dolores musculares desde hacía tiempo, no se encontraba con fuerzas para continuar el camino. A la mañana siguiente partirían hacia Tenochtitlan.

Desde la cima humeante del Popocatepetl, don Lorenzo divisó la capital de los aztecas con admiración e incredulidad. Los hombres de la expedición, que constituían la avanzadilla de la comitiva, contemplaban fascinados las torres y los adoratorios que parecían emerger del agua.

Los vapores del cráter dificultaban la respiración de Juan de los Santos, que se tapaba la nariz y la boca con las manos mientras hablaba.

—Así debe de oler el infierno.

El criado se frotó los ojos varias veces señalando la laguna.

—¿No será esto que vemos un sueño?

Don Lorenzo recordó las advertencias de los caciques de Tlaxcala, cuando se despedían de ellos a las puertas de la capital. Quizá pudieran entrar en Tenochtitlan, pero jamás saldrían vivos de allí.

—También puede ser una pesadilla.

En el centro de la ciudad, de una redondez casi perfecta, se levantaban grandes pirámides de piedra. Las casas, construidas de calicanto, se alineaban alrededor de multitud de canales que resplandecían con los rayos del Sol. A lo largo del camino empedrado que conducía al lago central, se levantaban conductos de agua trazados en línea recta. Los hombres se maravillaban de la calzada sin salir de su asombro.

—¡Nunca vi una tan derecha y a nivel!

—Mirad aquellas casas que salen del agua y de tierra firme, las hay a millares.

—¡Es increíble! Se parece a las cosas de encantamientos que se cuentan en los libros de caballería.

Don Lorenzo apenas percibía el olor del azufre, la flecha que rozó su sien le produjo una infección que afectó a sus fosas nasales. Sin embargo, recordaba el olor a carne quemada con el que despertó cuando su mozo de espuela le recogió del patio de Cholula. Nunca debieron llegar hasta allí. Nunca debieron participar en una empresa en la que los símbolos importan más que su significado. Las creencias no deberían imponerse a sangre y fuego. Las cruces no son nada por sí solas, la muerte no las carga de su credo aunque los vivos lo crean y lo alimenten. No debieron quemar los libros sagrados en Cempoal, ni forzar el derrocamiento de sus ídolos, como tampoco debieron bautizar a las jóvenes tan sólo para poder amancebarse con ellas. Regalos ensuciados por las manos que no debieron recibir.

Contempló por última vez Tenochtitlan desde la cima del Popocatepetl y descendió la falda del volcán con la certeza de que nunca más volverían a ver la ciudad en aquel esplendor. Los sueños se desvanecen cuando se intentan apresar.

Al llegar a la capital de los aztecas, observó a la multitud. No había lugar donde no se divisaran túnicas blancas, y faldas y blusas de colores. Hombres, mujeres y niños se agolpaban en las gradas de los adoratorios, en las terrazas, en las aceras y puentes, y en centenares de canoas que abarrotaban los canales.

El capitán De la Barreda cabalgaba detrás de los arcabuceros, que desfilaban a paso ordinario con los arcabuces colgados al hombro. El cansancio acumulado durante nueve meses de viaje y de batallas se reflejaba en su marcha.

La cordillera que separaba Cholula de la capital del imperio la cruzaron en ocho días agotadores, en los que ni siquiera pudieron visitar a las indias que les habían asignado. Algunos estaban heridos, la mayoría había perdido tanto peso que se le marcaban las mandíbulas y las cuencas de los ojos, muchos de ellos tenían la piel quemada por el Sol o salpicada de picaduras de mosquitos. Y en todos se reflejaba la mirada perdida del miedo. Las fuerzas de la Coalición se reducían a una mota de polvo en aquella ciudad donde cientos de miles de indios se resistirían a someterse.

El capitán recorrió con la vista las casas alineadas en los islotes cercanos, las puertas abiertas dejaban ver sus grandes patios entoldados, los zaguanes se hallaban repletos de gente que levantaba la cabeza para verlos pasar.

Capítulo VII

1

Hubiera querido verla otra vez, despeinada y descalza, con el cuerpo transparentándose bajo su túnica. Hubiera querido verla como en aquella ocasión, contemplando los huertos flotantes rodeados de trajineras cargadas de flores. Observando los puentes que unían los islotes de la laguna, rebosantes de colorido. Mujeres ataviadas con vistosas faldas y blusas, campesinos transportando semillas camino del mercado, cestos cargados de plumas que iban y venían en una maravillosa explosión de vida cotidiana.

El hecho de que Moctezuma les hubiera recibido como huéspedes podría haber supuesto el final de la guerra. Quizás el pequeño Miguel, que dormía al lado de doña Aurora envuelto en la manta de peces de colores, hubiera podido ser feliz en aquella ciudad donde cada día parecía una fiesta.

Reclinada sobre la barandilla, la princesa miraba extasiada las flores de las embarcaciones cuando él apareció en la terraza sin que ella advirtiera su presencia. El pelo le caía sobre la espalda con las trenzas a medio deshacer, se cubría el cuerpo con una túnica blanca que le llegaba hasta las pantorrillas, uno de sus pies desnudos se apoyaba sobre la balaustrada mientras el otro permanecía en el suelo. El escorzo de sus caderas, dibujado en el tejido atravesado por los rayos del Sol, provocó en la mirada del capitán una mezcla de deseo y de vergüenza que disimuló con un carraspeo.

La princesa giró instintivamente la cabeza, sus ojos atravesaron con dureza los del oficial. Antes de que él pudiera pronunciar una palabra, doña Aurora volvió a su posición y continuó mirando la lejanía. Don Lorenzo besó a su hijo en la frente y se dirigió a la espalda de la joven mientras acariciaba la mejilla del bebé.

—Tened al niño siempre preparado para viajar. Quizá tengamos que abandonar Tenochtitlan en cualquier momento.

La princesa se volvió hacia él, pero el capitán salió del mirador sin esperar respuesta, el desorden de su pelo le acompañaría desde entonces durante muchas noches de insomnio.

Nunca debieron recibir aquellos regalos, nunca debieron entrar en Tenochtitlan. Como tampoco debieron destruir las naves, el valor no se demuestra caminando hacia delante cuando no se puede dar un paso atrás. El valor reside en continuar la marcha aunque exista la oportunidad de volver. Si hubieran conservado al menos un par de barcos, sus hombres habrían podido elegir entre la lealtad y la vuelta a casa.

Conocía las razones que les obligaron a marchar a Tenochtitlan. Sin embargo, la razón sólo convence cuando no se basa en hechos que se podrían haber evitado. Fomentar la creencia en que vinieron del mar, cumpliendo las profecías de los antepasados de los indios, alimentó una leyenda que forzosamente se volvería en su contra. Deberían haber dejado una puerta abierta a la prudencia, pero ya era demasiado tarde. Si rechazaban enfrentarse a los mexicas, sus aliados se alzarían en armas contra los que antes consideraron dioses invencibles. No les quedaban opciones, las puertas estaban cerradas, ellos mismos las fueron cerrando a su paso.

Consiguieron permanecer con vida contraviniendo la lógica de la guerra. Cuatrocientos cincuenta soldados y trece caballos se enfrentaron a más de cincuenta mil guerreros, y ganaron todas las batallas. Pero en Tenochtitlan sería diferente, no podrían vencer al ejército del emperador con su fama de imbatibles y su apariencia de dioses. Ni siquiera vestían ya las corazas plateadas, las habían sustituido por las de los indios porque pesaban demasiado y se recalentaban con el Sol.

Hay bocas de lobo que se atraviesan con la certeza de que se cerrarán para siempre.

2

En el centro de la isla donde terminaba la calzada, un millar de notables esperaba a la comitiva con trajes bordados en oro y piedras preciosas. Los tambores españoles redoblaron con toda su fuerza, subrayando el ritmo de los instrumentos de viento. Los notables se retiraron hacia los lados para dejar a la vista las andas en las que cuatro sirvientes transportaban a su emperador. Antes de que Moctezuma se bajara, los esclavos colocaron mantas a sus pies para que sus sandalias de oro no tocaran la tierra. Sus servidores barrían el suelo que iba a pisar. Nadie le miraba a los ojos. Desapareció después de intercambiar algunos regalos, escoltado por cuatro caciques, bajo palio, coronado de plumas verdes y turquesas.

Momentos después, don Lorenzo se encontraba siguiendo a los caciques hasta el palacio donde alojaron a toda la capitanía. Juan de los Santos exclamaba de admiración mientras recorría las habitaciones.

—¡Capitán! ¡Tendremos cuartos todos nosotros! ¡Mirad! ¡Mirad cómo huelen las maderas!

Pero la inquietud de don Lorenzo superaba su sorpresa ante las maravillas que le mostraba su mozo. Los jardines repletos de flores y de pájaros de plumas de colores, las huertas, los árboles frutales, los estanques de agua dulce, los ídolos de oro y de plata distribuidos por todo el palacio, las mantas de algodón, tan suaves que apenas se sentía su roce, las bandejas repletas de toda clase de alimentos que esperaban su llegada en cada habitación, el canto de las aves, el incienso. Don Lorenzo no permitió que sus sentidos le engañaran, alguna razón tendrían los mexicas para poner el mundo a los pies de los que se habían aliado contra ellos. La fiera agazapada debía de esconder su estrategia. Inspeccionó el palacio preguntándose dónde habrían acomodado a doña Aurora y a su hijo. Cuando vio el embarcadero del jardín, con una salida directa a los canales, se dirigió a su criado señalando las canoas.

—Cuida de que siempre estén dispuestas, desde aquí se podría llegar a la laguna que rodea la ciudad. Nunca está de más preparar la retirada.

Al día siguiente, salió en busca de su hijo acompañado por su criado y por una guarnición de veinte hombres. No había vuelto a verlo desde la salida de Cholula. Se dirigió hacia el palacio donde se alojaba doña Aurora junto al resto de las princesas y sus esclavas, con la esperanza de que el pequeño Miguel hubiera atravesado la cordillera sin contratiempos.

3

Su estómago se encogió al cruzarse con las jóvenes mexicas, la cara de doña Beatriz se le aparecía en cada una de ellas. La frente ancha, las trenzas oscuras sobre su pecho, su piel morena, su blusa de colores, la mandíbula fuerte y los labios finos.

Los ojos negros de su esposa le salían al paso con la misma mirada de curiosidad y de temor con que doña Beatriz se acercó a él por primera vez. Quizás alguna de aquellas mujeres fuera su madre o su hermana, quizás alguno de los hombres que las acompañaban fuera el padre que la vendió para saldar una deuda de juego de pelota.

Don Lorenzo recordó las manos de su esposa entre las suyas cuando el capellán les unió en sagrado matrimonio. La joven miraba desconcertada al sacerdote con sus grandes ojos achinados, sin comprender el rito que santificaría su unión ante Dios y ante los hombres. Don Lorenzo la llevó después a su choza cogida de su brazo, la ayudó a sentarse en la estera y le deshizo las trenzas suavemente. Ella misma se desató los cordones de las sandalias y permitió que los dedos de su esposo recorrieran sus muslos hasta llegar a la espalda, donde triunfaba un imposible lunar azul. Su piel olía a arena del mar. La oscuridad invadía poco a poco la choza mientras sus cuerpos engendraban al hijo que ella no conocería nunca. Don Lorenzo volvió a escuchar las palabras con que le entregó al pequeño siete meses después.

—Cuida de nuestro hijo, no permitas que viva como esclavo.

Su cuerpo ensangrentado se apagó con un gemido. Don Lorenzo no podía recordar qué hizo con el bebé, cada vez que reproducía la escena, se encontraba en el jardín junto a Valvanera, que le entregaba una manta de peces de colores. Doña Aurora les miraba ensimismada, sus ojos negros eran idénticos a los que acababa de cerrar. Cuando le preguntó por qué nombre deberían llamarlo, doña Aurora le regaló una mirada con la que nunca más volvería a encontrarse. Hacía tiempo que le evitaba, en las pocas ocasiones en que intercambiaron algunas frases desde la batalla de Cholula la princesa se mostró tan distante que parecía ofendida.

4

Antes de entrar en el palacio, el capitán divisó a doña Aurora asomada a la terraza. Valvanera fumaba un cigarro en el jardín con doña Mencía, las dos mujeres se levantaron de la estera y se dirigieron hacia él. Don Lorenzo no esperó a que cubrieran la distancia que les separaba.

—¿Cómo está mi hijo? Decidle a doña Aurora que quiero verlo.

Valvanera se precipitó hacia las escaleras intentando cortarle el paso.

—Mi señora está descansando. El niño está con ella. Yo lo traeré.

Pero el capitán rodeó a la esclava y subió los escalones de dos en dos.

—No es necesario, gracias, sé dónde está.

Don Lorenzo abandonó el palacio con la imagen de la princesa grabada en la retina. La espalda inclinada sobre la barandilla, las trenzas deshechas, la túnica al contraluz, los pies descalzos, y una mirada en la que resultaba imposible no distinguir la marca de la tristeza y del odio.

No habían vuelto a verse desde la víspera de la salida de Cholula. Ella se volvió sin bajar el pie de la barandilla. Le había dicho que tuviera al niño preparado para abandonar Tenochtitlan en cualquier momento. Quizás ella hubiera querido preguntarle el porqué de tanta precipitación; quizás hubiera querido conocer las razones, pero le había clavado los ojos como si toda su tierra azteca quisiera fulminarle con esa mirada. Como si él pudiera recibir el odio de su pueblo en nombre de todos los españoles.

Y después había vuelto a su posición. Con su pie sobre la barandilla, y su cuerpo desnudo bajo la túnica atravesada por los rayos.

Besó a su hijo sin perder de vista su espalda, sin capacidad para distinguir los sentimientos que le ardían en la cabeza.

—Tened al niño siempre preparado para viajar. Quizá tengamos que abandonar Tenochtitlan en cualquier momento.

Y salió de la terraza antes de que ella pudiera pronunciar una palabra.

Capítulo VIII

1

La mayor parte del tiempo, Valvanera lo pasaba en cubierta con los niños y con las criadas de doña Cristina y don Ignacio de Aravaca, Vizcondes de la Isla de la Rosa, un matrimonio que apenas abandonaba el camarote que compartía con sus cinco hijos.

La vizcondesa sufría mareos y dejaba a los pequeños al cuidado de sus niñeras, dos mexicas que hablaban sin parar con un acento extraño. Se parecían tanto que ni ellas mismas habrían sabido cuál era cada una si hubieran podido verse a la vez en un espejo. Las trenzas les colgaban sobre el pecho y les llegaban hasta la cintura, dividiendo su cabeza en dos partes idénticas. Eran de mediana estatura y, cuando conversaban, movían tanto su cuerpo que más bien se diría que estuvieran bailando. Incapaces de permanecer calladas, hablaban y hablaban entre ellas como si no hiciera falta la presencia de nadie más en su mundo. Valvanera era incapaz de recordar los nombres con que las bautizaron los españoles, Georgina y Ana Rosa, y aunque lo consiguiera, no sabría cuál adjudicar a cada una de ellas. Para evitar equivocaciones, siempre las llamaba las Chiquillas.

Las hijas de los vizcondes, Yolanda, Cristina, Belén y Carmen, también se parecían entre sí, aunque no tanto como sus criadas. Dos morenas y dos trigueñas a las que nadie en el barco conseguía identificar, y simplificaron el problema llamándolas por el apellido, las Aravacas. Las cuatro parecían de la misma edad, unos años mayores que Miguel y María, aunque nacieron en dos partos distintos, en uno las dos morenas y en el otro las castañas.

Valvanera sufría una extraña sensación siempre que miraba a las Chiquillas, las veía como si en realidad tan sólo fueran una persona. Una persona que compartía el rostro de otra, y el cuerpo, y los ademanes, y el sonido de su voz. Repetida. Le llamaba la atención que ni siquiera reclamaran un nombre propio, y que ninguna se preocupara en absoluto por el hecho de que los otros vieran en ellas a una misma persona dos veces. Siempre hablaban en plural. Los demás se acostumbraron también a dirigirse a ellas como a un dúo. Valvanera solía decir que parecían dos almas en un solo cuerpo.

El único varón de los vizcondes, el pequeño Javier de Aravaca, preguntaba con frecuencia cuándo llegaría su hermano idéntico. Lloraba desconsolado cuando su niñera le contestaba que no todos los niños nacían al mismo tiempo que otro.

—¡Mira! ¿Ves? María y Miguel tampoco tienen hermanos iguales. Ni Valvanera, ni tu padre, ni tu madre. Casi todos son como tú.

Las palabras de la niñera consolaban al pequeño hasta que al día siguiente volvía a preguntar por su hermano y recibía parecida respuesta.

Poco antes de llegar a Sanlúcar, las Chiquillas contaron la historia de la Serpiente Emplumada para los niños de la expedición, la misma que doña Aurora contó al pequeño Miguel, asustado por los ruidos de los cañones que defendían el palacio que el emperador prestó a los extranjeros. El palacio donde él mismo vivía, prisionero de sus invitados. Doña Aurora nunca lo vio, al menos nunca lo vio con vida. Las fuerzas de la Coalición lo secuestraron una semana después de entrar en Tenochtitlan para utilizarlo como rehén y evitar el levantamiento de su pueblo.

Al día siguiente de su captura, en el palacio de las mujeres se originó un revuelo que llegaba hasta las habitaciones del piso que ocupaba doña Aurora con el pequeño Miguel. Valvanera entró gritando en el cuarto.

—¡No lo vas a creer! ¡Moctezuma preso! ¡El capitán don Lorenzo está aquí! ¡Ha ordenado que nos traslademos a su palacio! ¡Ayer capturaron a Moctezuma y temen las iras de los mexicas! Recogeré nuestras cosas.

La princesa no acertaba a comprender lo que su criada le decía y le pidió que lo repitiera más calmada.

—¡No se habla de otra cosa en toda la ciudad! ¡Moctezuma rehén en el palacio de los capitanes!

Valvanera llevaba aupada a María, la hija de doña Mencía, que comenzó a llorar ante los gritos de la joven. La princesa se colgó a un niño a cada lado de la cadera y se dirigió hacia el jardín, donde esperaba don Lorenzo. Ya no parecía enfadado, como la última vez que lo vio, cuando se marchó de la terraza sin dejarle opción a pronunciar ni una palabra. La vio cómo bajaba con los dos niños en brazos, y se dirigió hacia ella para ayudarla, como si no hubiera pasado nada seis días antes.

—¿No es peligroso que bajéis con los dos niños? Podríais caeros y haceros daño. Ven aquí, Miguelete.

Doña Mencía se llevó a la niña para darle de mamar y los dejó solos en el jardín. No se miraron a la cara, ni intentaron entablar conversación. El capitán le hacía arrumacos a su hijo, doña Aurora se mantuvo de pie delante de ellos, esperando a que Valvanera bajara con su equipaje.

Las tres mujeres se acomodaron con los niños en una habitación contigua a la de don Lorenzo. De vez en cuando, Juan de los Santos invitaba a doña Mencía y a

Valvanera a pasear por el jardín o a navegar en canoa por los canales. Don Lorenzo visitaba con frecuencia el antiguo palacio de Moctezuma junto a otros oficiales para vigilar que los caciques no confabularan. A veces le proponía a doña Aurora que les acompañase.

2

La princesa había escuchado muchas historias sobre el palacio del Señor de Turquesa, el único que podía vestir ropajes de ese color, pero nunca imaginó que las maravillas que le habían contado se reducían a espuma frente a la grandeza que rodeaba al soberano. Era verdad que tenía tres esposas legítimas, la emperatriz y dos reinas, y más de ciento cincuenta concubinas, pero también tenía más de dos mil sirvientes y cientos de cortesanos. Le preparaban cada día más de trescientos platos calientes y toda clase de frutas que adornaban enormes bandejas. Decían que en los jardines de sus palacios cualquiera se perdería rodeado de las más extrañas flores y árboles frutales, pero también tenía un jardín zoológico donde se criaban quetzales, guacamayos, colibríes, águilas, guajolotes y toda clase de pájaros. Nadie podía mirarle a la cara, ni atravesar la habitación del trono sin rodearla pegando la espalda a las paredes, todo el que entrara a su presencia debía cambiar sus ropajes por túnicas modestas y limpias, aunque se tratase de un señor principal. Se bañaba tres veces al día. Le servían cacao en cincuenta copas de oro, de donde elegía una para dar unos sorbos antes de yacer con sus concubinas. Algunos aseguraban que las ciento cincuenta habían quedado embarazadas a la vez gracias a las virtudes de la infusión.

A doña Aurora le agradaba acudir al palacio. Paseaba por los jardines, recorría las habitaciones admirándose con las pinturas que cubrían sus paredes y esperaba a don Lorenzo de la Barreda para regresar juntos a su alojamiento. Casi siempre salía el primero de todos y buscaba a la princesa en el jardín. No hacía falta que la llamara cuando se acercaba, reconocía el sonido de sus pasos. Cualquiera que les hubiera visto habría dicho que se trataba de un matrimonio caminando por los muelles y por los puentes que separaban los dos edificios. A veces se acercaban al mercado para contemplar los puestos de cerámica, las filigranas de los orfebres y los adornos de plumas preciosas. Valvanera protestaba frecuentemente ante su comportamiento indecoroso.

—¡Qué vergüenza! ¡Pasear sola con un hombre! Si tu madre te viera, te encerraría para toda la vida. Y a mí me vendería a los mercaderes.

Pero la princesa restaba importancia a los comentarios de su esclava, al fin y al cabo, lo único que le gustaba de aquellas salidas era la sensación de que todavía quedaban personas que disfrutaban de una vida cotidiana. Miraba a las vendedoras de frutas y de mantas de algodón y las imaginaba antes de salir hacia el mercado, haciendo tortillas de maíz para el desayuno de su marido y de sus hijos pequeños. Prácticamente no hablaba con don Lorenzo, caminaban uno al lado del otro en silencio hasta que regresaban a casa.

Los paseos al mercado se convirtieron en costumbre. Al principio de cada semana el capitán recogía a la princesa y se encaminaban los dos hacia los puentes, sin necesidad de que don Lorenzo dijera adónde se dirigían. En una de las visitas a los puestos de los alfareros, el capitán levantó dos piezas de cerámica y se las mostró como si hubieran hablado de ellas anteriormente.

—¿En cuál crees que el alfarero ha mentido más?

La princesa le miró desconcertada, no comprendía cómo podía conocer la creencia de su pueblo de que los alfareros enseñaban a mentir al barro.

—Doña Beatriz me contó muchas cosas sobre vuestras tradiciones. Pero yo no creo que sea el barro el que miente, sino el alfarero. El barro no tiene capacidad de mentir, se entrega al alfarero y se deja moldear por sus manos. Sin embargo, el alfarero esconde su alma detrás de sus piezas, pero si no consigue la forma que busca, rompe la vasija para no revelar sus defectos. No mostrar los defectos es una forma de mentir, ¿no crees?

Doña Aurora no se atrevió a contestar, no deseaba decirle que el buen alfarero no necesita romper ninguna pieza, y que la mentira del barro no se encuentra en su forma, sino en su fragilidad, convertida aparentemente en dureza después de la cocción. La princesa encogió los hombros y miró al capitán sin decir una palabra. Don Lorenzo devolvió la cerámica a su sitio y se colocó junto a ella.

—Vayámonos, se está haciendo tarde.

De regreso al palacio, volvió a tener la sensación de que la vida cotidiana todavía era posible. Hacía ya varios meses que vivían en Tenochtitlan, quizás algún día dejarían el palacio y se instalarían en una casa propia, donde viviría con los niños y con Valvanera, protegidas por el hombre que se había convertido en su dueño poco a poco, sin habérselo propuesto. Quizá todavía era posible la rutina. Volver a casa para bañar a los niños, preparar tamales rellenos de pavo o caracoles con chile amarillo, y frutas hervidas en caldo de ave. Recuperar las tareas cotidianas y recrearse en los actos que se repiten cada día, aquellos que aseguran la continuidad de la vida, frente a la incertidumbre y al desequilibrio de lo desconocido. Servirse un vaso de cacao después de la cena y fumar una pipa, no sin antes haberse lavado las manos y la boca. Conservar las costumbres y las buenas maneras que visten de dignidad a los hombres. La cortesía. Hablar sin alzar la voz, mostrarse humilde, no hacer ostentación de los sentimientos. No mentir. Y saber llorar cuando se haga necesario.

Caminaba procurando mantenerse un paso atrás del capitán. Quizá las tradiciones la rescataran de la inestabilidad y de la muerte que la acompañaban desde el día de su nacimiento.

3

Durante los últimos meses de su estancia en Tenochtitlan, Valvanera y doña Aurora se esforzaron en aplicar sus hierbas medicinales contra los aires de enfermedad que los forasteros trajeron consigo. Ya no había tiempo para acudir al palacio de Moctezuma, ni para pasear en canoa por los canales. Los enfermos se multiplicaban cada día, algunos morían entre el picor y la quemazón de las pústulas con que se llenaban sus cuerpos. Los que conseguían sobrevivir quedaban marcados para siempre de cicatrices. Otros veían cómo sus genitales se llenaban de úlceras y su piel de manchas marrones, sobre todo las plantas de los pies y las palmas de las manos, los bultos de sus ingles se extendían por otras zonas del cuerpo produciéndoles un enorme cansancio, se les caía el pelo y perdían el apetito.

La princesa aplicaba los ungüentos que preparaba su esclava procurando calmar el dolor de los enfermos, que se preguntaban si los nuevos dioses les enviaban estas enfermedades para reparar las ofensas que les habían causado, de la misma forma que habían hecho hasta entonces sus propios teules con otras dolencias.

Las dos mujeres se bañaban siempre cuando volvían a casa. Doña Mencía recogía las túnicas que doña Aurora y Valvanera dejaban en el cesto y las lavaba varias veces hasta que desaparecía cualquier rastro de enfermedad.

Una noche, Valvanera despertó a la princesa muy agitada, llevaba en brazos a la pequeña María.

—¡Mi niña! ¡Mi niña!

Doña Aurora se incorporó con la certeza de que los malos vientos volvían a acompañarla.

—¡Corre! ¡Es doña Mencía!

La joven tiritaba en la estera delirando. Tenía todo el cuerpo cubierto de erupciones que se intensificaban en las piernas, los brazos y el rostro. Valvanera se dirigió a doña Aurora con la cara descompuesta.

—¿Qué hacemos?

Doña Aurora miró a la enferma sin contestar a su esclava. El dolor y la muerte, que durante siete meses consiguió mantener lejos de los suyos, entraban en su casa de su propia mano.

Valvanera tocaba la frente de la niña buscando los síntomas de la madre.

—Hace días que andaba con fiebres. Ya no daba de mamar a los niños, ella pensaba que la retirada de la leche la había enfermado. ¿Qué hacemos? ¿Aviso al capitán don Lorenzo?

La princesa continuaba mirando el rostro de doña Mencía, hermoso y joven cuando se acostó hacía tan sólo unas horas, y recordó un verso que aprendió en el calmecac.

—Quiero flores que duren en mis manos.

Valvanera cogió también al pequeño Miguel y se dirigió hacia el cuarto de don Lorenzo con un niño en cada brazo. Instantes después, el capitán entraba en la habitación y contemplaba a doña Mencía cubierta por una manta de algodón. Doña Aurora se arrodillaba, inclinándose hasta tocar el suelo con las manos abiertas. El capitán se acercó e intentó levantarla.

—Vamos, salgamos de aquí, Juan se encargará de todo. Al menos no ha sufrido demasiado.

Pero la princesa se libró de los brazos de don Lorenzo de la Barreda, no podía soportar que la rozara, las manchas de la sangre y de las enfermedades de su pueblo le impregnaban de un olor ácido como el que acompañaba a todos sus soldados. Desde que llegaron a su tierra, la certeza de la muerte había sustituido a la esperanza de encontrar en ella la continuidad de la vida. Los guerreros ya no morían en combate, ya no acompañaban al Sol para que siguiera su camino hasta su cenit, morían en sus esteras deformados por la enfermedad. Las víctimas de los sacrificios sagrados ya no alimentaban a los dioses con su sangre, ahora los nuevos sacerdotes bebían la de un dios que permitía matanzas en su nombre.

Los puños de doña Aurora se cerraron, sus gritos se escuchaban en todo el palacio mientras descargaba su desesperación contra el suelo.

Al día siguiente llegó la noticia de que varias naves repletas de soldados habían llegado a Veracruz con la orden de apresar a los españoles. Don Lorenzo se encontraba entre los capitanes que marcharían para enfrentarse a las tropas recién llegadas, él mismo se lo comunicó a la princesa dos días antes de partir, y nuevamente le ofreció la oportunidad de volver a su casa con Valvanera.

—Pasaremos por Cempoal. Podríais llevar a María con vosotras, Miguel se quedaría al cuidado de un ama de cría.

Pero doña Aurora no consintió en separarse de Miguel. El niño la quería. No podía traicionar la promesa que se hizo a sí misma, lo cuidaría como a un hijo, como Espiga Turquesa cuidó de ella. Su madre se alegraría si regresa-

ra, pero no soportaría la deshonra que llevaría consigo.
Cuando la entregó a los extranjeros renunció a ella para
siempre. Su vuelta supondría una condena a la soledad y al
abandono, a menos que encontrara la protección de un
hombre. Su madre sabía que ningún joven aceptaría a una
viuda que nunca llegó a ser esposa. Don Lorenzo la protegía desde que vino al mundo el pequeño Miguel, el destino
les había unido para siempre, ella jamás se atrevería a intervenir en los deseos de los dioses.

4

No hay noche más triste que la que cubre de luto
las vidas de los que despiden a sus muertos. Tenochtitlan
lloraba a sus notables, mientras los extranjeros se refugia-
ban en el palacio donde se alojaban desde hacía siete meses. La ira de los guerreros se unía al llanto de las mujeres,
que recuperaban los cadáveres en el último adoratorio del
Templo Mayor. Ciento catorce escalones manchados con
la sangre de los que no soportaron ver a su emperador cau-
tivo en su propio palacio, a merced de los deseos de su carcelero. Centenares de cuerpos pasados a cuchillo por intentar cumplir con sus tradiciones celebrando una fiesta
en honor del dios de la guerra.

Desde que don Lorenzo se marchó a Veracruz,
los soldados que permanecieron en la ciudad parecían
más nerviosos cada día. Los rumores sobre la conspira-
ción que preparaban los notables de Moctezuma tras la
ceremonia sagrada se acrecentaban a medida que se acercaba la fecha del festejo. Un festejo que habían aprobado
los españoles a condición de que no se celebraran sacrificios humanos.

Pero todos sabían en palacio que dos jóvenes se paseaban por las calles de Tenochtitlan desde hacía semanas. Ocho ayudantes les rodeaban de flores ante la devoción de los que se concentraban a su paso para adorar a la reencarnación de la divinidad.

Doña Aurora sólo abandonaba la habitación que compartía con Valvanera y con los niños para pasear por el jardín. María y Miguel se entretenían jugando con la tierra mientras ellas fumaban bajo la sombra de los árboles. Con frecuencia veían movimientos de soldados, que se apostaban armados en el embarcadero.

Unos días antes de la fiesta, un grupo de soldados se precipitó hacia las canoas, y remaron a toda prisa. Doña Aurora y Valvanera continuaban en el jardín cuando regresaron con un joven mexica vestido lujosamente. La esclava reconoció en su atuendo las prendas de la realeza.

Momentos más tarde, los canales se llenaron de voces que gritaban desde las embarcaciones.

—¡Devolvednos a nuestro príncipe! ¿No os basta con el emperador?

Los españoles atravesaron el jardín con el joven, que se resistía intentando desprenderse de los brazos que le sujetaban.

Las mujeres recogieron a los niños y corrieron hacia su habitación. Desde ese momento, en el palacio tan sólo se escucharon las voces de la confusión y del caos. El príncipe fue liberado al día siguiente, pero regresó con sus guerreros reclamando la liberación de Moctezuma. Horas antes, los españoles habían irrumpido en el Templo Mayor para secuestrar a los dos jóvenes dispuestos para el sacrificio. Valvanera se recreó contándole a doña Aurora los detalles que a ella misma le contaron las criadas de las otras princesas, que compartían confidencias con los asaltantes.

—Cuando los cogieron, ya habían subido las escaleras del templo rompiendo sus flautas de cerámica. Los sacerdotes no supieron qué hacer, se quedaron parados cuando los españoles apresaron a las víctimas.

Doña Aurora conocía el ritual, los dos jóvenes eran elegidos por la perfección de sus cuerpos. Durante un año, se les enseñaba a cantar, a bailar y a tocar los instrumentos que no dominaran. Se les dejaba el cabello largo y una cohorte de servidores les cuidaban y adoraban como a la imagen viva de los dioses. Tres semanas antes de la fiesta, cuatro jóvenes expertas en el arte de amar calentaban sus esteras hasta el último día de sus vidas, en el que cinco oficiantes los tenderían sobre la piedra del sacrificio y les arrancarían el corazón partiéndoles el pecho con sus cuchillos de obsidiana, después les cortarían la cabeza, la clavarían en un poste y arrojarían sus restos despedazados por las escaleras.

Los españoles les salvaron del sacrificio, pero les torturaron hasta que confesaron que los notables pensaban lanzar a sus guerreros contra los invasores. Sus gritos se grabaron en los oídos de la princesa. Otra vez el dolor y la muerte marcaban su destino.

Al día siguiente, las amigas de Valvanera se refugiaron en la habitación de doña Aurora. Hablaban precipitadamente, el miedo entrecortaba sus voces. Sus ojos, abiertos hasta el espanto.

—¡Nos matarán a todos! ¡Los mexicas claman venganza!

—¡Dicen que han matado a todos los caciques y a los sacerdotes y que hay casi mil muertos!

—¡Yo he oído que eran seiscientos, y que les han robado las joyas que llevaban puestas!

—¡Seiscientos o mil, el caso es que han matado a todos los notables! Los mexicas han rodeado el palacio.

—¡Jamás saldremos vivas de aquí!

Capítulo IX

1

Todos los niños que iban en el barco miraban embobados los disfraces y los gestos de las criadas de los Vizcondes de la Isla de la Rosa, que representaban la historia de sus antepasados e impostaban la voz cada vez que hablaban como si fueran personajes legendarios.

—¡No se caiga usted!

Las Chiquillas se empujaban una a otra, exagerando los movimientos de los gigantes. Los niños reían a carcajadas y se admiraban de las plumas que representaban a Quetzalcoatl.

—¡Vengo en busca de los huesos preciosos que tú guardas!

—¿Y qué harás con ellos, Quetzalcoatl?

—¡Los dioses se preocupan porque alguien viva en la Tierra!

—Está bien, haz sonar mi caracol y da vueltas cuatro veces alrededor de mi círculo precioso.

Estaban a punto de terminar la representación, cuando Valvanera escuchó a un marinero que se dirigía a otro en presencia de un comerciante de paños vestido de negro.

—¡Estas indias son unas herejes! ¡Están enseñando sus rezos a los niños! Habría que hacer algo. Si estuviéramos en tierra, las denunciaría. Seguro que no cantaban cuando ardieran en la hoguera.

El segundo marinero le pidió silencio sin palabras y miró al puente de mando, donde se encontraban don Lorenzo y el capitán San Pedro.

—¡Calla! ¿Qué te va a ti en todo esto? ¿Acaso quieres quedarte en tierra en el siguiente viaje?

El comerciante miró a los marineros y, casi sin mover los labios, se dirigió a ellos bajando la voz.

—No hay por qué preocuparse. ¿Habéis visto algún cerdo al que no le quemen la piel el día de San Martín?

Las Chiquillas terminaron su función, pero Valvanera supo que a partir de entonces nadie debería oírlas hablar de sus teules, y alertó a su señora.

—¡Anda con tiento, mi niña! Allá adonde vamos no consentirán nuestras oraciones. Que nadie te escuche los salmos. Ni siquiera don Lorenzo.

La esclava acudía con doña Aurora a los oficios religiosos que se celebraban antes de los turnos de guardia de noche. Rezaban el Padrenuestro, el Credo, el Avemaría, y cantaban la Salve. Pero, cada mañana, se reunía con su señora en su camarote para recitar sus salmos junto a los niños.

A doña Aurora no le preocupaba que las escucharan, nadie entendía el nahuatl, y el capitán y Juan de los Santos jamás les prohibirían sus rezos. Sin embargo, Valvanera se mostraba recelosa.

—No les temo a ellos, sino a los que les rodean. Mejor será que nunca tengan que defendernos, pero si han de hacerlo, que puedan negar sin que la mentira se vuelva negra en sus bocas.

El miedo de la esclava se contagió a su señora. Las dos convinieron en que, para evitar nuevos enfrentamientos con los marineros, nadie debía conocer lo ocurrido.

Valvanera señaló el anillo de cabeza de águila que doña Aurora llevaba en el dedo meñique y le acercó el cofre de piedra donde guardaba la diosa de los besos.

—Deberías guardar también el anillo, por lo menos hasta que estemos seguras de que nadie sabe lo que representa. ¡Ojalá que las Chiquillas no te lo hayan visto! Ayer las vi hablando con el hombre de negro.

2

En Veracruz, la victoria sobre los soldados del gobernador fue mucho más fácil de lo que don Lorenzo había imaginado. La codicia de los recién llegados les llevó a unirse a las tropas de la Coalición sin oponer apenas resistencia. Volverían a Tenochtitlan con soldados de refresco, caballos, cañones y suficiente artillería como para derrotar a los mexicas en caso de que se sublevaran. Pero, sobre todo, su fama de invencibles seguiría creciendo y provocando el miedo de los aztecas, su arma más poderosa. Dos mensajeros salieron de inmediato para informar a Moctezuma de la victoria. Pero su alegría duraría poco tiempo.

Don Lorenzo se encontraba inspeccionando la cubierta de uno de los bergantines, cuando su mozo de espuela apareció gritando sobre una canoa.

—¡Señor don Lorenzo! ¡Os esperan en el real!

La voz de Juan de los Santos sonaba entrecortada, sus manos sujetaban los remos como si quisieran contagiarles su prisa. Don Lorenzo bajó la escala intentando entenderle.

—¿Qué pasa? ¿Por qué gritas así?

—Los mensajeros indios han vuelto, traen malas noticias. La mala fortuna nos ha traído su rueda.

—¿Qué ha pasado? ¡Habla ya de una vez!

El mozo de espuela comenzó a remar cuando el capitán estuvo en la canoa.

—Nuestros soldados están cercados en el palacio. Volvemos mañana.

El camino de vuelta hacia Tenochtitlan se convirtió en un campo de batalla. Don Lorenzo se desesperaba cada vez que entraban en una ciudad conquistada anteriormente y les recibían con ropas de guerra. La sometían de nuevo sin dificultades, pero retrasaban su llegada a Tenochtitlan. Juan de los Santos no se movía de su lado. En uno de los combates, justo en el momento en que los indios se estaban rindiendo, una piedra le dio en la frente y comenzó a gritar llevándose las manos a la cabeza.

—¡Me han matado! ¡Me han matado!

La sangre le salía entre los dedos y le cubría los ojos. Don Lorenzo se bajó del caballo y le inspeccionó la herida.

—De ésta no te mueres. Pero el barbero tendrá que darte unas puntadas.

La herida no era demasiado profunda, pero obligó al mozo a continuar el viaje con una venda que casi le tapaba los ojos, don Lorenzo le cedió el caballo y continuó a pie. La distancia que les separaba de Tenochtitlan parecía alargarse mientras avanzaban. Pensaba en su hijo y en doña Aurora. Si hubiera insistido en que le acompañaran hasta Cempoal, estarían a salvo. Pero no insistió, acató su decisión, Miguel la necesitaba. No podía apartarla de su mente cuando le decía adiós en la mañana en que partieron hacia Veracruz. Dos días antes, la visitó en su habitación para comunicarle su marcha, había teñido sus ropas de negro tras la muerte de doña Mencía. La princesa abrió la puerta cuando él se disponía a dar unos golpes con los nudillos. Valvanera jugaba con Miguel y con María al fondo del cuarto.

—¿Vais a algún sitio? Permitidme que os acompañe. Desearía hablaros.

Pero la princesa volvió a la estera, señaló uno de sus extremos y le invitó a sentarse. Parecía cansada. Desde la muerte de doña Mencía, sus ojos habían perdido la dureza con que solían mirarle, se habían convertido en dos ranuras oscuras que sólo transmitían vacío. Con frecuencia la encontraba llorando e intentaba consolarla, pero rechazaba su abrazo sistemáticamente. Nunca permitió que la tocara.

Sentada frente a él, envuelta en una túnica que le cubría de los pies a la cabeza, esperó a que el capitán comenzara la conversación con la mirada clavada en el suelo.

—Deberías volver a casa y olvidar. Es terrible verte tan triste.

Doña Aurora levantó la vista, don Lorenzo comprobó cómo fruncía el ceño extrañada, sus ojos volvían a cargarse de una expresión que paralizaba cualquier intención de acercamiento. Sin darse cuenta, comenzó a hablar en español, en lugar del nahuatl con el que había iniciado la conversación.

—Parto hacia Veracruz pasado mañana. Pasaremos por Cempoal, si queréis regresar podría llevaros con Valvanera y con María.

La princesa se levantó de la estera, llamó al pequeño Miguel, que acudió gateando desde el otro lado de la habitación, lo cogió y lo abrazó mientras preguntaba qué pasaría con el niño. Don Lorenzo se incorporó y volvió a hablarle en nahuatl.

—No te preocupes, él estará más seguro que vosotras.

El niño se acurrucó en los brazos de doña Aurora. Hasta ese momento, don Lorenzo no se había dado cuenta de que siempre le hablaba en su lengua materna.

—No hace falta que te decidas ahora, mañana me respondes.

Era la tercera vez que le ofrecía la vuelta a casa, sin embargo, no deseaba separarse de ella. Don Lorenzo besó al niño en la frente y abandonó la habitación. Al día siguiente, la princesa le comunicó su decisión de continuar en Tenochtitlan. Antes de partir hacia Veracruz, doña Aurora le pidió que besara una joya que llevaba en el cuello, una princesa con pendientes y corona de plata, después lo acercó a la cara del niño simulando un beso. Había sustituido su túnica negra por una falda bordada y una camisa de algodón, llevaba el pelo recogido y calzaba unas sandalias con adornos de oro. Miguel le despedía en sus brazos mientras jugaba con el colgante que le dio a besar. Doña Aurora movía la mano al compás de la del pequeño, el anillo de la cabeza de águila lucía en su dedo meñique. Sonreía.

3

Doña Aurora abrazaba al pequeño Miguel intentando calmar el llanto con el que parecía unirse al de la ciudad donde podría haber sido feliz. Sin embargo, el destino volvía a maldecir sus vidas marcadas por la muerte desde sus nacimientos. En la estera de al lado, Valvanera consolaba a la pequeña María, que escondía la cabeza en su regazo aterrorizada por los ruidos de la refriega. Quizá Moctezuma tenía razón, quizá Quetzalcoatl había enviado a sus guerreros del águila para detener el Quinto Sol. Quizás el cataclismo que les esperaba viniera de la mano de los españoles. Quizás había llegado el momento en el que debía completarse el círculo para que la espiral de la evolución siguiera su marcha, de la misma manera que los habitantes antiguos habían completado el suyo, desarrollándose hacia formas cada vez más perfectas.

Los gritos de los guerreros que rodeaban el palacio asustaban al pequeño tanto como los fogonazos de los arcabuces y de los cañones. El niño se tapaba los oídos en cada explosión buscando refugio en los brazos de la princesa, que lo acunaba cantándole las historias de sus antepasados con las que acostumbraba a dormirle desde que nació. Todavía no tenía edad para memorizarlas, pero poco a poco conseguiría que compartiera con ella los recuerdos que sus mayores le habían transmitido a través de los códices de tinta negra y roja.

Los sollozos del pequeño se confundían con los cantos que su madre había aprendido en el calmecac. Las fuerzas primordiales que presidieron los cuatro soles anteriores, el agua, la tierra, el fuego y el viento, habían dejado paso a la Época del Sol en Movimiento. Los primeros hombres fueron hechos de cenizas, el agua terminó con ellos convirtiéndolos en peces. La segunda clase de hombres eran los gigantes, cuando se caían lo hacían para siempre, por eso se saludaban deseándose unos a otros permanecer de pie.

—No se caiga usted.

El pequeño Miguel transformó su llanto en gemidos intermitentes mientras doña Aurora continuaba cantándole. Los hombres del Tercer Sol quedaron convertidos en guajolotes, las aves más sabrosas que jamás hayan existido. El cataclismo de la Cuarta Época transformó a los seres humanos en hombres-mono que se fueron a vivir a los montes. Su signo era 4-viento, como el signo que unió al pequeño Miguel con su nueva madre.

El niño la miraba fijamente intentando que sus párpados no se cerraran. La Quinta Época se llama Sol en Movimiento. En ella habrá movimientos de tierra y hambre, y perecerá el mundo. Para la creación de los seres humanos se aprovecharon los despojos de los hombres de épocas anteriores. Así se lo encargaron al príncipe Quetzalcoatl, la Serpiente Emplumada, símbolo de sabiduría, que bajó a la casa de los sueños para buscar los huesos de los antepasados de los hombres.

El sueño venció al pequeño Miguel antes de que su madre terminara de recitar sus estrofas. Y el dador de la vida bajó a los infiernos para hablar con el dios supremo del Mictlan.

—Vengo en busca de los huesos preciosos que tú guardas.

—¿Y qué harás con ellos, Quetzalcoatl?

La princesa acostó al niño en la estera y se tendió junto a él. Si los mexicas conseguían entrar en el palacio, probablemente los sacrificarían a todos. Don Lorenzo nunca sabría que sus propios compañeros de viaje habían provocado la muerte de su hijo. Quizá fuera la diosa de las aguas la que había permitido que el capitán no tomara parte en el asalto al Templo Mayor. Doña Aurora acarició su amuleto de los besos y se lo acercó a la mejilla. Don Lorenzo no había participado en la muerte de los notables, pero su viaje a Veracruz terminaría sin duda en otra matanza.

Desde que llegaron a Tenochtitlan la miraba de una forma extraña, a veces le recordaba a la mirada de don Gonzalo de Maimona, cuando llegaba a la choza después de las comidas y forzaba sus besos; otras veces, era la mirada de Serpiente de Obsidiana que abrazaba su cuerpo en el azul marino de la noche. La princesa se acercó a la cara su diosa de ónice. Su madre la habría protegido del amor y del miedo. Don Lorenzo había intentado acercarse más a ella en los últimos siete meses. Su voz era dulce cuando utilizaba el nahuatl, pero se transformaba cuando hablaba en su propia lengua, cualquier palabra sonaba a sus oídos como las que le oyó pronunciar en Cholula. «¡Mátalos! ¡Mátalos!»

4

El regreso de Veracruz a Tenochtitlan les llevó casi dos semanas. Cuando llegaron a la calzada, comprobaron que algunos puentes habían desaparecido. Entraron en el palacio sin grandes dificultades, los pífanos y los tambores ensordecieron sus alrededores acompañados por el sonido de la artillería, que disparaba sin tregua los arcabuces y los treinta cañones que traían de Veracruz.

Desde el interior del palacio, los soldados recibían con gritos de entusiasmo al batallón de refuerzo. El capitán De la Barreda y Juan de los Santos se dirigieron directamente a la habitación de doña Aurora y de Valvanera. La puerta estaba cerrada, atrancada desde dentro, pero antes de que tuvieran tiempo de llamar, don Lorenzo escuchó la voz de la princesa que repetía su nombre desde el otro lado; al mismo tiempo, percibió un ruido de sillas y mesas empujadas por el suelo.

Valvanera se abalanzó sobre Juan de los Santos, que continuaba llevando la venda, manchada de sangre y de polvo.

—Pensé que nunca volvería a verte.

El criado la abrazó mientras varias mujeres se precipitaban hacia la puerta empujándose unas a otras.

—Ya estoy aquí, no dejaré que te ocurra nada. No volveré a dejarte sola, te lo prometo.

Valvanera seguía abrazándole mientras le señalaba la frente.

—¿Qué te ha pasado? ¿Qué tienes ahí?

—No es nada, no te preocupes, son heridas de guerra.

Doña Aurora permanecía de pie, observando el abrazo. Miró al capitán con un gesto de sorpresa y le entregó al pequeño Miguel envuelto en la manta de peces de colores.

Don Lorenzo no se atrevió a decirle que también él cuidaría de ella y que se encargaría de que nunca le pasara nada. Se acercó a la pareja recién descubierta y le susurró al oído a su mozo.

—¡Bribón! Nunca me dijiste una palabra.

Los días siguientes transcurrieron entre la confusión y los preparativos de huida. El palacio seguía rodeado por los guerreros que abanderaba el sobrino de Moctezuma, los cañones escupían bolas de fuego que impedían el asalto, pero los indios no se rendían. Moctezuma salió al balcón para mediar por la paz, pero su intento acabó por costarle la vida. Don Lorenzo nunca supo la causa real de su muerte, unos decían que una piedra lanzada desde el exterior le rompió el cráneo, otros, que la espada de un soldado atravesando sus riñones fue mucho más efectiva que la piedra.

Unos días después, el capitán caminaba con doña Aurora por la galería del palacio cuando vieron a Moctezuma tendido en el suelo, sus ayudantes preparaban su mortaja. A partir de ese momento, huir era la única salida. Sin rehén con el que amenazar a los indios y con un enemigo que les multiplicaba por cien, no había cañones, ni caballos, ni apariencia de dioses que pudieran salvarles. Don Lorenzo cogió a la princesa por el brazo y la introdujo en su habitación. Por primera vez no rechazaba su roce.

—No os mováis de aquí por ningún motivo.

Capítulo X

1

A Juan de los Santos no le gustaban los barcos, durante casi todo el trayecto permaneció acostado en su camarote, intentando evitar los mareos que sufría siempre que sus pies no tocaban tierra firme. Sin embargo, a raíz del episodio de las batayolas, se mantuvo vigilante en cubierta identificando a las personas que pudieran ocasionar problemas a doña Aurora y a Valvanera. En aquella ocasión, cuando el calafate se dirigía al palo mayor para cumplir su castigo, reparó en un comerciante de paños que se dirigía al carpintero tapándose la boca. No llegó a saber las palabras que pronunció entonces, pero poco más tarde, cuando el marinero bajó del mástil, observó cómo se le acercaba y le pedía con un gesto que le siguiera. Juan de los Santos se escondió detrás de unos cabos para escuchar la conversación.

El comerciante hablaba mirando a un lado y a otro, procurando que nadie pudiera escucharle.

—¡Ten cuidado con ella! Es una bruja. Me han dicho que en su tierra mató a varias personas con sólo tocarlas. Una de ellas era una niña, a otra le contagió la viruela para robarle a su hija.

El calafate se llevó las manos a la cabeza, sus ojos parecían salirse de las órbitas.

—¡Santo Dios!

La voz del comerciante se alzó levemente mientras recorría la superficie del galeón con la mirada.

—Estas brujas no deberían haber subido al barco. Después de lo que costó librarnos de los moros y expulsar a los judíos, ahora nosotros llevamos a estas malditas indias con sus mestizos a cuestas. Si estuviera en mis manos, ni uno solo entraría en Sevilla.

El contramaestre llamó a la tripulación para la oración vespertina y la conversación quedó interrumpida. El resto de la travesía, Juan de los Santos no perdió de vista la silueta negra del comerciante. Cuando el carpintero cayó envenenado por la mordedura de la araña, sus ojos pequeños y redondos escudriñaban el rostro de doña Aurora, al mismo tiempo que acercaba su boca al oído de otro marinero.

Al día siguiente, Juan de los Santos buscó al capitán y le contó lo sucedido. Sus manos sudaban, apretaba los puños y se estiraba los dedos produciendo unos chasquidos que parecían romper sus tendones.

—¡Capitán! No sé si ha sido una buena idea volver, quizás en las Indias se viviera mejor. Podríamos instalarnos en Cuba, allí ya no hay guerras y con el oro que llevamos nos sobraría para establecernos.

Don Lorenzo le puso las manos en los hombros y le apretó suavemente.

—No podemos consentir que otros condicionen nuestras vidas. No te preocupes y procura que ellas no se enteren de nada de esto.

Juan de los Santos continuó en alerta, sin dejar de vigilar la silueta negra que rondaba por todos los rincones de la embarcación. No se calmó hasta que doña Aurora subió a cubierta con el espejo tras la muerte del calafate, y demostró a los marineros que sus palabras no podían causar el menor daño. Las carcajadas y los cantos de la tripulación relajaron sus nervios hasta que, al día siguiente, el comerciante se le acercó por la espalda y escuchó su voz por encima de su hombro.

—¡Cazador cazado!

El hombre de negro pasó de largo y se volvió hacia él exagerando una reverencia con la capa. Sonreía al hablar, descubriendo sus dientes amarillentos en una mueca que Juan de los Santos no podría olvidar.

—Los que duermen con brujas también arden en la hoguera.

Se marchó inclinando la cabeza, dejando en el aire el olor de las amenazas que pueden llegar a cumplirse.

Volvió a verlo merodear entre los pasajeros y los marineros, asaltando con su presencia a las Chiquillas y a los hijos de los Vizcondes de la Isla de la Rosa, pero no escuchó otra vez aquella voz hasta que una mañana le sorprendió cuando se dirigía a doña Aurora. Su sonrisa amarilla se había transformado en un esfuerzo por disimular interés por la princesa.

—Estáis muy hermosa con ese vestido. Impresionaréis a los paisanos allá donde vayáis. ¿Os quedaréis en Sevilla? ¿O seguiréis camino hacia otra parte?

Juan de los Santos se adelantó a la respuesta de doña Aurora. Se tragó las palabras que hubiera deseado decirle y forzó una sonrisa mayor que la de él.

—Estaríamos encantados de que viniera a visitarnos, pero todavía no sabemos adónde nos dirigimos. Si me decís vuestra dirección, le haremos llegar la nuestra cuando estemos instalados.

El comerciante de paños volvió a exagerar una reverencia, primero a doña Aurora y después al mozo de espuela, su rostro recuperó la mueca del que oculta una promesa en sus palabras.

—Aceptaré vuestra invitación gustosamente. Volveremos a vernos.

Al cabo de unos días, los gritos del vigía, y su brazo extendido señalando a estribor, lanzaron a todos los pasajeros hacia la borda.

—¡Tierra! ¡Tierra a la vista!

La desembocadura del Guadalquivir se dibujaba poco a poco para los ojos de la tripulación, acostumbrados a distinguirla en la lejanía.

—¡Sanlúcar de Barrameda! ¡Allá vamos!

Sin embargo, la mayoría de los pasajeros buscaba sin resultado una fractura en la línea divisoria que separaba el cielo del mar, el único paisaje que habían visto desde hacía casi dos meses.

—¡No la veo!

—¿Dónde?

—¡No veo nada!

Doña Aurora se precipitó a la barandilla con el pequeño Miguel de la mano. Sus pies, aprisionados en los botines, no dejaban de moverse. Don Lorenzo se acercó hasta ellos y contempló el horizonte, enorme y azul. Levantó al niño en los brazos y susurró al oído de la princesa.

—Te regalo la primera mancha de tierra que veas.

Doña Aurora retiró la cabeza y señaló hacia el este. Una sombra grisácea se adivinaba sobre las aguas. El capitán apoyó su barbilla contra el hombro de Miguel y sonrió.

—Tu madre es una tramposa, Miguelete, ya lo había visto.

Los tres reían a carcajadas cuando don Lorenzo divisó la figura negra del comerciante que les observaba desde el castillo de popa. Aquel hombre le ponía nervioso. La primera vez que lo vio, taladraba a doña Aurora con la mirada mientras cuchicheaba con un marinero. En ese momento le hubiera quitado a golpes las ganas de volver a mirarla, pero los marineros andaban inquietos por la muerte del calafate, y no quiso empeorar las cosas. Desde entonces, lo veía merodear entre la tripulación, a veces señalaba a la princesa disimuladamente y se tapaba la boca, urdiendo una tela que aprisionaba sus sueños y no le dejaba dormir. La duda entre dejar que las cosas siguieran su curso o intervenir hasta obligarle a contar lo que tramaba le mantenía despierto durante casi toda la noche.

Pensó en pedirle consejo a don Ramiro, él tenía que conocerlo de otros viajes, pero no quería molestarle con algo que quizá no tuviera importancia. Podría decirle a Juan de los Santos que lo vigilara, pero hubiera levantado las sospechas del comerciante y empeoraría la situación. Debería decirle a doña Aurora que tuviera cuidado, pero ignoraba de qué.

La incertidumbre le mordía. Sabía que a veces las decisiones se convierten en errores que no tienen remedio. Y no quería tener que lamentarse. La precipitación no es buena aconsejando. No quería volver a soportar el peso de la equivocación. Tenía que cuidar de ella, debía protegerla. No volver a cometer errores, no volver a caer en la trampa de las prisas. No fallarle otra vez. No volver a sentir su ausencia como una garra, como una boca abierta amenazando su estómago. El miedo. El recuerdo de la huida que se convirtió en un desgarro. Su sueño destrozado en la salida de Tenochtitlan. La pérdida.

2

Don Lorenzo se lamentaba reconstruyendo una y otra vez los pasos que le llevaron hasta perderla. No previó las consecuencias de desandar el camino que les habría facilitado la salida, y permitió que se hundiera en un desastre que cualquier soldado habría sido capaz de reconocer.

Retrocedieron, cuando la salvación estaba en marchar hacia el frente. No se arriesgó a cruzar la calzada. No vio que el peligro se encontraba si volvían hacia atrás, aunque la lucha les esperaba adelante.

Consiguió escapar y llegar a las puertas de Cholula, pero no encontraba la paz que le devolviera el sueño. Sus ojos se negaban a cerrarse desde la misma noche en que salió de la capital de los mexicas. La culpa. Y ahora no puede dormir.

Más de la mitad de los soldados cayeron en la batalla. El mayor desastre que don Lorenzo habría de presenciar. Siete mil personas intentando esconderse entre la niebla, conteniendo el aliento. Nadie reparó en que el silencio de siete mil almas se puede escuchar, a pesar de que no hablen una sola palabra.

Desde las terrazas y desde los templos llegaron los gritos de los mexicas arengando a los guerreros a perseguir a sus enemigos.

La noche anterior, don Lorenzo había subido a la habitación de doña Aurora para indicar a las mujeres el lugar que les correspondía en la retirada. Valvanera preparaba unos cestos donde guardaba las cosas que llevarían consigo. Al comprobar el volumen de los bultos, el capitán se dirigió a las mujeres en tono tajante.

—¿Estáis locas? Esto no es una mudanza, salimos huyendo. ¡Deprisa! Bajad al jardín. No hay tiempo que perder.

La princesa intentó buscar algo entre los cestos, sujetaba a la espalda a la pequeña María, enrollada en una manta que anudaba en uno de sus hombros. El capitán se colocó frente a ella y la empujó hacia la puerta.

—No hay tiempo, doña Aurora, la vida vale más que cualquier cosa que haya en el cesto.

La princesa inició la huida como el resto de la Coalición, en silencio absoluto. De puntillas. Comenzaba a caer una lluvia fina que les calaba sin que se dieran cuenta.

Apenas habían atravesado los primeros canales cuando se escuchó el grito de una mujer asomada a una terraza.

En sólo unos minutos, los canales se llenaron de barcas protegidas por escudos. Al final del camino empedrado, miles de guerreros esperaban a los españoles para cortarles la retirada.

Juan de los Santos corría llevando de la mano a Valvanera, que cargaba al niño a la espalda; la princesa llevaba a la pequeña María, intentando protegerla de la lluvia de flechas. El capitán las cubrió con su escudo y se volvió a su mozo.

—¡Llévatelos al palacio! Volveré a buscaros con un pelotón.

Cuando la huida se convirtió en desbandada, volvió a recogerlos con cincuenta soldados. Valvanera y Juan de los Santos les salieron al encuentro con el pequeño Miguel. La criada lloraba.

—¡No encontramos a mi señora! Subió a la habitación para buscar su besador. Hay fuego por todos lados. La pequeña María iba con ella.

Cincuenta hombres buscaron a la princesa hasta que la prudencia les obligó a abandonar lo que quedaba del palacio. En su camino de vuelta a la calzada, se cruzaron con numerosos soldados que buscaban el refugio que ellos acababan de abandonar. Don Lorenzo les conminaba a dar la vuelta sin que sus advertencias sirvieran de nada.

—¡Volved a la calzada! El palacio está ardiendo, los indios lo tienen rodeado. Allí no hay salvación posible.

La calzada se había convertido en un campo sembrado de muerte. Las tropas que pudieron atravesarla corrían despavoridas, perseguidas por los guerreros mexicas. Don Lorenzo cabalgaba con el pequeño Miguel. Valvanera y Juan de los Santos, encaramados en una mula que había perdido a su dueño. El capitán la encontró cuando se dirigía al palacio, asustada y cargada de oro.

Caminaron durante horas hasta dejar atrás a sus perseguidores. En el primer alto en el camino, don Lorenzo abrazó a su hijo y recordó el olor de la arena del mar.

Se detuvieron alrededor de un ciprés al que los indios llamaban ahuehuete. Juan de los Santos se recostó en el tronco. Don Lorenzo permanecía de pie, intentando proteger a su hijo de la lluvia con su rodela, el escudo se había convertido en un amasijo abollado de hierro pintado de negro. El mozo de espuela respiraba jadeando y comprobaba el número de lingotes que conservaba todavía. Se entretenía apilando el oro que iba sacando de las alforjas, cuando don Lorenzo se acercó y deshizo los montones de una patada.

—Los mexicas nos pisan los talones ¿y tú te dedicas a contar el maldito oro? ¡Guarda eso!

Los gritos de los mexicas se escuchaban cada vez más cerca, don Lorenzo detuvo a Juan de los Santos y cargó las alforjas sobre la mula.

—Parece que se acercan. ¡Vámonos!

Subió a su caballo, cargó a la grupa al pequeño Miguel y le tendió la mano a Valvanera para ayudarla a montar. La criada le miró con los ojos vidriosos.

—¡Capitán! ¡Os lo ruego! Dejad que vuelva a buscarlas.

Don Lorenzo no contestó, se giró hacia Juan de los Santos y señaló el estribo que había dejado libre para la criada.

—Súbela, que sujete bien al niño.

Valvanera montó detrás de Miguel y continuó suplicando y reprimiendo las ganas de llorar.

—¡Capitán! ¡Por favor! Yo sabría esconderme entre los mexicas. Tengo que encontrarlas.

El capitán espoleó al caballo y salió a media rienda, ocultó su cara bajo el yelmo y contestó sin mirar hacia atrás.

—Ya viste cómo estaba el palacio, aunque las llamas se hubieran apagado no podríamos hacer nada por ellas, los mexicas lo habrán tomado ya. Créeme, no hay nada que podamos hacer.

Don Lorenzo pensó en los barcos que dejaron en Veracruz. Volver. Olvidar el horror y educar a su hijo lejos de las batallas. Buscar en su tierra roja las raíces de las que huyó, en un tiempo en el que la vida parecía una aventura. Regresar al sabor del vino, al pan, al aceite. Olvidar corazones que laten en las manos.

Valvanera lloraba en la grupa abrazada al pequeño Miguel. El capitán recordó las lágrimas de la princesa cuando murió doña Mencía, sus golpes contra el suelo. Apretó las riendas hasta clavarse las uñas en las palmas. No debió ordenarles que fueran al palacio. El sabor del pan con aceite. Debió permitir que corrieran hacia la calzada junto a los demás indios, algunos consiguieron sobrevivir. Su silueta debajo de la túnica. Caracoles con chile. El olor del vino y de la tierra roja. Parecía una gitanilla con los dos niños en jarras. Volver a contemplar las cepas y los olivos desde la choza de los aparceros. El desorden de su pelo. El mercado. Los alfareros que enseñan a mentir al barro. Don Lorenzo se quitó el yelmo y buscó el aire inclinando la cabeza hacia atrás, estaba a punto de amanecer. Llovía.

3

Cuando los mexicas dejaron de perseguirles, los supervivientes se dirigieron a Cholula para restablecerse del cansancio y de las heridas. Durante las acampadas, Valvanera se encargaba de cuidar de la mula de Juan de los Santos, le quitaba las alforjas y controlaba que no se hubiera clavado alguna piedra en sus cascos. En uno de los campamentos, el animal casi le rompe el hombro de una coz. Se acercó cuando olfateaba los restos de unas mazorcas de maíz, y del montón de panochas surgió una salamandra que estuvo a punto de acabar en sus hocicos. Valvanera la tranquilizó, pero tuvo que llevar el brazo en cabestrillo durante más de quince días. Juan de los Santos la cuidó como si fuera una niña, a pesar de que aún le dolían sus propias heridas. Mientras tanto, don Lorenzo se ocupó de su hijo hasta que llegaron a la fortaleza.

Daba lástima mirar al capitán, atendía al pequeño con el pensamiento puesto en lo que debió hacer y no hizo. Casi no hablaba con ellos, únicamente se dirigía al pequeño Miguel, le susurraba palabras cariñosas en nahuatl mientras le dormía o cuando le daba la comida. Siempre que hacían un alto en el camino, se quedaba apartado del resto, mirando la Luna como si quisiera encontrar en ella el sosiego que le faltaba desde que abandonó el palacio en llamas.

A veces, Juan de los Santos intentaba distraerle con los chismes que circulaban entre los soldados, pero el capitán contestaba con monosílabos hasta que Valvanera pedía al mozo de espuela que le dejara en paz con sus charlas.

Nunca imaginó que ella sobreviviría a la princesa, pero tampoco imaginó que muchas de las lágrimas que iban a verterse las disimularían aquellos ojos. Lágrimas secas que encontraban su camino en el nudo que se adivinaba en su garganta.

Todos y cada uno lloraban a doña Aurora. Sin embargo, en la fortaleza de Cholula les esperaba una sorpresa con la que soñaba Valvanera desde que huyeron de Tenochtitlan. En la confusión del incendio, algunas mujeres consiguieron escapar con sus hijos por el embarcadero y rodear la laguna hasta más allá de la calzada, se encontraban en la fortaleza desde hacía unos días. Juan de los Santos les trajo la noticia cuando se disponían a cruzar la muralla.

—Creo que algunas consiguieron salvar a los niños. Otras murieron atravesando el Popocatepetl. Quizá doña Aurora y la pequeña María hayan tenido suerte.

Valvanera miró al capitán, temblaba tanto que parecía que iba a caerse, sus pies sujetaban a duras penas el cuerpo más alto que jamás había visto la esclava. Don Lorenzo subió al caballo sin decir una palabra, atravesó al galope las murallas de Cholula y desapareció.

El pequeño Miguel se quedó sentado en el suelo, Valvanera lo abrazó mientras buscaba llorando la mano de Juan de los Santos. Hay llantos que guardan la alegría mezclada con el miedo. Ninguno de los tres atravesó las puertas de la fortaleza, la criada se resistió a cruzarlas hasta que sus lágrimas justificaran sus esperanzas.

4

Don Lorenzo se dirigió directamente hacia las casas de la muralla. Antes de llegar a la que había ocupado doña Aurora con Valvanera y con doña Mencía hacía casi ocho meses, se bajó del caballo para recorrer los últimos metros a pie. Parecía que el corazón le iba a estallar, sentía los latidos en las sienes como pedradas lanzadas desde su interior. La garganta se le había secado y dudaba de poder pronunciar una palabra. La angustia. La desesperación. El rechazo a chocar con la casa vacía, a volver a perderla sin haberla encontrado. Sus manos sudaban. El miedo.

Las puertas de las casas de la muralla se llenaban de miradas curiosas, las mujeres salían a la calle esperando que se detuviera en la puerta donde tantas veces le vieron entrar. Una de ellas sujetó las bridas señalando con el mentón la casa de la princesa.

—¡Corred! Hace días que os espera. Yo me encargaré de la niña.

Si hubiera podido sentir el olor de la arena del mar, aquella espalda donde hundió su cara le habría impregnado, aquella cabeza estrellada contra su pecho le habría devuelto el recuerdo de otro aroma, suave y penetrante, íntimo, capaz de confundir sus sentidos hasta más allá de la cordura, un olor luminoso, desprendido y radiante, un olor que se derramaba exclusivamente para él.

No les dio tiempo a pensar. Permitieron que sus cuerpos se buscaran, los dejaron arrastrarse hasta la estera y se dijeron en nahuatl lo que cada uno esperaba del otro. El deseo.

Después, salieron de la casa cogidos del brazo. Recogieron a la pequeña y subieron los tres a la montura con el orgullo del que corona la cima de un monte. Las mujeres sonreían al verles pasar, camino de su encuentro con Valvanera y con el pequeño Miguel. Sus cabezas erguidas miraban al frente recibiendo las aclamaciones de algunos soldados, que flanquearon la cabalgadura hasta llegar a las puertas de la fortaleza.

Don Lorenzo dominaba al caballo para obligarle al paso. Cuando atravesaron las puertas de la muralla, escuchó la voz de Juan de los Santos, que se elevaba sobre las demás.

—¡Ya vienen! ¡Ya vienen!

Su mano izquierda sujetaba las riendas mientras que la derecha rodeaba la cintura de doña Aurora, la pequeña María reía sobre la falda de colores de la princesa. Don Lorenzo se apoyaba en el bocado del caballo, que cabalgaba sometido, contoneando la carga que montaba sobre sus lomos, como si supiera que todos los ojos del campamento estaban fijos en él. Valvanera les veía acercarse con los brazos abiertos. El mozo de espuela saltaba sin dejar de gritar.

—¡Son ellos! ¡Ya vienen!

A veces el tiempo debería pasar más despacio, recrearse en cada movimiento para poder saborearlo, grabarlo en la memoria, y volver a vivirlo cuando el sueño se resista. Don Lorenzo contempló la ilusión de su hijo cuando vio a doña Aurora, sus manos extendidas hacia el caballo, que avanzaba enseñoreándose, metiendo la cara. El niño les esperaba sonriendo, sus ojos achinados casi se perdían en su expresión de alegría. El tiempo detenido. Doña Aurora bajando lentamente de la cabalgadura y abrazando a Valvanera y al niño. Juan de los Santos sumándose al abrazo con la pequeña María. La cabeza de doña Aurora volviéndose hacia él, buscando el apoyo de su hombro. La mirada de Valvanera. Lágrimas. Saciarse de cada momento para no olvidar.

Se dirigieron a la casa de la muralla y se instalaron allí hasta que la Coalición emprendió camino a Tlaxcala al cabo de diez días. Don Lorenzo compartió la habitación con doña Aurora y con Miguel, Juan de los Santos con Valvanera y con la pequeña María. Antes de que llegara la noche, el capellán bendijo su unión hasta que la muerte los separase.

Las dos parejas celebraron sus matrimonios en la intimidad de una casa donde ya jugueteaban los niños. Doña Aurora y Valvanera prepararon el banquete de bodas, caracoles con chile y una botella de vino tinto que Juan de los Santos guardaba en secreto.

Don Lorenzo entró en la habitación desanudando las trenzas de su esposa. Su hijo dormía en la estera. A veces la vida reaparece dulce y feliz. Su esposa, su hijo, y la tranquilidad de una noche sin miedo al insomnio. La princesa no dejó de mirarle mientras le desataba los cordones de la blusa. Acarició su cuerpo desnudo lentamente, dibujando su amor en cada palmo de una piel que jamás conseguiría oler, deleitándose en una sonrisa de media luna que a veces se volvía carcajada. Sus vidas entregadas uno al otro. La locura.

Capítulo XI

1

El comerciante de paños se movía por el barco como un cuervo esperando a su presa. En cierta ocasión, se acercó al piloto y sujetó el timón con una mano mientras apoyaba la otra en su hombro. Al capitán San Pedro le cambió la expresión de la cara, se acercó al timonel y bramó como si alguien le estuviera ofendiendo o robando.

—¿Acaso he dado permiso alguna vez para que nadie más que los pilotos controlen mi barco?

El comerciante retiró las manos e intentó disculparse, pero don Ramiro le ignoró y volvió a dirigirse al piloto.

—¡Cuando acabe vuestro turno, quiero veros en mi camarote!

Don Lorenzo observó al comerciante mientras bajaba del puente, movía los labios y señalaba al suelo con el dedo índice. El capitán San Pedro le seguía con la mirada.

—¡Si lo vuelvo a ver cerca de mi tripulación, no respondo de mis nervios! Parece una mosca revoloteando alrededor de un moribundo.

Don Lorenzo asintió con un movimiento de cabeza, el gesto de su cara no podía disimular el desprecio.

—Es un hombre siniestro. Me resulta extraño que lo hayas admitido en tu barco. ¿Lo conocías?

—Hace mucho tiempo que va y viene a las Indias con sus paños. Es preferible mantenerlo en alta mar que buscando problemas a la gente de tierra. No quisiera tenerlo por enemigo.

—¿Es peligroso?

—Peligroso es poco, muchacho. Ni su propia familia se libró de sus maldades. Denunció a su mujer por delitos de fe y la envió a la horca.

El desprecio de don Lorenzo se transformó en preocupación. San Pedro no difundía rumores, a menos que estuviera seguro de que eran ciertos.

—¿Delitos de fe? ¿Qué pasó?

—Su mujer era hija de judíos conversos. No quiso firmarle el permiso para embarcarse a las Indias, y la Casa de Contratación no se lo permitió. Entonces la denunció al Santo Oficio. Dijo que los sábados vestía ropas limpias y no lavaba ni barría la casa; que cocinaba el pescado y la carne en cacerolas diferentes; y que los lunes y los jueves ayunaba. Mostró su carta de hidalguía a los cuatro vientos cuando se quedó viudo, hasta que consiguió embarcarse en la primera nave que encontró, la mía. Desde entonces busca a los herejes como si fueran piezas de una colección. Tiene una lista de todos a los que ha denunciado, con las penas que impusieron a cada uno.

Don Lorenzo se llevó las manos al estómago y se lanzó hacia la borda, vomitó su miedo ácido y amargo pensando en los salmos que su esposa recitaba con su hijo, y se volvió hacia el capitán.

—¿Crees que irá a por nosotros?

Confiaba en el amigo de su padre como se confía en los que nunca anteponen la compasión a la verdad o a la justicia. Temía su contestación, pero prefería enfrentarse a las palabras que no quería escuchar, antes que vivir en la incertidumbre.

Don Ramiro se acercó hasta él y le rodeó el hombro con un brazo.

—¡Muchacho! ¡Ojalá no vuelvas a cruzarte en su camino! Yo que tú no pasaría jamás por Granada, sería capaz de seguirte la pista. No descansaría hasta conseguir que la Inquisición condenara a doña Aurora y a Valvanera.

—¿Sabes algo que yo no sepa?

—Lo único que sé es que no ha dejado de observaros desde que subisteis al barco. No sería la primera vez que fijara sus garras en los que vuelven casados con indias. El año pasado persiguió a una pareja hasta Logroño, la pobre mujer es la última de su lista. Se celebró un Auto de Fe en la plaza pública. Después de darle garrote, quemaron su cuerpo y dispersaron las cenizas para impedir su resurrección en el Juicio Final. Este malnacido presenció toda la ceremonia, desde que la llevaron en procesión vestida con el sambenito, hasta que la última mota de polvo voló por los aires con su memoria.

Don Lorenzo se prometió a sí mismo que protegería a su esposa de la incomprensión. Pero confiaba en que no tendría que exponerla a los peligros de los que hablaba don Ramiro. Estaba seguro de que en Zafra no podría suceder semejante barbaridad. Su padre le dijo muchas veces que sus paisanos temían al mestizaje, como todos los que temen perder su identidad y luchan por conservarla. Pero su miedo nunca se transformó en odio. Los propios Condes de Feria protegieron a los judíos cuando el resto del reino les perseguía.

Conseguiría un hogar seguro para los suyos, aunque tuviera que recorrer con ellos todas las casas de la ciudad hasta ganarse a sus vecinos. Doña Aurora disfrutaría otra vez de una vida cotidiana, de una familia. Volverían a vivir en una ciudad donde los días se sucedieran uno tras otro, sin que la mayor preocupación fuera la supervivencia.

La arrancaron de Cempoal como se arranca la rama de una mata. Pero las raíces continuaban allí, añorando la cicatriz de la herida, creciendo hacia dentro y hacia fuera. Él conseguiría que la rama volviera a brotar en la tierra donde crecen la uva y la aceituna. Sí. Lo conseguiría.

2

La ciudad no era la misma que abandonaron hacía ya casi dos años. El templo que sustituyó a la gran pirámide se alzaba entre las casas, culminado por una enorme cruz. Cuando salieron de Cempoal, todavía era un proyecto a medio construir; ahora, su campanario parecía presidir la vida del pueblo con su majestuosa altura. Las casas que destruyeron los cañones habían sido reemplazadas por pequeños palacios, los quicios de sus puertas se adornaban de piedras, también el de las ventanas, algunas de ellas sobresalían hacia el exterior como pequeñas terrazas protegidas por barrotes de hierro. Los nuevos nombres de las calles se leían en las paredes sobre losetas grabadas en la lengua de los extranjeros. En la gran avenida, el suelo de arena había sido sustituido por una calzada.

Valvanera se despidió de Chimalpopoca y de Espiga Turquesa con la sensación de que el tiempo había transcurrido para ellos más deprisa de lo que sus cuerpos pudieron soportar. El cacique parecía un anciano, las manos de su señora se habían teñido de manchas y sus dedos aparecían torcidos y rígidos entre las mangas de la blusa. Juan de los Santos esperaba unos pasos más atrás montado en su mula.

—Es hora de partir. El barco nos espera.

No se había separado de él desde que huyeron de Tenochtitlan. Valvanera subió a la grupa y dirigió una mirada a la casa donde había pasado los últimos cuatro meses, y treinta años de su vida. Después, se abrazó a la cintura de su esposo y no volvió a mirar atrás.

Cabalgaban hacia el final de la avenida, por donde un día aparecieron aquellos seres que todos acogieron como dioses, cuando la mula hizo un extraño, asustada por un lagarto que cruzaba la calle. Nunca le gustaron los lagartos. Recordó su brazo en cabestrillo poco antes de llegar a Cholula, los mimos con que la cuidó Juan de los Santos, la tristeza de don Lorenzo hasta que llegaron a las murallas, y el encuentro con su señora. En la vida la había visto tan feliz. Vivieron en la casa de la muralla una existencia que no parecía para ellas, cada una con su hombre y con un hijo que les había regalado el destino. Vivieron felices diez días en Cholula y después, en Tlaxcala, cuatro meses de respiro en los que se hubieran instalado para siempre. Hasta que, una tarde, Juan de los Santos irrumpió muy nervioso en la casa después de visitar el real.

—¡Las fuerzas de la Coalición se están reagrupando! ¡Pretenden volver a Tenochtitlan para intentar de nuevo la conquista!

Valvanera miró a doña Aurora, su cara palideció tanto que parecía una mujer blanca, sus ojos buscaron los del capitán. Don Lorenzo se dirigió a su mozo de espuela con la mirada fija en la princesa.

—Lo sé, pero hubiera preferido decírselo yo a mi esposa. Vosotros iréis a Cempoal, volveré a buscaros cuando todo haya terminado. Tú cuidarás de ellos hasta que yo regrese.

Las manos de Valvanera tiraron del mozo hasta sacarlo de la habitación. Apretaba los labios al hablar, dejando la dentadura prácticamente cerrada.

—Tu boca te llevará un día al borde del infierno. Te iría más bonito si a veces la cerraras.

Juan de los Santos contempló la puerta que se cerró tras ellos.

—El Señor don Lorenzo debería solicitar su licencia. Seguro que se la darían. Podríamos volver a nuestra tierra.

Valvanera clavó sus ojos en los de su esposo, levantó la barbilla desafiante y apretó los labios de nuevo.

—¿No te atreverás a pedirle que sea un cobarde?

Juan de los Santos la besó en la mueca que arrugaba su boca. Tensó sus labios hasta simular una sonrisa y fingió enfadarse señalándola con el dedo.

—No es cobarde el que no da la estocada, sino el que la provoca sin razones.

La criada se deshizo del abrazo que intentaba darle el mozo y endureció el gesto.

—Dime que no se lo pedirás.

—Por supuesto que le pediré que se licencie.

Pero don Lorenzo no consintió que sus tropas se marcharan sin él. La Coalición consiguió reunir a veinticuatro mil guerreros en Tlaxcala, además de numerosos soldados y jinetes que llegaban a Veracruz atraídos por el oro de la tierra firme. En menos de una semana, partirían hacia Tenochtitlan.

3

El capitán De la Barreda huyó de los ojos de su esposa y la abrazó por la espalda.

—Pensaba decírtelo esta noche.

Sus manos retiraron el mechón que le escapaba de la trenza y lo colocó detrás de su oreja. No soportaba verla llorar. La levantó del taburete y la atrajo hacia su pecho.

—Volveré antes de que hayas podido echarme en falta.

Doña Aurora asentía con la cabeza mientras intentaba controlarse. María y Miguel dormían, el llanto de la princesa les despertó y aparecieron gateando desde la habitación de al lado. Como si se hubieran puesto de acuerdo, cada uno cogió a un niño y se acostó con él en la estera. Nunca más hablaron de la vuelta a Tenochtitlan.

El resto de la semana, la princesa vivió pendiente de las labores de la casa, preparaba tortillas de maíz para desayunar, bañaba a los niños, hacía la comida, calentaba cacao para todos después de la cena, y fumaba en pipa con Valvanera después de haberse lavado la cara y las manos. Don Lorenzo disfrutaba viéndola ejercer como ama de la casa. Una mañana, doña Aurora le pidió que la acompañara al palacio de uno de los caciques de la ciudad, necesitaba ver al anciano que hacía tiempo la trató como un padre. El capitán compartió con ella el orgullo con que le presentaba como su marido, el respeto con que le pedía al anciano la bendición para el pequeño Miguel, y la ilusión con que le regalaba varios espejos que hicieron las delicias del montón de mujeres que le rodeaban. Parecía feliz.

Don Lorenzo se lamentaba de cada día que pasaba, y lo despedía aferrándose a cada momento, para que no llegara su fin. Los preparativos para la marcha hacia Tenochtitlan se aceleraban con la misma rapidez con que se le escapaban las horas. Los cañones y los serpentines listos para el disparo; las lombardas y los arcabuces limpios y con la pólvora y la mecha a punto; las espadas pulidas; las ballestas con sus saetas de punta de cobre y sus astiles; las lanzas, las rodelas; y los hombres y los caballos, recuperados del cansancio y de las heridas.

Juan de los Santos le insistía en que solicitara la licencia, le hablaba de Zafra, de la bondad de las tierras que heredó de su padre, del vino que les esperaba en las tinajas, del jamón y del chorizo que compraban en Monesterio, de la feria y de los melones de la Plaza Chica, de los dulces que las monjas clarisas regalaban a los señores de El Torno cada Navidad. Pero su deber estaba con sus hombres, aunque la querencia le atrajera hacia las raíces que dejó por no aceptar una boda envenenada.

El día antes de la marcha hacia la capital de los mexicas, las mujeres partieron a Cempoal. Don Lorenzo llamó a su mozo de espuela y le dio instrucciones para el camino.

—Un pelotón irá con vosotros. Que nadie se separe de ti hasta que lleguéis a Cempoal. Allí esperaréis mi regreso. Cuida de ellos. Después, volveremos a casa.

Don Lorenzo cabalgó junto a la comitiva hasta que atravesaron el río donde vio a la princesa por primera vez, se bañaba junto a un guerrero que después sería condenado a la horca por asesinar a un capitán. En aquellos días, doña Beatriz llevaba en su vientre al hijo que ahora se aferraba a su espalda. Jamás hubiera pensado que, algún día, aquella joven que reía a carcajadas se convertiría en su esposa. Le llamó la atención el color de su piel, apenas parecía una india, más bien se diría que se trataba de una mora nacida de un cristiano, una morena clara que se mantenía en el agua como los peces.

El potro de la princesa seguía a la mula de Juan de los Santos. Miguel y María viajaban en las espaldas de sus madres, enrollados en sus mantas. El mozo sujetó las riendas cuando su señor hizo un ademán de pararse, pero Valvanera le habló al oído y continuó caminando hasta detenerse unos pasos más allá. El capitán bajó del caballo y se dirigió hacia doña Aurora.

—Ven, quiero enseñarte algo.

Hacía unas horas que había amanecido, la Luna todavía se distinguía como una mancha redonda y grisácea. Don Lorenzo señaló al cielo.

—Todos los días la miraré cuando suene la primera caracola, hazlo tú también, así estaremos juntos.

La princesa le prometió que buscaría su mirada todos los días en la Luna. Después, siguió a Juan de los Santos. Cabalgaba con la cabeza girada hacia atrás. El capitán De la Barreda no se movió hasta que perdió de vista los ojos de su esposa.

4

Juan de los Santos no imaginó que encontraría el amor en las Indias, seguía a don Lorenzo desde que murió el viejo Señor de El Torno cuatro años atrás. El heredero del señorío no permitió a su hermano menor continuar en el palacio paterno, a menos que aceptara casarse con la pequeña Diamantina. Don Lorenzo prefirió embarcarse a la aventura antes que el matrimonio con la joven, que sólo acarrearía desgracias para todos. Las andanzas de su señor le llevaron hasta Valvanera, su india del color del caramelo.

Desde que era un hombre casado, su deseo de volver a su tierra extremeña se había convertido en una obsesión. Nunca le gustó la vida de campaña. Él no era un hombre de guerra, su pasión era montar a caballo, acompañar al capitán a recorrer los viñedos y los olivares para hablar con los aparceros, y subir hasta la alcazaba de la sierra de El Castellar. Desde aquella fortificación, construida sobre un murallón de piedra vertical, se dominaba la planicie que se extendía a oriente y occidente, la Alconera, la Parra, la Puebla, Feria, incluso los montes de San Jorge podían distinguirse en los días muy claros. La alcazaba se remontaba a los tiempos en que rivalizaban los reinos de taifas de Badajoz y Sevilla, don Lorenzo lo visitaba casi a diario desde que era pequeño, su parentesco con el hijo del oficial de Contaduría del alcaide le permitía sentirse en la alcazaba como si estuviera en su propia casa.

El mozo añoraba el clima de su tierra, el frío del invierno y el calor del verano. Mientras se dirigía a Cempoal, se dio cuenta de que era la primera vez que se separaba de don Lorenzo desde que éste nació, hacía treinta y dos años. Él le enseñó a montar cuando apenas levantaba unos palmos del suelo. Le ayudó a ponerse su primera armadura. Le llevó en sus viajes organizando el transporte de la uva y de la aceituna por las rutas de Almendralejo, de Llerena, de Mérida, de Don Benito. A pesar de que se llevaban casi diez años de edad, compartieron juegos y correrías en las que, en más de una ocasión, tuvo que protegerle de su madre.

La idea de volver a Zafra con Valvanera le rondaba desde que le prometió que siempre cuidaría de ella el día que volvieron de Veracruz porque los mexicas habían sitiado el palacio de los capitanes. Juan de los Santos cumplió su promesa, la acompañaría durante el resto de su vida. Se dirigía a Cempoal con la certeza de que su capitán volvería para llevarlos a casa.

Su esposa y doña Aurora entraron en la ciudad con la emoción contenida en los ojos, cada una llevaba un niño a la espalda. Chimalpopoca y Espiga Turquesa, alertados por la noticia de su llegada, salieron a la gran avenida para recibir a su hija convertida en la esposa de un teul. El cacique se acercó a la princesa y se arrodilló suplicando su bendición, su madre los contemplaba unos pasos atrás, sujetando en sus manos un incensario y un penacho de plumas blancas. Después de que la princesa rozara con sus dedos la cabeza de su padre, el cacique la sahumó cuatro veces y le colocó las plumas como si la estuviera coronando. El olor del incienso invadió la avenida.

Valvanera se volvió hacia Juan de los Santos y le explicó el rito de las bodas.

—Los padres bendicen la unión de los esposos.

Se instalaron en la casa del cacique y esperaron el regreso de las tropas entre la calma de una vida de familia y la inquietud por el destino del capitán. Los pequeños Miguel y María, convertidos en centro de atención, se soltaron a caminar sin necesidad de ir sujetos de la mano. Valvanera y doña Aurora mantenían largas conversaciones con Espiga Turquesa fumando sus pipas.

El cacique, orgulloso de que por fin el destino de su hija se hubiera suavizado, no dejaba de acariciarla y de agradecer a su dios que se la hubiera devuelto. Cada mañana y cada tarde se le oía rezar.

—Señor, gran Señor del Cerca y del Junto, el de la falda de jade, el del brillo solar de jade, ayúdanos a descubrir nuevas flores y cantos para aprender a dialogar con nuestro corazón.

De vez en cuando, se dirigía a su hija cuando bañaba a los niños o les daba la comida; siempre le decía la misma frase.

—Mi pluma preciosa, mi niñita, vuestros pequeños nos han devuelto la alegría.

El cacique enseñó a Juan de los Santos las normas del juego de pelota. Todas las tardes salían a la plaza y compartían su tiempo disfrutando del espectáculo.

Los informes que llegaban de la capital de los aztecas marcaban el ritmo de la espera. Pasaban los días, las semanas y los meses, y cada informe resultaba menos alentador que el anterior. Los mexicas se resistían, los españoles debían tomar las ciudades cercanas a Tenochtitlan antes de intentar su conquista. La empresa se presentaba difícil y lenta. Hasta que las últimas noticias les hicieron albergar esperanzas sobre la vuelta de don Lorenzo. Las tropas de la Coalición habían sitiado la capital mexica. Construyeron trece bergantines con la ayuda de los de Tlaxcala para atacarles por la laguna y les obligaron a refugiarse en el centro de la ciudad. Los mexicas resistieron el asedio, tres meses sin agua y sin alimentos, diezmados por las enfermedades que trajeron los españoles y rodeados de cadáveres que no podían incinerar.

El sucesor de Moctezuma había muerto víctima de la peste. El nuevo emperador, un sumo sacerdote que no tenía más de veinte años, ordenó la retirada convencido de que la victoria era imposible. Cayó prisionero cuando intentaba huir con su corte por la laguna.

Quince días después de la conquista de Tenochtitlan, Juan de los Santos corrió hasta las habitaciones de las mujeres con la noticia que todos esperaban.

—¡El capitán don Lorenzo está entrando en la ciudad! ¡Ha vuelto!

Sus deseos de volver a Zafra estaban a punto de cumplirse. Sabía que su india del color del caramelo no sería recibida con el mismo entusiasmo con que él la llevaría, pero la alegría es contagiosa, ella conseguiría arrancársela a toda la población. Se abrazó a Valvanera y comenzó a cantar la canción que su madre le cantaba a él cuando era pequeño.

—¡De la uva sale el vino, de la aceituna el aceite, y de mi corazón sale cariño para quererte!

Después siguieron a doña Aurora, que corría por la avenida al encuentro de su esposo. Casi habían llegado al final de la ciudad cuando divisaron a un jinete que se acercaba al galope. Los cascos del caballo repicaban en la calzada como si llamaran a la misa mayor. Don Lorenzo se tiró del caballo cuando vio a la princesa, la levantó por los aires y comenzó a dar vueltas. Doña Aurora reía a carcajadas colgada de su cuello. Su cuerpo menudo parecía una veleta mientras giraba.

Capítulo XII

1

Desde que el comerciante de paños la abordó días atrás para averiguar el destino de su viaje, doña Aurora procuró mantenerse en todo momento cerca de su esposo o de Juan de los Santos. El nerviosismo que mostró el criado cuando se quedaron a solas la inquietó; a pesar de que aparentaba no darle excesiva importancia a lo sucedido, el tono de su voz le delataba.

—No habléis nunca con él, mi señora. No es de fiar. Si vuelve a preguntaros adónde vamos, decidle que hable con vuestro esposo.

El comerciante no volvió a buscar su conversación, pero ella percibía su presencia en cualquier parte del barco, a pesar de que se escondía para mirarla.

Las partidas con doña Soledad y doña Gracia se mantuvieron a lo largo de toda la travesía. Generalmente, jugaban en cubierta hasta que los últimos rayos de Sol les permitían distinguir las cartas. Por las mañanas utilizaban el camarote de la princesa, más amplio y luminoso que los que ocupaban sus compañeras de viaje.

Una tarde en que terminaron de jugar mucho antes que de costumbre, la princesa bajó a su camarote para buscar una capa. Comenzaba a condensarse el relente y hacía frío. Cuando abrió el compartimiento, encontró la espalda del hombre de negro, que se giraba instintivamente hacia el ruido de la puerta. Sus manos sujetaban el cofre que le regaló su madre. La princesa tomó aire para iniciar un grito que el comerciante interrumpió sacando la caja por el ojo de buey.

—¡No se te ocurra gritar! O acabará en el fondo del océano.

La princesa se reprimió tapándose la boca. Sus ojos no perdían de vista la mano que sujetaba en el aire su caja de piedra. La sonrisa amarilla del comerciante se abría cada vez más mientras bamboleaba el joyero. Sus órdenes se deslizaban entre sus dientes.

—¡Cierra la puerta!

Doña Aurora obedeció. Cerró la puerta y se quedó de espaldas a ella, mirando fijamente hacia la escotilla.

—¡Echa la llave!

Echó la llave rezando a su diosa de los besos para que Valvanera pensara que tardaba demasiado en encontrar su capa.

—¡Siéntate!

Se sentó en el camastro. El comerciante recorrió su cuerpo con una mirada que le devolvió a la memoria los ojos de don Gonzalo de Maimona. Sus oídos buscaban el crujido de la escalera que bajaba a los camarotes.

—Voy a acercarme. Si gritas, los peces estarán encantados de comerse cualquier día la cara de ese mestizo que tienes por hijo. Tengo muchos amigos que disfrutarían ayudándome. La pequeña indita podría hacerle compañía.

Si el miedo pudiera adquirir forma de hombre, la princesa estaría sentada con él en el catre, respirando la acidez de una boca que recorría su cuello, con su diosa de los besos en la mano.

—El niño es guapo para ser indio. Se llama Miguel, ¿verdad? ¿Estás segura de que tú también eres india? Tu cara no lo parece.

Sus labios abiertos llegaron a los suyos. Nadie la echaba de menos en cubierta.

—Quítate la ropa. Veamos si tu cuerpo tampoco parece indio.

El vestido cayó sobre su cintura. El comerciante se levantó y comenzó a desabrocharse las calzas. Señaló sus enaguas pegadas al cuerpo, e hizo un gesto de retirarle los tirantes.

—Todo.

Sus dedos ásperos recorrieron sus hombros y se dirigieron hacia el final de su columna, al tiempo que sus susurros penetraban en sus oídos mientras ella intentaba apartarse.

—Chisss. Quieta. No te muevas.

Sus manos rodeaban su pecho cuando Valvanera encontró la puerta cerrada y comenzó a aporrearla entre gritos.

—¿Estás ahí? ¡Abre! ¿Estás bien, niña? ¡Abre!

El comerciante entregó el colgante a doña Aurora y se levantó.

—¡Vístete! Seguiremos en otro momento. Recuerda que los peces tienen predilección por los niños indios. ¡Ni una palabra a nadie!

Él mismo abrió la puerta y dejó pasar a la criada haciéndole una reverencia. Una vez fuera del camarote, se volvió hacia la princesa, que sujetaba el vestido tapándose su desnudez, la señaló con el dedo índice y se marchó sin decir nada.

Valvanera cerró el camarote y la abrazó.

—¿Qué ha pasado? ¡Maldito reptil! Voy a llamar a don Lorenzo, hará que lo ahorquen.

Doña Aurora se acurrucó en los brazos de su esclava. Imaginó a María y a Miguel correteando entre las viñas que les esperaban en la tierra de su esposo, lejos de la crueldad del comerciante y de los amigos que estarían dispuestos a vengarle si recibiera el castigo con que se haría justicia. No. Nadie sabría lo que acababa de pasar. Nadie.

2

—Me preocupa doña Aurora. Hace días que no soporta que me separe de ella y del niño, ni de noche ni de día. ¿Crees que le habrá pasado algo?

—No te preocupes, estará en esos días en que las mujeres se vuelven raras. Valvanera también está igual.

Juan de los Santos mintió a su capitán para evitarle el tormento que le mordía desde que Valvanera habló con él. Don Lorenzo miró a su esposa, sujetaba al niño en sus brazos sentada junto a su criada y a María. Hacía días que no jugaban a las cartas con las demás pasajeras.

—No sé, la encuentro triste. Ella no suele ponerse así.

La tristeza se confunde a veces con la angustia y con la desazón. Doña Aurora estaba aterrada, como Valvanera y como Juan de los Santos. Él mismo fue quien aconsejó a su esposa que no se separaran de ellos hasta el final del viaje, ni de noche ni de día. Ella se retorcía las manos intentando comprender lo que había pasado. Deseando que su mente pudiera negar lo que sus ojos acababan de ver.

—No ha consentido en contarme nada. Es la primera vez que se guarda la rabia sólo para ella. ¿Qué podemos hacer? Mi pequeña. ¡Mi niña! ¿Se lo contamos a don Lorenzo? ¡No, no! No se lo podemos contar. ¡Mi niña! Si se entera don Lorenzo, la muerte volverá a encontrarse en su destino. ¡Mi niña! ¡Mi niña!

—Cálmate, don Lorenzo no sabrá nada. Tampoco nosotros sabemos lo que ha pasado.

Valvanera caminaba de un lado a otro del camarote, apretando una mano contra la otra, tocándose la frente, sentándose y levantándose de la cama en cada frase, mezclando su cólera con el miedo y con la impotencia.

—Yo sólo sé que la vi con los ojos abiertos como bocas hambrientas, sujetándose la rabia para no contagiarme. ¿Qué podemos hacer? Ese hombre tiene las entrañas oscuras como pozos. Mi niña. Mi niña.

Juan de los Santos sujetó a su esposa y la atrajo hacia el catre. La abrazó con toda la fuerza que supo para no hacerle daño, hasta que sus nervios se aflojaron contra su cuerpo.

—Tranquilízate. Así no la ayudarás. Vuelve con ella y dile que no se separe de don Lorenzo. Yo me encargaré del comerciante, no dejaré que se acerque a ninguno de vosotros.

Vigiló al comerciante sin disimulo durante el resto de la travesía. Deseaba que se sintiera observado, que supiera que no volvería a presentarse la oportunidad para acercarse a la princesa. A don Lorenzo no le extrañó que no despegara sus ojos de él. Conocía su animadversión por el hombre de negro. Sin embargo, le advirtió de que su falta de cautela podría avivar el interés del comerciante por ellos.

—No deberías exponerte así. Si se siente acosado se puede revolver contra nosotros.

No quiso contestarle que el comerciante ya había rebasado el umbral de la curiosidad que él mismo habría permitido. Que mantenerlo alejado sería la mejor forma de amortiguar su interés por ellos. Se sentó en uno de los cois que los marineros habían dejado sin enrollar y continuó observando al comerciante procurando que su señor no lo notara.

—Tenéis razón, tendré más cuidado.

Don Lorenzo asintió con la cabeza y se tendió en otro coy.

—¡Qué buen invento este de los indios! No comprendo cómo podían dormir antes los marineros sin hamacas.

3

Hacía días que Valvanera no hablaba con las Chiquillas, cada vez que se les acercaba, miraban a su alrededor y utilizaban cualquier pretexto para alejarse. Tampoco los niños de los Vizcondes de la Isla de la Rosa jugaban ya con Miguel y con María.

Unos días después de que el comerciante abordara a la princesa, las dos muchachas se acercaron disimuladamente a Valvanera y le pidieron que las siguiera a su camarote.

Las Chiquillas cerraron la puerta y se sentaron en el camastro, una a cada lado de Valvanera. Hablaban muy deprisa, alternándose y terminando la una las frases de la otra.

—¡Por fin hemos podido escondernos de ese hombre!

—¡No nos deja en paz con sus miraditas!

—¡Parece un búho vigilando lo que hacemos y no hacemos!

—¡O una lechuza esperando que caiga el ratón!

—¡Debéis tener cuidado con él!

—¡Es malo, muy malo!

Valvanera comenzó a marearse, le parecía escuchar una sola voz por los dos lados a la vez.

—No tuvimos más remedio que contarle lo que sabíamos.

—Nos amenazó con tirar a los niños por la borda.

—También nos prohibió que volviéramos a relacionarnos con vosotras.

—Dijo que acabaríamos en la hoguera todas juntas.

—Que las brujas se juntan con brujas.

—Y que si le decíamos con quién andábamos nos diría quiénes somos.

La velocidad a la que hablaban no permitía a Valvanera mirar a cada una cuando tomaba la palabra. Se levantó del camastro y se colocó delante de ellas para poder mirarlas a la vez.

—¿Brujas? ¿De qué estáis hablando? ¿Qué le habéis contado a esa víbora?

Las Chiquillas se miraron la una a la otra, las trenzas sobre el pecho les llegaban a la cintura, la espalda recta, las piernas juntas, las manos sobre el regazo. Hay espejos que no devuelven imágenes tan exactas. Valvanera las escuchó procurando que no se le escapara ni una sola palabra.

—No tuvimos más remedio que contárselo.

—Nos dijo que echaría a los niños a los peces.

—Uno detrás de otro.

Las manos de Valvanera comenzaron a sudar, su estómago se alargaba y se encogía, le zumbaban los oídos.

—¿Contarle qué? ¡Hablad de una vez! Creo que voy a vomitar.

Las Chiquillas se levantaron y la sujetaron cada una por un brazo. Estaba pálida y temblaba como las hojas.

—Lo de la niña que murió en vuestro pueblo cuando ella la tocó.

—Todo el mundo lo sabía en Cuba.

—Nosotras nunca lo hemos creído.

—Pero algo sabía él también.

—También nos preguntó por la madre de María.

—Sólo le dijimos que murió de la viruela.

—Y que vosotras recogisteis a la pequeña.

Los zumbidos crecían, el estómago se transformó en un agujero que subía hacia la garganta, el sudor se volvió frío y se extendió por todo su cuerpo. Las voces de las Chiquillas se apagaban, mientras el camarote se desdibujaba convertido en nebulosa. El rojo se mezcló con el azul en un torbellino rizado y brillante. Los niños la miraban sonriendo desde el fondo del mar. Doña Aurora y Juan de los Santos se lanzaban al agua y se convertían en peces. El verde del mar atravesaba sus pupilas, tiñéndolo todo de color turquesa. Las Chiquillas la llamaban desde la borda con sus trenzas idénticas colgando del vacío.

—¡Valvanera!

—¡Valvanera!

Las voces de las Chiquillas sonaban a lo lejos, sus caras difuminadas se acercaban a la suya sin dejar de gritar.

—¡Valvanera!

—¡Valvanera!

Juan de los Santos sumó sus gritos a los de sus amigas. Le golpeaba la cara y le mojaba los brazos y la nuca.

—¡Valvanera! ¡Despierta!

Sus dientes comenzaron a tiritar sin control. Estaba tendida en la cama con las sayas a medio abrochar. Su marido la miraba con cara de preocupación y no dejaba de llamarla, no debería estar allí.

—¡Despierta! ¡Valvanera! ¡Despierta!

Continuó dándole palmadas en la cara hasta que consiguió abrir los ojos y articular algunas palabras.

—Estoy bien, no te preocupes, sólo ha sido un desmayo. ¿Qué haces aquí?

Pero sus dientes seguían castañeteando y su piel blanquecina no recobraba el color. Juan de los Santos rogó a las Chiquillas que salieran del camarote y se tendió junto a ella.

—Las Chiquillas me avisaron. Se han llevado un gran susto. Y yo también. No vuelvas a asustarme así.

Valvanera rodeó la cara de su esposo con sus manos y le besó desde la frente hasta la barbilla.

—Mi queridísimo falso teul. Tendrás que acostumbrarte. Al menos, durante los primeros meses.

Juan de los Santos se incorporó como un resorte.

—¿Un hijo?

Valvanera asintió, él la levantó de la cama y comenzó a bailar. Sus risas se volvieron carcajadas cuando escucharon la voz del vigía que avistaba la tierra. Siguieron bailando y riendo, sujetando a cuatro manos el vientre de Valvanera, y coreando la única palabra que resonaba en todo el navío.

—¡Tierra! ¡Tierra! ¡Tierra!

4

Volar, ella siempre había deseado volar. Elevarse a las alturas y contemplar el suelo desde los ojos de un águila. El viento de su nombre la impulsaría hasta alcanzar el azul, donde los guerreros del Sol construyen los sueños de los hombres. Caminar sin posar los pies en la tierra, planear sobre las desdichas de la vida y perseguir su sueño, aunque algunos intentaran cortarle las alas.

Desde que subió a la canoa huyendo del incendio en Tenochtitlan, su único deseo fue sobrevivir, llegar a Cholula con la pequeña María para esperar a don Lorenzo, que él también hubiera sobrevivido y recuperar al pequeño Miguel y a Valvanera, feliz con el hombre que siempre cuidaría de ella.

En las casas de la muralla, las mujeres que compartieron su huida se animaban unas a otras sin demasiadas esperanzas en que sus hombres volvieran. Todas pudieron ver la calzada de Tenochtitlan desde la laguna, miles de guerreros mexicas rodeando a las fuerzas de la Coalición, que caían a manos de sus enemigos o desaparecían en las aguas de los canales. Resultaba difícil pensar que alguien pudiera haber salido con vida de allí. Pero sólo hace falta visualizar los sueños para que se hagan realidad, la imagen de don Lorenzo, cruzando la puerta de la casa de la muralla, la acompañaba dormida y despierta.

Aferrarse a su sueño y conseguir que se cumpliera. El capitán llegaría hasta la casa de la muralla, le diría que la cuidaría para siempre y no tendrían que separarse el resto de sus vidas.

Sin embargo, los sueños se mezclan a veces con las pesadillas. Don Lorenzo apareció en la puerta de su casa de Cholula y ella se lanzó hacia él, sin pensar que otros brazos podrían atraparla al mismo tiempo. Aceptó convertirse en su esposa, pero olvidó que su cuerpo podría recordar heridas que ya habían curado.

Cuando su esposo descargó su peso sobre ella, temió que la sombra de don Gonzalo de Maimona se interpusiera entre los dos, pero don Lorenzo buscaba mucho más que un cuerpo en el que volcar sus caricias, alzó con ella las alas y se elevaron juntos hasta perderse en los deseos del otro. El vuelo confundido bajo la forma de un escalofrío, de un temblor, de una pregunta.

—¿Me amas?

Don Lorenzo preguntaba una y otra vez aunque su respuesta se repitiera invariable.

—¿Me amarás siempre? Dime si me amarás siempre. Dímelo, chiquinina, quisiera oírlo hasta que se desgasten las palabras.

Un hombre rendido ante una mujer. Un hombre corpulento y valeroso, que se enfrentaba a la muerte en cada batalla, suplicando y consultando los deseos de alguien a quien podría exigírselos.

—Si pudiera volar, te llevaría conmigo a la Luna. ¿Me dejas que te rapte?

Sus sueños enredados en los sueños del otro, sin saberlo, sin habérselo contado nunca. Volar a la Luna.

Desde su reencuentro en Cholula, y durante los meses que permanecieron en Tlaxcala, no se separaron más que cuando el capitán acudía a las llamadas a consejo. Parecía que la vida por fin le regalaba la tranquilidad. Sin embargo, todavía le quedaban por pasar más de ocho meses de infierno. Su esposo la envió a Cempoal mientras él partía de nuevo a la guerra. Ocho meses en los que recuperó las caricias de su madre, en los que por primera vez escuchó palabras hermosas de su padre, en los que su hijo aprendió a caminar. Ocho meses en los que habría merecido la pena guardar el resto de la vida, si no fuera porque no podía evitar la angustia, la soledad, el miedo a perder a la única persona que le faltaba.

Cuando don Lorenzo se acercó al galope y ella se colgó de su cuello para volar en sus brazos, la felicidad dejó de ser una palabra que siempre había pronunciado para otros. Su regreso trajo de nuevo las preguntas que obtenían las mismas respuestas, las caricias, los besos, las noches. Los estremecimientos que la transportaban hasta un cielo repleto de estrellas.

—¿Me sigues amando? Hoy ha nacido la Luna llena otra vez, como ayer, es azul. ¿Quieres que vayamos a nadar?

Y la posibilidad de decidir, la voluntad puesta en sus manos, rompiendo el muro que la aprisionaba desde que le alcanzaba el recuerdo.

—¿Te gustaría conocer mi tierra? Si tú quisieras, podríamos vivir en la casa que heredé de mi padre. Desde un monte cercano se ven los viñedos como si fueran el mar, un mar verde como el color de la uva. Las viñas se funden con la tierra para sacar lo mejor de ella, es una pena que en este clima no puedan cultivarse.

La tierra roja de sus antepasados convertida en un nuevo sueño que compartirían con el pequeño Miguel, con Valvanera, con María y con Juan de los Santos. La vida cotidiana. El hogar.

Y su nombre, su nombre recuperado para los labios de su esposo. El viento pronunciado en susurros, bajo la Luna llena y azul.

—¡Ehecatl! ¡Ehecatl!

Segunda parte

Me buscaré
mirando hacia lo alto.

Un párpado caerá
sobre otro párpado.

Quizá entonces
volar no sea
un recuerdo antiquísimo.

DULCE CHACÓN

Capítulo I

1

La Puerta de Sevilla resaltaba entre las murallas de Zafra cuando bajaron del carruaje. La Virgen de la Aurora se alzaba sobre el pórtico en su pequeña hornacina. Don Lorenzo tomó el brazo de su esposa y se lo colgó del suyo señalando la imagen.

—¡Mírala! Lleva tu nombre. Ella nos bendecirá y nos protegerá para siempre.

Sujetó la mano de su hijo y atravesó las puertas de la ciudad amurallada. Sus ojos apresaron cada detalle de la calle Sevilla, el recorrido que había hecho tantas veces desde niño. La platería, la Casa Grande, el convento de Santa Clara, la botica, la dulcería, la tienda de telas, la barbería. Cada puerta y cada balcón que dejaban atrás les acercaban más hacia la casa-palacio de la plazuela del Pilar Redondo, el primer lugar al que se dirigiría, para pedirle explicaciones a su hermano sobre su nuevo casamiento.

Juan de los Santos caminaba tras ellos junto a Valvanera y a la pequeña María. El mozo de espuela no podía ocultar su emoción, por fin estaban en casa. Cuatro criados, que don Lorenzo contrató en Sevilla recomendados por el capitán don Ramiro, tiraban de pequeños carromatos donde se amontonaban los bultos del equipaje.

Mientras recibían la mirada curiosa de sus vecinos, se agolpaban en su mente los acontecimientos que le obligaron a salir de allí hacía una vida entera, y los que le devolvían de nuevo. La muerte de su padre, los celos del nuevo Señor de El Torno, Diamantina, el amor y la guerra en las Indias, el viaje en el galeón, el hombre de negro.

Don Lorenzo confiaba en que el Conde de Feria les protegiera si surgía algún problema, siempre se había mostrado respetuoso con su madre y siempre ayudó a los judíos conversos cuando los jueces de la Inquisición visitaban la ciudad en busca de herejías. Estaba seguro de que a ellos también les ayudaría si el comerciante de paños les seguía la pista. No había vuelto a verlo desde que desembarcaron en Sevilla, pero la idea de que pudiera rastrear sus movimientos no se le quitaba de la cabeza. Don Ramiro de San Pedro le había vuelto a insistir en que se mantuvieran alejados de él, cuando se despidieron en el Arenal.

—¡Adiós, muchacho! Si me necesitas, ya sabes dónde me tienes. Mantén los ojos bien abiertos con ese bicho. Y recuerda que las moscas siempre encuentran un difunto donde posarse.

Volvió a visitar al capitán al día siguiente, para que le buscara dos parejas de criados que les acompañaran a Zafra. Los hombres trabajarían en el campo y las mujeres ayudarían a Valvanera con los niños y en las tareas de la casa. El capitán le recomendó a dos matrimonios moriscos, los maridos eran hermanos y habían servido en casa de un mayorista de telas arruinado y cubierto de deudas.

Se alojaron todos en una posada cerca del puerto, al otro lado del río, en el arrabal que crecía frente al muelle donde atracaban los barcos. Allí esperarían hasta encontrar un carruaje que quisiera trasladarles. Don Lorenzo hubiera querido emprender el camino al día siguiente de desembarcar, pero llegaron en la mañana del Miércoles Santo, hasta la semana siguiente sería imposible encontrar un cochero que aceptara moverse de Sevilla. Hacía un par de años que se celebraba un Vía Crucis por toda la ciudad, la mayor parte de los hombres acompañaban a las imágenes de la Pasión y muerte de Jesús, como penitentes cubiertos con túnicas y con antifaces que les tapaban la cara. Distintas cofradías organizaban sus estaciones de penitencia hasta el Domingo de Resurrección, para entonces habría demasiada gente que querría salir de la ciudad, no sabía hasta cuándo tendrían que permanecer allí.

Juan de los Santos le acompañó en busca de los nuevos criados. Cuando regresaban a la posada, donde Valvanera y doña Aurora descansaban con los niños, se acercó al oído de don Lorenzo para que los moriscos no pudieran escucharle.

—¿Estás seguro de lo que estás haciendo? Cuatro moros, dos indias y dos mestizos. ¿No te parece demasiado? Quiera Dios que la suerte no piense que la estamos tentando.

Don Lorenzo se detuvo y le clavó los ojos.

—Dios quiso que mi madre fuese mora y que tú y yo tuviéramos hijos mestizos. ¿Nos obligará la suerte a renegar de los nuestros?

El mozo de espuela mantuvo su mirada. Parecía que no iba a contestarle, sin embargo, le sorprendió con un tono de voz que no usaba desde que le reprendía cuando era un muchacho.

—La suerte no puede obligarnos a lo que nunca estaríamos dispuestos. Pero puede volverse negra contra nosotros. No olvides que ahora no estamos solos.

Continuaron el camino hasta la posada sin dirigirse la palabra. Don Lorenzo buscaba los pros y los contras de su decisión, Juan de los Santos apresuraba el paso mirándole de reojo hasta que llegaron casi a la puerta de la fonda. Antes de cruzar el Arco del Postigo, el capitán detuvo a su mozo de espuela.

—Tienes razón, no debemos tentar a la suerte más de lo necesario. Podría confundirse con un desafío, y ya llevamos con nosotros suficientes problemas como para buscar otros nuevos. Mañana les diré que se marchen.

Al día siguiente, los moros salieron de la posada con un jornal en la bolsa y con el reproche en sus caras. Don Lorenzo no podía imaginar entonces que los problemas que trató de evitar le seguirían después hasta Zafra, agravados por el quiste del resentimiento.

2

Juan de los Santos no se encontraba cómodo en aquella ciudad. Sevilla se había convertido en un enjambre de hombres y mujeres que iban y venían cargados de productos de las Indias y de provisiones para el avituallamiento de los barcos. Demasiada gente desconocida entre la que cualquiera podría ocultarse, incluido el comerciante de paños.

En la mañana del Viernes Santo, acompañó a don Lorenzo al barco del capitán San Pedro para que le recomendara otras parejas de criados. Le encontraron en el Arenal, con los inspectores de la Casa de Contratación que controlaban la descarga de la mercancía. Don Ramiro les gritó desde el muelle antes de que ellos pudieran verle.

—¡Eh! ¡Muchacho! ¿Qué te trae otra vez por aquí?

No hizo falta que don Lorenzo se extendiera en el porqué de su cambio de opinión sobre llevarse a los moros a Zafra, el capitán comprendió de inmediato los motivos sin necesidad de explicaciones.

—¿Cómo he podido ser tan torpe? Lo siento, muchacho, no caí en la cuenta.

Al cabo de unas horas, un matrimonio de cristianos viejos les acompañaba con sus dos hijos varones por la calle Placentines, camino de la posada. En las gradas de la catedral, los mercaderes efectuaban sus transacciones con los productos traídos de las Indias. Comenzaba a llover; en sólo unos instantes la lluvia se convirtió en aguacero, y los comerciantes se introdujeron en el interior de la basílica para refugiarse. Juan de los Santos creyó ver al hombre de negro observándoles desde las escaleras y alertó a su señor.

—¡Mira! ¡Ahí está otra vez! ¡Rata del demonio!

Don Lorenzo miró hacia el lugar que le señalaba el criado.

—¿Quién? ¿Dónde?

—¡Allí! En el último escalón. El comerciante. ¿No lo ves? Parece que se está riendo el muy miserable.

El capitán no consiguió verlo y continuó caminando sin darle importancia.

—¿Estás seguro de que era él? Creo que te estás obsesionando.

Realmente no estaba seguro de que fuera el comerciante, pero lo fuera o no, para Juan de los Santos la necesidad de llegar a Zafra se convirtió en urgencia y desasosiego. Sevilla no era segura para sus mujeres. Cuando llegaron a la posada y el capitán le propuso asistir a una de las procesiones con doña Aurora y con Valvanera, se llevó las manos a la cabeza y volvió a hablarle como cuando se enfadaba con él cuando era un muchacho.

—¿Estás loco? ¿Quieres que el comerciante nos siga hasta la posada y averigüe de dónde somos y adónde nos dirigimos? ¡No participaré en esa temeridad, antes prefiero que me eches de tu servicio!

Don Lorenzo le miró con cara de sorpresa. También él se sorprendió de sí mismo, era la segunda vez en dos días que se mostraba tan alterado. Don Lorenzo se relajó y le guiñó un ojo como cuando era niño y buscaba su perdón.

—No te enfades, sólo quería enseñarles a las mujeres el Vía Crucis, dicen que las tallas son una maravilla.

—¿Que no me enfade? ¿Acaso has olvidado lo que dijo el capitán don Ramiro? Ese hombre es peligroso.

El capitán le tendió la mano ofreciéndole las paces.

—Cálmate, tienes razón. No saldremos de aquí hasta que subamos a la carroza que nos lleve hasta casa.

Juan de los Santos asintió con un gesto y se fue en busca de Valvanera. Desde que sabía que le iba a convertir en padre, su india del color del caramelo le parecía más hermosa que nunca. La redondez de su vientre se acentuaba a medida que pasaban los días, él ya no podía abarcarle los pechos con las manos, y sus ojos brillaban cuando pensaba en el hijo que amamantaría antes de que llegara el invierno. Jamás consentiría en que le hicieran daño, jamás dejaría al azar la posibilidad de que alguien pudiera ensombrecer la felicidad que él le debía. Él la trajo consigo y se aseguraría de que nunca tuviera que arrepentirse. La cuidaría a pesar de todos los pesares, a pesar de don Lorenzo, a pesar del hombre de negro y, si era preciso, incluso a pesar de sí mismo.

3

Desde la ventana de su habitación, doña Aurora podía ver el puente de Triana y las edificaciones del otro lado del río. Los últimos rayos de Sol iluminaban los azulejos de la torre donde se almacenaban las mercancías traídas desde su tierra, parecía de oro. Los barcos atracados en el muelle se reflejaban en el Guadalquivir. Al fondo, la muralla de la ciudad se levantaba prohibiéndole el paso. Nunca conocería Sevilla.

Enfundada en sus ropas oscuras, contemplaba el puerto, extrañamente tranquilo comparado con el ajetreo de los días anteriores. La luz anaranjada de la tarde se fue transformando en sombras donde poco a poco aparecían los resplandores de los faroles que iluminaban la ciudad. El cielo estaba medio nublado, casi no se veían las estrellas. Cuando la noche se cerró, comenzaron a aparecer sobre el puente dos filas de antorchas que iluminaban figuras cubiertas con túnicas y capirotes. Se escuchaban cánticos a lo lejos, acompañados de un sonido de trompetas que parecían llorar.

La princesa se retiró de la ventana y llamó a su esposo, le temblaban el cuerpo y la voz. Don Lorenzo la abrazó y le pasó la mano por la frente.

—¿Qué te ocurre? Estás sudando.

Doña Aurora escondió su miedo contra el pecho de su esposo y señaló la ventana sin mirarla. Los hombres encapuchados avanzaban hacia el otro lado del río, golpeándose la espalda con manojos de cuerdas terminados en ruedas pequeñas, parecían dirigirse a la posada. Don Lorenzo la abrazó.

—No te asustes, son los hermanos de sangre, disciplinantes que cumplen penitencia para expiar sus pecados. Los que llevan hachones de cera les curarán las heridas cuando lleguen al lavatorio, son los hermanos de luz.

La princesa abrazó a su esposo sorprendida y aliviada. Los dos se acercaron a la ventana y contemplaron cómo avanzaba la cofradía entre banderas y estandartes. Varios penitentes llevaban a cuestas unas andas con la imagen de Jesús Crucificado, entregado a la muerte. La Virgen sufría sobre otras andas que bailaban al compás de la tristeza de las trompetas y de los cánticos. Un grupo de mujeres participaba en la procesión caminando detrás de las imágenes, portando velas del color de la tiniebla.

Doña Aurora levantó al pequeño Miguel en los brazos y se reclinó sobre el pecho de su esposo para escuchar sus explicaciones.

—Me lo contaron ayer en el puerto. Yo tampoco lo había visto nunca. Las cofradías salen a la calle todos los años. Ayer fue el Santo Vía Crucis. Empieza en el palacio de don Fadrique Enríquez de Rivera y llega hasta la Cruz del Campo. Los penitentes tienen que caminar 1.321 pasos, los mismos que separaban la casa de Pilatos del Monte Calvario.

Conocía la historia de la Pasión de Jesús, los sacerdotes españoles se la contaron cuando todavía vestía sus ropas aztecas. Sin embargo, las lágrimas de aquella mujer que avanzaba sobre las andas con las manos abiertas, vacías del hijo a quien nunca más abrazaría con vida, le devolvieron sus propias lágrimas. La princesa lloró recordando a su madre y a su hermano, a doña Mencía, a Serpiente de Obsidiana, y a las madres de todos los que murieron a manos de los que pretendían salvarles de los sacrificios sagrados y del fuego del infierno.

Don Lorenzo le secó las lágrimas y la retiró de la ventana.

—Ven, chiquinina, no soporto verte llorar.

El pequeño Miguel se asustó del llanto de su madre y comenzó también a llorar. Poco después, Valvanera y la pequeña María entraban en la habitación con los ojos hinchados. Juan de los Santos las seguía; cuando reparó en los ojos de doña Aurora y en los del niño, se llevó las manos a la cabeza y se dirigió a su señor.

—¿Y tú pretendías que las lleváramos a ver la estación de penitencia? ¡En mi vida había visto tanta lágrima junta!

La princesa y su criada se miraron los ojos enrojecidos y estallaron en carcajadas que contagiaron a los pequeños. El mozo de espuela cerró la ventana y la puerta y les pidió silencio.

—¡Callad! Nadie debe oíros reír así en Viernes Santo.

Don Lorenzo las miraba con una media sonrisa, parecía más alto en aquella habitación que alargaba las sombras con su candil de aceite. Los agrupó a todos delante del camastro y engoló la voz, solemne y teatral.

—Ahora que estamos todos reunidos, he de comunicaros algo muy importante.

Se calló durante unos segundos, creando en su público la suficiente expectación como para que todos le preguntaran.

La princesa se sentó en el camastro rebosante de orgullo, su esposo parecía un teul salido de los libros sagrados. Indicó a los demás que tomaran asiento e imploró al capitán que les contara aquello tan importante. Valvanera y Juan de los Santos la imitaron.

—¿Qué ha pasado? ¿Buenas noticias?

—¡Vamos! ¡Habla ya! Nos tienes en ascuas. Ya podías haberlo dicho antes de que casi se nos ahoguen en la llantina.

El capitán se recreó en la curiosidad del grupo antes de comenzar, esperó unos instantes y levantó los brazos en señal de triunfo.

—Por fin he encontrado un cochero. Mañana nos vamos a Zafra. Veréis qué bonita es la Ruta de la Plata.

4

Valvanera sujetaba su vientre intentando evitar las vibraciones de las ruedas. El carruaje marchaba despacio, pero sentía sus sacudidas como si cada movimiento le pudiera arrancar el bebé de las entrañas. Juan de los Santos, a lomos de su mula, no dejaba de preguntarle asomando la cara por la ventanilla.

—¿Estás bien? ¿Quieres que paremos un rato?

Poco antes de llegar a Monesterio, bajaron todos del coche y se dispusieron a caminar para aligerar la carga de los caballos. La media fanega de cebada que les dio el cochero para facilitarles la cuesta que debían remontar suponía tan sólo una golosina que les ayudaría a soportar el peso de los bultos y del pasaje. Valvanera se alegró de continuar el camino a pie, sus cuatro meses de embarazo no hubieran resistido más traqueteo, y las curvas del camino le habían revuelto el estómago.

El grupo caminaba despacio. Don Lorenzo abría la marcha con doña Aurora. Valvanera les seguía al lado de Juan de los Santos, que cargaba en su espalda a la pequeña María. Detrás de ellos, los nuevos criados. El más joven llevaba al pequeño Miguel sobre los hombros. Cuando llegaron a la bifurcación del camino que conducía a Calera de León, don Lorenzo les propuso visitar el monasterio de Tentudía, en esas fechas se celebraban peregrinaciones a su Virgen milagrosa. El capitán y Juan de los Santos habían visitado muchas veces el monasterio cuando viajaban por la Ruta de la Plata, cargados de uvas y de aceitunas. El esposo de Valvanera era muy devoto de Santa María y apoyó la propuesta.

—La leyenda cuenta que el Rey encargó al maestre de estas sierras atacar a un ejército sarraceno que campeaba por los puertos a su antojo. Libró con él una feroz batalla, pero la noche se echaba encima y no conseguían la victoria. El capitán rezó entonces a la Virgen gritando: «Santa María, detén tu día». Dicen que el Sol se paró en el horizonte hasta que los cristianos ganaron la batalla. En agradecimiento por este milagro, el maestre mandó construir un templo en la cima del monte. Allí abajo está el Barranco del Moro, sus aguas se enrojecieron con la sangre que se vertió en la defensa de estas serranías.

Subieron al pico paseando entre pinares, robles y castaños. Bebieron el agua purísima de sus manantiales y, cuando llegaron a la cima, contemplaron Sevilla a lo lejos, tras los pueblecitos blancos que se diseminaban por los valles y por las montañas azules. Al otro lado, las tierras de barros extremeños les esperaban con sus alcornocales, sus encinas, sus viñas, y el olor de su aceite.

Valvanera sintió el temblor de su esposo cuando respiró el aire de la tierra de la que tanto le había hablado, le tomó las manos y se acarició el vientre con ellas.

—Tu hijo será extremeño, como tú. Y heredará estas manos enormes para acariciar a su esposa.

Juan de los Santos le echó las trenzas por detrás de los hombros y las sujetó sobre la nuca.

—No es verdad. Será una niña preciosa, y tendrá el pelo largo y negro como mi india.

Cuando entraron en el monasterio para reunirse con el resto del grupo, Valvanera observó a una mujer que parecía esconderse tras las columnas del claustro. Don Lorenzo escuchaba las explicaciones del prior sobre el retablo de azulejos de colores que encontrarían en el altar mayor, cuando su cara palideció dejándole mudo y con la boca abierta. Un caballero le sonreía desde el otro lado del patio y le pedía a la mujer que parecía ocultarse que le tomara del brazo. Mientras se acercaban hasta el grupo, la dama no dejaba de mirarles, el capitán la saludó inclinando la cabeza y dejó escapar su nombre en un susurro.

—¡Diamantina!

Los ojos de la joven sujetaban las lágrimas en un brillo donde parecía reflejarse toda la amargura que cabía en la Tierra. Sus labios temblaban. El caballero se adelantó un paso, inclinó la cabeza levemente y señaló a doña Aurora y al niño.

—¡Bienvenido seas! Veo que vuelves bien acompañado.

Don Lorenzo atrajo a su esposa y a su hijo hacia sí y escrutó al caballero como si no entendiera lo que veían sus ojos.

—Te presento a mi esposa, la princesa doña Aurora. Y a mi hijo, Miguel de la Barreda.

El caballero volvió a coger a la mujer del brazo y sonrió como si estuviera cumpliendo una promesa.

—Y yo tengo el gusto de presentarte a la mía. Doña Diamantina, Señora de El Torno.

El silencio a veces se hace tan denso que no cabría en él ninguna palabra. Valvanera vio cómo el caballero se daba la vuelta seguido por su mujer, y salían del claustro dejando tras de sí la misma cara de angustia del hombre que un día creyó perder a doña Aurora.

Prácticamente, los únicos sonidos que se escucharon durante el resto de la jornada fueron los del carruaje y los de los cascos de las cabalgaduras. De vez en cuando, Juan de los Santos asomaba por la ventanilla para preguntar el estado de su esposa. Valvanera le hacía un gesto de asentimiento y él volvía al lado de su capitán. Dos jinetes perdidos en sus pensamientos, que sólo recuperaron el color de su piel cuando divisaron el alcázar de los Condes de Feria, integrado en la muralla de la ciudad que los esperaba después de una ausencia de casi cinco años.

Capítulo II

1

Se dirigieron directamente a la posada donde se alojó desde que don Manuel lo echó de su casa hasta que salió para Sevilla, en la calle de los Pasteleros, paralela a los arcos que comienzan en el Arquillo del Pan, el que comunica la Plaza Grande con la Plaza Chica. Los dueños, Virgilio y José Manuel, les recibieron con una caldereta y con las mejores habitaciones preparadas para ellos. Don Lorenzo les abrazó, en su abrazo se fundieron su infancia y su juventud, sus padres, sus hermanas y Diamantina, el oficial de Contaduría del alcaide Sepúlveda y su hijo Alonso, El Castellar, las viñas, los olivos y el olor del pan. Casi no podía articular sus palabras.

—No hay quien os dé una sorpresa.

—Todo Zafra sabía que estabais en Tentudía esta mañana. No podíais tardar en llegar.

—Gracias por el recibimiento.

—Nada de gracias, estás en tu casa.

Después de comer, dejó a los demás instalados y se dirigió al palacio de su hermano. Don Manuel le esperaba delante de la chimenea donde él solía charlar con Arabella y con su padre. No se levantó para saludarle.

—¡Vaya! ¿Vienes solo? ¿Dónde has dejado a esa familia tan particular que te has echado? Se ve que te gusta la sangre manchada. Aunque no es de extrañar, el galgo siempre sigue a los de su casta.

Don Lorenzo se situó de pie encarando a su hermano. Parecía todavía más bajo hundido en aquel sillón que siempre ocupaba don Miguel.

—Guárdate tus insultos, no me ofenden, pero yo que tú mostraría más respeto a nuestro padre.

—Nuestro padre nunca debió ser tu padre. Él mismo se perdió el respeto, y ya es difícil volverlo a encontrar.

—Tú no podrías encontrar el respeto ni para tu propia persona. Pero no he venido a hablar de eso, he venido a ver a Diamantina.

—Es una lástima, pensé que venías a pedirme algo.

—No necesito nada, gracias. ¿Dónde está?

El nuevo Señor de El Torno se levantó y se recostó contra la chimenea.

—Todavía no me has preguntado qué pasó. ¿Acaso no te interesa saber también dónde está mi primera esposa?

Los dos hermanos se taladraban con la mirada, el odio de uno chocaba con la indignación del otro. Don Lorenzo insistió en el motivo de su visita.

—¿Dónde está Diamantina? Quiero verla.

—La verás cuando yo lo crea oportuno.

Don Manuel lanzó una carcajada a la cara de su hermano.

—Me encantó verte en Monesterio, estabas tan sorprendido. Ya ves, no sirvió de mucho lo que hiciste. La llorona murió de llanto nada más irte tú. ¿O quizá debería decir de ausencia?

Don Lorenzo agarró a su hermano de la camisa y contuvo sus puños.

—¿Dónde está Diamantina?

El Señor de El Torno seguía sonriendo.

—¿Vas a pegarme hasta que te lo diga?

Le soltó antes de que sus manos dejaran de obedecerle y le vio dirigirse a la puerta del salón, desde donde llamó a los criados. Dos jóvenes a los que don Lorenzo no había visto nunca entraron en la habitación.

—El señor se marcha. Acompañadle hasta la salida.

Después se volvió hacia su hermano, en su cara brillaba el triunfo.

—Me ha encantado verte. No dudes en volver cuando quieras. Y ya sabes que si necesitas ayuda, no tienes más que pedirla.

Salió de la sala dejando al capitán con la ira contenida. Sus pasos se escuchaban subiendo la escalera mientras su voz estallaba contra los oídos de Lorenzo.

—¡Diamantina! ¡Querida! Mi hermano Lorenzo ha estado aquí, pero andaba con prisas y ha tenido que marcharse.

Una puerta del piso superior se abrió lentamente para cerrarse con un golpe. Don Lorenzo distinguió la habitación a la que pertenecía. Arabella fue feliz allí, intentando gobernar la casa que dominaba ahora el hombre que más la había odiado.

No regresó directamente a la posada. Se dirigió a la calle que discurría paralela a la muralla por intramuros, la ronda de vigilancia, y la recorrió una y otra vez, prometiéndose que al día siguiente vería a Diamantina. Su cara de niña asustada le acompañó por cada una de las puertas de la ciudad amurallada, por la de Badajoz, por la de Jerez, la de Sevilla, la de Los Santos. Si hubiera aceptado el matrimonio, si hubiera pensado que huyendo no hacía sino acercarla al lugar de donde la quiso apartar, si hubiera sabido que la muerte de la primera mujer de su hermano esperaba escondida en la plazuela del Pilar Redondo, si en lugar de abandonarla a su destino se la hubiera llevado a Sevi-

lla, si hubiera informado a don Alonso, si hubiera lucha-
do. Si hubiera...

2

Doña Aurora esperó a don Lorenzo asomada al
balcón. Por la calle de los Pasteleros subía un olor dulce y
tostado que la transportó a Cempoal, a la miel perfumada
con vainilla, a las tortillas y a los braseros de leña. El pequeño Miguel dormía a su lado, su esposo tardaba.

Las campanas de la iglesia dieron la hora tres veces.
Nunca se acostumbraría a su sonido. Desde que lo escuchó por primera vez en Sevilla, le parecía que presagiaba
la muerte. Lento, acompasado, metálico, anunciando el final de un tiempo que ya está perdido, la imposibilidad de
volver hacia atrás. Su esposo tardaba.

Se quitó los botines, liberó su pelo de las peinetas
y de las horquillas que lo aprisionaban detrás de la nuca,
tiró la basquiña y la camisa a un sillón, y pensó en Diamantina.

Tumbada en el camastro, añorando la dureza del
suelo bajo la estera, esperó a su marido con los ojos abiertos.

Se levantó de la cama y se enfundó en una manta.

No soportaba el peso de los cobertores.

Las campanas de la iglesia volvieron a anunciarle
que su esposo aún no había llegado.

Diamantina.

La madrugada se colaba por las rendijas de las contraventanas.

El frío.

Las campanas otra vez.

Los faroles apagándose.

Las carretas de los verduleros camino de la plaza del mercado.

El ruido de la calle.

El pequeño Miguel acurrucándose en el calor de la cama.

El olor del pan.

Diamantina.

Los pasos en el corredor.

El chirrido de la cerradura.

La mirada de su esposo intentando ocultar su tristeza.

Las palabras obligadas.

—Lo siento, me puse a dar vueltas y se pasaron las horas.

La princesa se levantó y llevó a Miguel a la habitación de Valvanera. Se echó por encima el vestido y se dirigió al corral, donde Virgilio y José Manuel cortaban ya la leña para la lumbre, y volvió a la alcoba con un cántaro lleno de agua.

Si al menos pudiera bañarse y lavar sus vestidos. Si pudiera seguir los consejos que le dio su madre.

—Para que tu marido no te aborrezca, aséate, lávate y lava tus ropas.

Pero en aquel mundo nuevo no había espacios para abandonarse a las caricias del agua, y los vestidos eran tan rígidos que si los lavaba se arriesgaría a estropearlos.

Doña Aurora vertió en el aguamanil el contenido del cántaro, se colocó delante del espejo que colgaba de la pared, y empezó a enjabonarse. Su esposo la observaba tendido en la cama. Ella se miraba en la luna mientras recorría su cuerpo con las manos.

Se frotó el cuello, las axilas, el pecho, el vientre, los muslos.

Se retrasó en cada movimiento hasta que escuchó el crujido del colchón, los pasos que se acercaban, y la ropa del capitán que caía por el suelo.

Don Lorenzo seguía siendo suyo.

Se levantaron a media mañana, cuando Valvanera golpeó la puerta insistentemente.

—¡Mi señor! ¡Capitán! ¡Tenéis visita!

En el comedor de la fonda, envuelta en un manto oscuro, toda la amargura de la Tierra esperaba a don Lorenzo para estallar en cuanto él la abrazara.

—¡Diamantina! ¡Chiquilla!

Diamantina lloraba cubierta de la cabeza a los pies. El capitán le limpiaba las lágrimas y le acariciaba el pelo bajo la toca.

—¿Qué pasó? ¿Por qué no impidieron la boda tu padre y don Alonso?

—Los dos murieron tres meses después de irte tú.

—¿Y el alcaide Sepúlveda?

—No hizo falta. Me enamoré de tu hermano sin darme cuenta.

Doña Aurora permanecía de pie, detrás del sillón que ocupaba su esposo, inmóvil frente a aquella melena rubia que besaban las manos de su marido.

Al cabo de unos momentos, la joven se recompuso y miró a la princesa.

—Sois muy hermosa. Bienvenida a Zafra.

Después, se levantó de la silla y se dirigió al capitán.

—He de irme. No sabe que he venido, cree que estoy en misa. Por favor, no te enfrentes a él. Yo estoy bien. Todavía le quiero.

Don Lorenzo golpeó la mesa con el puño cerrado.

—¿Le quieres? ¿Y dónde está tu mirada? ¿Dónde se han quedado los ojos que reían a todas horas? ¿Le quieres? ¡No puedo creerlo!

—Créeme, Lorenzo, el matrimonio fue consentido. Él también me quiere, aunque no siempre sepa demostrarlo.

—No es posible, Diamantina, no puede ser. A mí no puedes engañarme.

Diamantina se inclinó hasta que sus ojos estuvieron a la altura de los de don Lorenzo.

—Las cosas han cambiado mucho desde que te fuiste. No intentes comprender. Es mejor aceptarlas como son.

Cuando salió del comedor, doña Aurora dirigió a su esposo una mirada cargada de preguntas. Don Lorenzo la cogió por los hombros y volvió con ella a la habitación. Parecía que el cansancio se hubiera apoderado de pronto de él.

—No me mires así. Es la hija de mi hermana.

3

Desde que llegaron a la posada, Catalina, la criada que trajeron de Sevilla, ayudaba a doña Aurora en el cuidado de los niños. Miguel y María se habituaron pronto a que ella se encargara de las comidas y a que ayudara a la princesa con los baños. Valvanera sufría mareos de tierra desde que salieron del galeón, no se acostumbraba a la quietud del suelo bajo sus pies. La princesa insistió en cuidarla y casi no le permitía salir de la fonda.

—No exageres, mi niña, estoy embarazada, no enferma.

Pero a pesar de sus protestas, Catalina asumió sus funciones hasta la fecha del parto. Por la mañana, se dirigía con doña Aurora a la plaza del mercado y buscaban alimentos que no resultaran extraños a los niños. Patatas, tomates, caracoles, ciruelas, miel, cualquier cosa que les recordara las comidas con las que estaban familiarizados. No siempre encontraban productos de las Indias, pero los sustituían por otros que se les parecieran, Valvanera enseñó a la nueva criada a cocinarlos utilizando condimentos que pudieran recordarles el sabor de su tierra. Pimienta picante, pimentón, vainilla, cebollas. Catalina aprendió enseguida, e incluso animaba a su marido y a sus hijos a probar sus nuevos platos.

Virgilio y José Manuel les permitían preparar su propia comida en su cocina antes de que su cocinera empezara con la de sus huéspedes. Casi todas las mañanas, doña Aurora les traía alguna cosa del mercado. Medio cordero, un costillar, alubias, embutidos. Otras veces, antes de entrar en la fonda, se pasaba por la dulcería de la calle de los Pasteleros y compraba magdalenas para todos.

Unas semanas después de su llegada a Zafra, doña Aurora advirtió que la piel de los niños se estaba volviendo blanca y se cubría con una especie de escamas. Ella misma lo había notado también, sobre todo en los brazos y en las piernas. La princesa estaba asustada, pensaba que la alimentación podría tener algo que ver, o quizá los aires de alguna enfermedad desconocida, como las que mataron a los guerreros en Tenochtitlan, los estaban atrapando.

También Valvanera perdía el color; al principio lo achacó al embarazo, pero a medida que pasaban los días, y veía que la piel de todos los que vinieron en el galeón, incluidos su marido y el capitán, estaba clareando, comprendió que la razón no debía buscarse dentro de ellos, sino en el cielo del nuevo mundo.

—¡Mi niña! No te asustes, no pasa nada. El Sol de esta tierra no calienta como el nuestro, eso es todo.

La princesa se tranquilizó, y bromeó con Valvanera. Habría que vigilar hasta dónde se aclaraban, podría ser que se volvieran blancos y llegaran a tener el pelo dorado como Diamantina, a su marido parecía gustarle.

Valvanera frunció el ceño y le recriminó.

—Es una mujer casada, tu marido nunca cometería un delito como ése. Pero si no lo fuera, y decidiera llevarla a su cama, no te atrevas a mirarle de reojo. ¿Es que te has olvidado del número de concubinas que tenía tu padre?

Doña Aurora protestó por la comparación, en aquella tierra no se permitían las concubinas.

—Pero sí las barraganas. No tienes más que mirar los reclinatorios de la iglesia, se arrodillan tan cerca de las esposas que a veces ni siquiera pueden distinguirse.

La princesa negó con la cabeza, no era lo mismo. Las barraganas no estaban bendecidas ni por sus padres ni por sus sacerdotes, eran amantes que consentían las esposas que fueron prometidas en matrimonio desde niñas. ¿Acaso Valvanera ignoraba que aquellas mujeres no podían amar a sus maridos? ¿Que aún jugaban con otros niños cuando sus padres las casaban sin consultarlas?

Valvanera estaba a punto de rebatirle cuando Catalina y los niños entraron en el cuarto. Venían de la Plaza Chica con dos melones enormes. La nueva criada se los mostró a la princesa ayudando a los niños a sujetarlos con los brazos extendidos.

—Señora, el melonero ha dicho que si no son de su agrado no tenga ningún reparo en devolverlos.

Doña Aurora olió los melones y felicitó a los niños por su compra. Desde que los portales de la plaza comenzaron a inundarse de aquel olor amarillo, la princesa les encargaba todos los días que compraran uno cada uno. Los niños disfrutaban apretando su maravedí en la mano, no debían soltarlo hasta que el melonero se lo cambiara por un melón. Después debían turnarse para que uno de ellos bajara cada día a la cocina y le regalara el suyo a Virgilio y a José Manuel.

A media mañana, Catalina bajaba a preparar la comida y Valvanera se levantaba para salir a comprar a la calle Sevilla con doña Aurora y con los pequeños. Al principio les acompañaba el capitán, pero al poco tiempo dejó de hacerlo para dedicarse a su hacienda. Había adquirido varios olivares y viñedos colindantes a los que heredó del primer Señor de El Torno. Casi toda la jornada la pasaba subido al caballo inspeccionando las aparcerías.

Sus paseos por la calle comercial del pueblo se convirtieron pronto en una romería de compras. Candiles, velas, sábanas, mantas, tafetanes, terciopelos, almohadas de seda, sillas, camas, mesas, alfombras, braseros, colchones con sus hinchamientos, sartenes, platos, artesas, fuentes, calentadores, y toda clase de enseres para acondicionar la casa donde iban a vivir. Los vecinos les miraban pasar como ellas habían mirado a los nuevos teules cuando entraron en Cempoal, con una mezcla de admiración y de recelo.

Nunca pagaban las mercancías ni preguntaban el precio, el capitán enviaba a Juan de los Santos al día siguiente para ajustarlo. Tampoco se las llevaban a la posada, no hubieran tenido sitio donde guardarlas, los comerciantes las dejaban en sus trastiendas hasta que la casa estuviera lista.

Volvían rendidas a la fonda, los pies reventados por los botines y por el empedrado de las calles, el cuerpo deseando liberarse de los vestidos apretados y de las tocas, y la cabeza repleta de voces que resonaban tan fuerte como las que las habían recibido en cada tienda que visitaban.

—¡Señora princesa y compañía! ¡Cuánto honor recibirlas otra vez en mi establecimiento!

—¡Princesa doña Aurora! ¡Señora Valvanera! ¡Las atenderé enseguida!

—¡Pasen, señoras! ¡Vean lo que tengo hoy!

Valvanera nunca había escuchado tantas veces la palabra princesa, ni la de señora unida a su nombre. El nuevo mundo las trataba con tanto ceremonial que, en lugar de la de un notable, la princesa parecía la hija del propio emperador.

4

La casa que el capitán heredó de su padre llevaba más de quince años deshabitada. Los tejados se habían hundido, y las paredes, los patios y las cuadras habían criado tanto moho que sería difícil eliminar el olor a humedad que rezumaba por todas partes. Juan de los Santos se encargaba de vigilar los trabajos de restauración. Alarifes, aprendices, canteros, albañiles, forjadores y tallistas se afanaron en reconstruir tanto el interior como el exterior de la vivienda.

Más de cuatro meses les costó que aquel palacete, que el primer Señor de El Torno aceptó como pago de una deuda pensando en el futuro de su hijo menor, estuviera preparado para recibir los muebles. Cuatro meses en los que Juan de los Santos apenas se movió de la plazuela del Pilar Redondo.

Don Lorenzo quería trasladarse a finales de septiembre, antes de que comenzara la feria de San Miguel. Para esas fechas, la ciudad estaría abarrotada y la posada no sería un buen sitio para su familia. Por otra parte, Virgilio y José Manuel tenían clientes fijos que acudían todos los años a la feria, y necesitarían las habitaciones que ellos ocupaban. Comerciantes y ganaderos que acudían, desde todas las partes del reino, atraídos por la fama de sus paños y de su ganado.

Como todas las mañanas, antes de ir a la plazuela, Juan de los Santos se dirigió a la calle Sevilla con una bolsa repleta de ducados para pagar las compras de doña Aurora. Jamás regateó el importe. Entregaba en cada comercio el precio que el dueño le fijaba y se encaminaba al palacete con la bolsa vacía y el encargo de saludar a doña Aurora de su parte.

Le sorprendía que sus paisanos la trataran con tanto respeto. Seguramente, al margen de las pequeñas fortunas recibidas por cada compra, la cortesía de los comerciantes se debía a que nunca habían visto a una princesa.

Aunque circulaba el rumor de que tenía poderes mágicos, igual que la esclava que se había traído de las Indias, su alta cuna, su belleza y su porte la rodeaban de un halo de misterio que incitaba a sus vecinos a la curiosidad más que a la desconfianza.

A veces, cuando se dirigía a la plazuela del Pilar Redondo, se encontraba con el aya de Diamantina y le preguntaba por ella, pero siempre parecía tener prisas, le contestaba precipitadamente y aceleraba el paso. En realidad, no le hacían falta sus respuestas para saber de ella, las veía prácticamente a diario cuando salían camino de la iglesia. Siempre tapada con su capa, escondida detrás de una toca que casi le llegaba a la cintura.

Una mañana la vio salir sola del palacio, parecía que andaba con dificultad. Juan de los Santos la abordó antes de que atravesara la plazuela camino de la iglesia.

—¡Buenos días te dé Dios, Diamantina!

La joven sujetó su toca con las dos manos, dejando ver únicamente uno de sus ojos.

—¡Que él te acompañe, Juan!

Su voz derramaba las lágrimas que le negaban los ojos. No quiso importunarla, la dejó alejarse arrastrando los pies, envuelta en la oscuridad de sus telas, arrugándose con cada paso. Nunca había visto caminar a la tristeza tan sola.

Al día siguiente, don Manuel salió con ella y se marcharon en la misma dirección. Ella continuaba escondiéndose detrás de la toca, él la ayudaba a caminar sujetándole el brazo.

Durante varios días los vio ir y venir a la misma hora, en silencio absoluto, mirando el empedrado de la calle como dos penitentes, hasta que la criada ocupó otra vez el puesto de don Manuel en las salidas de la joven.

Al final de cada jornada, don Lorenzo le esperaba en la fonda. Era raro el día en que no le preguntaba por su sobrina.

—¿Has visto a Diamantina?

Juan de los Santos siempre le contestaba procurando parecer intrascendente y desviando la conversación.

—La vi salir hacia misa, como de costumbre.

—¿Está bien?

—Yo la veo bien. ¿Y las viñas? ¿Cómo van? ¿Será buena la cosecha de esta temporada? ¿Habrá buenos caldos?

—Creo que sí, los racimos están prietos, y la uva, dorada.

—¿Cuándo empezarás con la vendimia?

—La semana que viene. ¿Nunca te pregunta por mí?

—Nunca. ¿Ya tienes vendimiadores?

—Sí, sí, claro. Ya ha venido la cuadrilla.

Don Lorenzo se enfrascaba en sus pensamientos hasta que bajaba doña Aurora con los niños. Después de cenar, les contaba cuentos a los tres al calor de la chimenea, y abandonaba el gesto que le arrugaba la frente cuando pensaba en su sobrina.

Capítulo III

1

A principios de octubre, el día anterior al comienzo de la feria de San Miguel, Valvanera dio a luz a una niña en la casa-palacio de don Lorenzo de la Barreda. Ese mismo día, un carruaje los había trasladado desde la posada de la calle de los Pasteleros.

Diamantina fue a ver al bebé contraviniendo las órdenes de su marido. Sabía que podría enfadarse, pero no pudo resistir la tentación de acunar a la niña en sus brazos.

Hacía casi tres semanas que la casa estaba lista para recibir a sus dueños. Diamantina había visto cómo llegaban a la plazuela los carromatos de los tenderos, que comenzaron a vaciar sus almacenes mientras el palacete se llenaba de candiles, braseros, mesas, alfombras, candelabros, tafetanes, sábanas de Holanda, vajillas y todos los demás productos adquiridos por doña Aurora.

El forjado de las ventanas y de los balcones contrastaba con el blanco de la fachada recién encalada. Los matacanes de granito que el capitán añadió al diseño original, a semejanza de los palacios que admiró en Cuba, protegían todos los saledizos del palacete. Doña Aurora y Valvanera se encargaron de adornar el enrejado con flores. Todo Zafra comentaba la belleza de la casa. Se había convertido en una de las mejores de la ciudad.

A mediados de septiembre, el traslado parecía inminente. Desde el palacio del Señor de El Torno, Diamantina admiraba con su esposo el resultado de la reforma.

—Jamás habría pensado que esa ruina pudiera convertirse en un palacio tan hermoso.

Diamantina contemplaba el edificio que habría compartido con don Lorenzo si el tiempo no se hubiera vuelto contra ella. Le amó desde que tuvo uso de razón, desde que le veía cabalgar con don Alonso por la sierra de El Castellar. Le amó hasta que rechazó su mano y se embarcó hacia las Indias, hasta que su amor se convirtió en amargura, hasta que comprendió que nunca sería para ella.

También él la habría amado si le hubiera dado tiempo a verla como una mujer. Pero, incluso cuando alcanzó la edad de contraer matrimonio, ella siempre fue para él la pequeña Diamantina, la hija de su hermana de padre, su medio sobrina, una niña.

Su esposo quiso besarla en la frente, pero retiró la cabeza antes de que pudiera rozarla.

—¿Todavía no me has perdonado? ¿Quieres que vuelva a confesarme? Escucharé otra vez todas las misas que tú quieras.

La sujetó por la cintura y la atrajo hacia sí.

—Ven, no seas arisca. Deja que te abrace.

Paseó sus manos por su pelo ondulado y la besó en el cuello.

—Sabes que te adoro más de lo que cualquier hombre debería adorar a una mujer. Más de lo que cualquiera podría soportar sin volverse loco.

Diamantina aceptó el abrazo pensando en don Lorenzo. En cuando su padre le comunicó que se casaría con él un viernes, delante del Cristo del Rosario, en la iglesia de la Encarnación y Mina. En los días y en los meses siguientes, llorando en su alcoba, recibiendo el consuelo del hermano que provocó su marcha.

La peste se llevó a la Señora de El Torno una semana después de que se llevara a su padre y a su hermano. La soledad y el luto la oprimían, y don Manuel estaba allí.

Al principio se entregó por venganza pero, poco a poco, sus encuentros se convirtieron en necesidad, y la necesidad en deseo. Se casó enamorada, en la misma iglesia donde meses antes le habría dicho «¡Sí!» al hombre con el que soñó desde niña.

Su esposo la trató como a una reina hasta que llegaron los celos y las preguntas que no buscaban respuesta.

«¿Dónde has estado? La misa terminó hace rato.»

«¿Por qué dejas que los criados te miren así?»

«¿No vas a ponerte la toca?»

Y los golpes, y el remordimiento.

«Lo siento, mi amor, no volverá a pasar.»

«Yo también sufro. Prométeme que no volverás a obligarme a ponerme así. Sabes que te adoro más de lo que nadie debería adorar.»

Don Manuel la abrazaba arrepentido, ella perdonaba sus arrebatos y se consolaban mutuamente. Nunca más volverían a hacerse daño.

Pero los propósitos duraban lo que tardaban las preguntas en surgir otra vez. Acabó por taparse la cara con el manto cuando salía a la calle, se alargó la toca hasta que le cubrió todo el cabello, y decidió permanecer en su habitación la mayor parte del día, a salvo de las miradas de los criados. Don Manuel la amaba, no deseaba contrariarle, pero las noticias sobre la posible vuelta de su hermano reavivaron la furia donde se rompían sus celos.

Diamantina seguía mirando el palacio de enfrente cuando las manos de su esposo comenzaron a desabotonarle el traje. Se dejó hacer escondiendo su cara contra el cristal. La besó y la acarició hasta que sus cuerpos fueron uno, y luego dos, y ella volvió a mirar por el balcón, y él se metió en la cama y se quedó dormido.

2

—¡Pobrecita! ¿No te has dado cuenta? Está preñada.

Juan de los Santos miró incrédulo a Valvanera. Los dos habían visto a Diamantina en muchas ocasiones pero, debajo de sus telas, era imposible advertir que su vientre estuviera abultado. Valvanera insistió.

—Está preñada. Te lo digo yo. No se me escapa una mujer adornada por la buena esperanza. Pero esta pobre no quiere al hijo que lleva.

Su marido volvió a mirarla con incredulidad.

—¿Estás loca? ¿Cómo puedes decir eso?

—No lo digo yo, lo dicen sus ojos.

Sus ojos la delataban. Valvanera la había visto mirarle la tripa el día anterior. La mancha de la tristeza y la envidia le cruzaba los ojos. Sólo una mujer que desea la vida de otra es capaz de mirar así.

—¡Juan! ¡Créeme! El hijo de esta pobre se ha concebido sin su consentimiento. No quiere tenerlo.

Juan de los Santos abrió los ojos hasta que casi perdieron sus órbitas. Sus palabras sonaron como órdenes disfrazadas de súplicas.

—¡Por lo que más quieras, Valvanera! No vuelvas a repetir eso. Y no te metas en nada que no vaya con nosotros.

—No me meteré en nada que no vaya con nosotros. Pero te digo que está preñada y que no quiere tenerlo.

Pocos días después, el aya de Diamantina acudió a la posada y preguntó por doña Aurora. Valvanera bajó con ella a la cantina. La nodriza hablaba en voz baja, y se tapaba la cara con la toca. Valvanera adivinó el miedo en sus manos.

—Mi señora quiere veros. Ha oído hablar de vuestras hierbas. No se encuentra bien.

Valvanera no se extrañó del secretismo, sabía que Diamantina acudía a la posada sin permiso de su esposo. La princesa la citó a la hora de la misa y se despidió de la niñera.

Al día siguiente, la joven llegó a la posada una hora más tarde de lo convenido. Nada más verlas, se echó a llorar.

—Perdonadme, no sabía a quién acudir.

Doña Aurora le pidió que subieran a su cuarto, allí estarían más tranquilas. Mientras subían las escaleras, Valvanera advirtió que de las piernas de Diamantina caían pequeñas gotas de sangre. La sujetó por debajo de los brazos y la tendió en la cama.

—¿Qué has hecho, criatura?

Diamantina lloraba sujetándose la tripa.

—Él no quería hijos, no quería.

La princesa sacó su cesto y comenzó a preparar un emplasto con piedra de sangre para cortar la hemorragia. Mientras tanto, Valvanera preparaba unas gotitas de bálsamo de copal blanco y se las daba a la joven.

—Tranquila, criatura, te vas a poner bien. Toma esto, te quitará la fiebre.

Diamantina continuaba llorando, repitiendo sin cesar la misma frase.

—Él no lo quería, él no lo quería.

Después de curarle los destrozos, doña Aurora pidió a Valvanera que fuera en busca del capitán. Había que pensar en qué decirle al marido, Diamantina no debería moverse de allí en unos días.

Cuando regresó a la posada con don Lorenzo, Diamantina dormía. La princesa velaba su sueño a la cabecera de la cama. El capitán se acercó a la joven y le tocó la frente.

—¡Está ardiendo!

La princesa miró a Valvanera y ella negó con la cabeza. No le había contado nada. Don Lorenzo reparó en el cesto repleto de paños ensangrentados y se llevó las manos a la cabeza.

—¿Qué ha pasado?

Doña Aurora pidió silencio a su esposo y salió con él de la habitación. Había que llamar a don Manuel, si movían a Diamantina podría desangrarse, le habían arañado la matriz. El capitán no daba crédito a lo que escuchaba.

—¿Desangrarse? Pero ¿qué locura es ésta? ¿Cómo ha llegado hasta aquí? ¡Dios mío! ¿Qué es lo que ha hecho?

Don Lorenzo mandó a Valvanera a la plazuela del Pilar Redondo.

—Busca a Juan y dile que venga enseguida. Después vete a casa de Diamantina y tráete a su aya, dile cualquier cosa menos la verdad, es mejor que no se entere de nada hasta que vea a su señora.

Cuando Valvanera volvió con el aya de Diamantina, Juan de los Santos ya había salido en busca de don Manuel. La princesa seguía a la cabecera de la cama, colocando toallas de algodón en los brazos y en las piernas de la enferma.

La nodriza dio un grito al ver a su señora y se desmayó. Al recuperar el conocimiento, se arrodilló a los pies de la cama y se lamentó.

—Le dije que no lo hiciera. Le dije que esta vez no le hiciera caso. Se lo dije. Se lo dije.

3

Juan de los Santos encontró al Señor de El Torno en casa de los López de Segura. Le contrarió que interrumpiera su partida de ajedrez, pero al escuchar las palabras del criado, le mudó la cara y salió corriendo sin esperarle. A pesar de que sus zancadas eran mucho más cortas que las de él, al mozo de espuela le costó trabajo alcanzarle.

Llegaron juntos a la posada de la calle de los Pasteleros, le dejó que pasara primero y después se colocó delante de él para indicarle el camino. Cuando entró en la habitación, se arrojó sobre la cama de su esposa sin reparar en nadie más. Lloró como un niño abrazando su vientre, le acarició la cabeza y la besó en los labios. Después recorrió con la mirada los ojos de todos los que había a su alrededor y se dirigió a doña Aurora.

—¿Está muy grave?

Don Lorenzo se adelantó a la respuesta de su esposa con un puñetazo contra su estómago.

—Mucho más de lo que tú deberías haber permitido. ¿Cómo has podido obligarla a esto? ¡Eres un miserable!

Don Manuel se abalanzó sobre él, le devolvió el golpe y cayó a los pies de la cama. Juan de los Santos nunca había visto tanto odio retenido, sus ojos y su boca destilaban todo el que había guardado durante décadas contra su hermano.

—¿Que por qué? ¡Dímelo tú! ¡Dime quién era el padre! ¿Dónde os veíais? ¿En esta habitación?

El capitán le cogió por el jubón y le levantó del suelo.

—¡Estás loco! ¿Y qué me dices de los otros? ¿También era yo el padre?

Diamantina abrió los ojos e intentó incorporarse en la cama. El capitán estaba a punto de propinar a su esposo otro puñetazo cuando lanzó un alarido que consiguió detenerles.

—¡Basta!

La habitación retumbó como si un regimiento le hubiera acompañado en el grito. Doña Aurora le sujetó la cabeza y la devolvió a la almohada lentamente. Diamantina respiraba con dificultad.

—Diles que se vayan. Por favor, que se vayan los dos.

Valvanera se acercó a Juan de los Santos y le tomó del brazo.

—¡Haz algo! ¡Llévatelos de aquí! Éste no es sitio para riñas. Necesita descansar.

El mozo de espuela consiguió llevarse a los dos hermanos a la taberna. La nodriza bajaba de vez en cuando para informarles del estado de su señora. Los dos hombres se sentaron a la misma mesa, frente a las jarras de vino que Virgilio les servía una tras otra. Bebían sin dejar de mirarse, midiéndose el uno al otro, como si estuvieran leyéndose la mente.

Juan de los Santos les observaba esperando que volvieran a enzarzarse en cualquier momento. Permanecieron así hasta el atardecer. Apretando los puños contra el tablero, escupiendo en silencio todo el odio con que podían mirarse.

Antes de que llegara la noche, el aya de Diamantina bajó a la taberna y se dirigió a su señor.

—La señora os ruega que subáis.

El capitán se levantó al mismo tiempo que su hermano, pero la criada le miró y volvió a dirigirse a don Manuel.

—Desea veros a solas.

El Señor de El Torno subió los escalones de dos en dos dejando a don Lorenzo delante de la jarra de vino, con las palmas abiertas sobre la mesa y la cabeza echada hacia atrás, mirando hacia el piso de arriba.

Juan de los Santos se sentó frente a él.

—No te preocupes, se pondrá bien. Ya verás, con sopitas y buen jamón de Monesterio, todo se quedará en un susto.

El capitán se levantó y comenzó a dar vueltas alrededor de las mesas. De vez en cuando, se paraba y miraba hacia el techo, como si tratara de escuchar lo que sucedía en la habitación de Diamantina. Virgilio le reponía el vino de la jarra, que apuraba de un solo trago.

Ni siquiera se dio cuenta de que su esposa y Valvanera habían entrado hacía rato en la taberna. La princesa le miraba conteniendo las lágrimas, Valvanera conteniendo su furia.

—No es nada, mi niña, sólo está borracho. Y no hagas caso de lo que diga don Manuel, los celos abrasan a los que no los saben domar.

Doña Aurora no contestó, pero bajó la cabeza con las mejillas mojadas. Valvanera miró a don Lorenzo y después a su esposo.

—Aunque el fuego se extiende a los que tienen al lado.

El capitán continuaba dando vueltas entre las mesas, mirando hacia arriba como si el techo le hablara. Se diría que estaba enjaulado dentro de sí mismo.

Con un vaso en la mano, y la mirada perdida entre las palabras que no conseguía escuchar, don Lorenzo no se parecía en nada al joven con el que había compartido la mayor parte de su existencia. Juan de los Santos lo observaba mientras giraba con la cabeza levantada hacia el techo. En una de las mesas que acababa de rodear, sentada con Valvanera y con el aya de Diamantina, la princesa contemplaba fijamente una jarra vacía.

4

La pequeña Diamantina volvió a escuchar las disculpas de su esposo. Le perdonó, como siempre le había perdonado, y le hizo prometer que iría a hablar con el rector de la colegiata. Don Manuel se secó las lágrimas y se tumbó junto a ella.

—¿Has ido al mismo sitio que las otras veces?

—Sí.

—¿Y qué ha pasado? ¿Por qué estás aquí? Esta gente no debería haberse enterado.

—Nadie me vio entrar. El curandero me echó cuando vio que no paraba de sangrar. No sabía adónde ir. La posada quedaba más cerca. Lo siento.

—Bueno, no pienses en eso ahora. Ya veremos cómo te sacamos de aquí. Descansa, estás muy pálida.

Se quedaron dormidos hasta que Diamantina despertó a medianoche y avisó a su esposo.

—¡Manuel! ¡Deprisa! ¡Trae a doña Aurora!

La princesa rogó a don Manuel que abandonara la habitación, llamó a Valvanera y comenzó a rallar piedra de sangre para otro emplasto que consiguiera cortar la hemorragia de nuevo. Preparó sábanas y toallas limpias y le cambió la camisola con la ayuda de Valvanera.

Las dos se mantuvieron al lado de la cama hasta que los ojos comenzaron a pesarle y se quedó dormida. Todavía estaban allí cuando despertó al amanecer. Valvanera reposaba en el sillón y la princesa continuaba en su cabecera.

Durante dos semanas, doña Aurora la cuidó como una madre. Jamás se había sentido tan protegida. Cada vez que abría los ojos, la princesa se incorporaba de su asiento y le tocaba la frente. Comprobaba que tuviera las ropas limpias, la lavaba, y la curaba con sus hierbas.

Su marido la visitaba a diario, por las mañanas y por las tardes. Siempre le llevaba un racimo de uvas. Don Lorenzo, sin embargo, la visitaba al mediodía y al anochecer. Quizás habían establecido turnos para no encontrarse.

Unos días antes del traslado a la plazuela del Pilar Redondo, la princesa se acercó a la cama y le tocó la frente como de costumbre. La fiebre había desaparecido. Diamantina le sonrió.

—Te agradezco mucho lo que estás haciendo. Espero que no creyeras las tonterías que dijo mi esposo. Si don Lorenzo no estuviera aquí, habría acusado a uno de mis sirvientes.

Doña Aurora le retiró el cabello de la cara. Le aconsejó que siguiera durmiendo y que no gastara sus fuerzas, todavía tenía que recuperar muchas energías, debía reservarlas para el otro bebé.

Su sonrisa se convirtió en un dolor agudo y dulce que le partía la espalda. Un dolor que por primera vez asumía como una bendición del cielo.

—¿El otro bebé? ¿Hay otro bebé?

Doña Aurora la miraba sonriendo y asintiendo. Había otro bebé. El curandero no se había dado cuenta.

Valvanera se acercó a la cama y dejó que Diamantina acariciara sus nueve meses de embarazo. La joven recorrió el cuerpo hinchado de la criada y sintió las formas del niño, acurrucado dentro de ella. Algún día su vientre estaría tan lleno como aquél. Se recostó de nuevo y suspiró.

—¡Otro bebé! ¿Cómo es posible? ¿Sobrevivirá?

Valvanera apoyaba los brazos en su tripa, estaba preciosa, los labios se le habían hinchado y los ojos parecían más rasgados y más negros. Sonreía como una madona esperando el día más feliz de su vida.

—Sí, creemos que sí. No hemos querido decíroslo antes por si también tuviera destrozos. Pero la suerte ha querido que se escondiera detrás de la primera bolsa. El niño nacerá en la primavera si os cuidáis.

Diamantina volvió a incorporarse con los ojos muy abiertos, como si acabara de darse cuenta de algo.

—¿Lo sabe don Manuel?

La princesa intentó recostarla sobre la cama. Don Manuel lo supo desde el primer día.

—¿Y?

Y no dijo nada. Lloró sobre su vientre lamentándose del daño que había sufrido. La veló día y noche hasta que doña Aurora le aseguró que había pasado el riesgo de hemorragias. Le extendió la mano a don Lorenzo buscando la paz que perdió el mismo día de su nacimiento. Preparó con él la mudanza a la plazuela del Pilar Redondo, conviniendo en que el traslado de Diamantina llamaría menos la atención si utilizaban un carruaje para mudarse todos juntos. Visitó a su esposa todos los días, y todos los días salía de la fonda camino de la colegiata de Nuestra Señora de la Candelaria. Todos los días se arrepintió de haberla acusado. La había visto muerta.

En la víspera de la feria de San Miguel, los comerciantes llegaban a la posada de la calle de los Pasteleros mientras ellos la abandonaban. Diamantina compartió el carruaje con los niños y con Catalina. Doña Aurora le prometió que la visitaría todos los días mientras duraba el periodo de reposo, y se marchó hacia la plazuela caminando con Valvanera, que estaba a punto de dar a luz una niña.

Capítulo IV

1

Doña Aurora no podía dormir. Valvanera había pasado el calentador por el interior de la cama, pero los embozos continuaban húmedos y el frío se traspasaba a los huesos. Pensaba en su diosa de ónice. Debería haberla protegido mejor, no haber confiado en que la seguridad de una casa no la garantizan las llaves, sino el respeto de los otros. Tendría que haber cerrado las puertas aunque traicionara las enseñanzas que le inculcaron en su colegio de Cempoal, y escondido mejor a su diosa, defenderla de las manos que no deberían tocarla. Pensaba en su besador, en el tacto de su anillo de cabeza de águila, en su madre. En el calor de Cempoal. En las noches templadas. En la Luna azul que descubrió con su esposo. No era el mismo desde que se tropezó con su pasado en el monasterio. Pensaba en los acontecimientos de las últimas semanas, las primeras que pasaban en el palacete del Pilar Redondo. Su diosa de los besos, el látigo del alcaide Bigotes, la gitana, y la lluvia que trajo consigo la maldición de la muerte. Otra vez. Unas semanas habían bastado para destruir los sueños que don Lorenzo construyó para ella. Pensaba en que a veces el destino se distrae y no repara en que sus designios ya se han cumplido. Y actúa de nuevo, inalterable, tenaz, idéntico, con la misma obstinación de sus mandatos anteriores. Comunicó a Diamantina que había otro bebé de la misma manera que la partera se lo había comunicado a su madre muerta hacía veintitrés años. Se lo habían contado tantas veces que el recuerdo se instaló en ella como si pudiera guardarlo en su memoria. Había otro bebé. Otro. Hacía tiempo que no recordaba a su hermano, pero su sino volvía a tocarla para que no olvidara. Otro niño. Otro pequeño que crecería a su lado, junto a María y a Miguel, junto a la niña que mamaba de los pechos de Valvanera. Otro niño que el destino le negaba a su vientre. Desde el día de su matrimonio con don Lorenzo, todos los meses odiaba su mancha roja en la esperanza de verla desaparecer. Pero la marca de su destino la perseguía por dondequiera que fuera, nunca tendría sus propios hijos, nunca sería más que una madre que no llegó a sentir la vida dentro de ella.

El día que nació su hija, Valvanera le pidió que extendiera el libro de la cuenta de los días en el suelo. Debían averiguar el horóscopo de la pequeña Inés para encontrarle su verdadero nombre.

—Busca el signo ascendente si el principal no es favorable, pero no me lo digas, prefiero pensar que los dioses la bendecirán de cualquier modo.

No hizo falta engañar a Valvanera, el bebé nació con la suerte de cara, el signo de la vida se posó sobre ella cuando abrió los ojos. Aunque nunca la llamarían así, el Jade protegería sus pasos.

Las dos saltaban de contento cuando aparecieron en la habitación Miguel y María. Venían de la Plaza Chica, cada uno con su melón y con su maravedí sudando en las manos. El pequeño Miguel le enseñaba su moneda de cobre como si se tratara de un trofeo.

—¡Un señor nos ha regalado los melones!

Ella se volvió hacia Catalina, no le gustaba que los niños aceptaran regalos, le asustaba que hablaran con desconocidos. La criada aumentó su preocupación cuando intentó tranquilizarla.

—No parecía un desconocido, llamó a los niños por su nombre y les dijo que os enviaba sus recuerdos. Le acompañaban cuatro criados moros que también os conocían. Me preguntó cuándo podría haceros una visita para mostraros sus paños.

Les quitó los melones a los niños y se los entregó a Catalina para que los devolviera. Nunca más debía hablar con aquel hombre, y no volverían a la Plaza Chica hasta que los comerciantes hubieran abandonado la ciudad.

Cuando la criada salió de la habitación, encontró en los ojos de Valvanera el mismo terror que los suyos no podían ocultar. Las casualidades no existen, el hombre de negro las había seguido hasta allí. No pararía hasta cumplir sus propósitos.

Valvanera se estremeció, dejó a su hija en la cuna y corrió hasta el ventanal. La princesa pudo sentir su escalofrío cuando descorrió las cortinas y miró hacia la plaza.

—¡Los dioses nos protejan!

Se acercó a la ventana para comprobar lo que no necesitaba comprobación. El comerciante de paños, recostado en el pilón, las miraba con su sonrisa amarilla. La amenaza se desprendía de aquella figura negra sin necesidad de que hiciera un solo movimiento. Valvanera se descompuso. No recordaba haberla visto así desde que los españoles destruyeron el templo de Cempoal.

—¿Qué vamos a hacer? ¿Qué es lo que busca? ¿Por qué nos acosa de esta manera? ¿Por qué?

Sin embargo, ella sabía que el comerciante no necesitaba un porqué, tan sólo necesitaba un quién, y hacía tiempo que lo había encontrado. Pero lo más terrible no era sentir la atracción que la diana ejercía sobre la flecha, sino ignorar cómo, dónde y cuándo la lanzaría el arquero. Valvanera se deshacía en lágrimas buscando una razón, cuando lo que deberían buscar era la estrategia. Sólo si conseguían descifrarla podrían escapar. Había llegado la hora de contarle a don Lorenzo todo lo sucedido en el barco, y de buscar alianzas entre aquellos contra los que el comerciante de paños no podría atreverse. Esa misma noche, habló con su esposo. Excepto el incidente del camarote, le contó todos los detalles de la extraña relación que el hombre de negro había establecido con ella desde la muerte del marinero.

Don Lorenzo escuchó su relato sin pestañear. No parecía sorprendido, pero se alarmó cuando supo de la presencia del comerciante en la plazuela del Pilar Redondo.

—¿Cómo se ha atrevido a acercarse a los niños? Si vuelve a merodear por aquí haré que lo apresen. Nadie volverá a salir de esta casa hasta que el último comerciante de la feria se haya marchado.

Le prometió que nadie saldría de la casa, pero le pidió que solicitara ayuda a su hermano y a los Condes de Feria. La condesa le había mostrado sus respetos en varias ocasiones a la salida de misa. Si supiera lo que estaba pasando, seguro que podría evitar que las cosas se enredaran como en el galeón. Siempre sería mejor adelantarse a las murmuraciones que tener que defenderse de ellas.

2

Don Lorenzo de la Barreda no tenía ninguna intención de pedirle ayuda a su hermano, no se fiaba de él. Se ofrecieron las paces para contentar a doña Aurora y evitar más dolor a Diamantina, pero detrás de aquel apretón se escondía demasiado resentimiento como para dar por zanjadas sus diferencias. Más pronto que tarde, la hiel acumulada volvería a brotar a pesar de los buenos propósitos.

El nacimiento de la hija de Valvanera le demostró que don Manuel no podría cambiar tan fácilmente. El odio no desaparece con un gesto, necesita del olvido para poder liberarse del poso que lo sustenta. Y tiempo, mucho más tiempo del que su hermano era capaz de concederse para cubrir la distancia que les separaba desde niños.

La pequeña nació a las pocas horas de llegar a la casa. Habían salido de la fonda antes del amanecer para evitar a los curiosos. Diamantina, Catalina y los niños se trasladaron en carromato, pero Valvanera no se encontraba bien y prefirió caminar a soportar el movimiento del carro. A media mañana, la niña lloraba ya en los brazos de su madre.

La noticia llegó al palacio de enfrente sin necesidad de que nadie la llevara. En toda la plazuela se pudo comprobar la potencia de los pulmones de la recién nacida. Diamantina cruzó la plaza cuando escuchó aquel llanto, desoyendo los ruegos de su nodriza.

Don Lorenzo la acompañó hasta la habitación de Valvanera y la contempló mientras mecía a la niña. Sostenía a la criatura con tanto recogimiento, que los mejores pintores hubieran sacrificado una de sus manos por inmortalizar aquella imagen. Abstraída del mundo, la joven no atendía al nerviosismo de su niñera.

—Señora, por lo que más queráis, volved al palacio. Vuestro esposo está a punto de regresar. Se enfadará si no nos encuentra.

Al cabo de unos momentos, apareció otra de sus criadas con un encargo de don Manuel.

—El señor os ruega que volváis inmediatamente. Me ha pedido que os recalque que ha dicho inmediatamente.

La nodriza se estaba poniendo blanca como la pared.

—¡Vámonos, Diamantina! Vámonos si no quieres que se enfade.

Pero los temores del aya se confirmaron enseguida. Diamantina volvió de su sueño de madre cuando escuchó la voz de su esposo subiendo por las escaleras.

—¿Dónde está mi mujer?

Los dos hermanos se encontraron frente a frente, el Señor de El Torno con los gritos a punto de estallar en forma de golpes, y el capitán con la determinación de evitarlos.

—¿De modo que está contigo otra vez? ¡Diamantina! ¡Sal de ahí!

—¡No te atrevas a tocarla!

—¡Nadie me dice a mí lo que tengo o no tengo que hacer con mi esposa! ¡Diamantina! ¡Ven aquí ahora mismo!

—Si intentas volver a ponerle las manos encima, ten por seguro que te arrepentirás antes de que hayas dado el golpe.

Diamantina salió de la habitación seguida de la nodriza. Bajó las escaleras sin mirarles y cruzó la puerta del palacio. Don Manuel no permitiría que nadie volviera a verla hasta pasadas cinco semanas.

Al día siguiente, don Lorenzo tropezó con el comerciante de paños en la calle de los Pasteleros. Cuatro criados obedecían sus órdenes y descargaban piezas de tela en la puerta de la fonda. Enseguida reconoció a los criados. Las dos parejas de moros que despidió en la posada del Arenal. El sudor le empapó las ropas al observar la complicidad de sus miradas y de sus sonrisas. El comerciante tramaba algo.

Cuando doña Aurora le pidió aquella misma noche que acudiera a pedir ayuda a los Condes de Feria, él ya había visitado el alcázar para concertar una cita. El alcaide que gobernaba la fortaleza, el que todos llamaban «el Bigotes», le emplazó a que volviera cuando terminara la feria, los condes estaban de viaje. Don Lorenzo volvió a la semana siguiente, y a la otra, y a la otra, con la esperanza de que los condes hubieran regresado. Tres semanas en las que el comerciante iba y venía de Zafra sin que nadie supiera lo que tramaba. En las que doña Aurora no dormía esperando su zarpazo. Tres semanas de angustia hasta que el alcaide Bigotes le comunicó que los condes habían vuelto y que les recibirían a él y a su esposa el domingo, después de la misa.

Pero al llegar al palacio, la fatalidad volvió a mostrarles su cara. En el patio interior, el alcaide azotaba a una gitana amarrada al brocal de un pozo. Se detuvo con el brazo en alto cuando les vio aparecer.

—Lo siento, los condes han tenido que volver a marcharse a la corte. No podrán recibiros. Y no sé cuándo volverán.

Se quedaron mirando aquella espalda desnuda como si fuera su propia vida, cruzada de rojo por la vara que levantaba el alcaide a la espera de un nuevo golpe. A su alrededor, los pedazos de un búcaro estrellado contra el suelo delataban la culpa que estaba pagando, tenía sed.

Don Lorenzo rodeó a su esposa por los hombros y la sacó del patio. Mientras franqueaban la puerta, escucharon la voz de la gitana que lanzaba su maldición contra el alcaide.

—¡Maldito seas, Bigotes, maldito seas! En siete pedazos se ha roto el cántaro. Siete azotes que me has dado. ¡Maldito seas! ¡Quédate con tu agua! Pero te advierto que en siete días tendrás tantas que navegarás sobre ellas camino de tu condena.

Todavía no habían cruzado la plaza del palacio cuando la gitana salió sujetando sus ropas destrozadas contra su pecho. Doña Aurora se acercó hasta ella, se quitó su manto y la cubrió. Después le entregó una bolsa de monedas de plata. La gitana abrió la bolsa, contó las monedas y comenzó a morderlas una por una.

Apostado en la Puerta del Acebuche, en el pasadizo que comunicaba el alcázar con la calle Sevilla, don Lorenzo distinguió al comerciante de paños. Les había estado siguiendo.

Siete días después, el alcaide agonizaba mientras el cielo se cubría de nubarrones. Llovía cuando expulsó el aire de su último suspiro. Llovía cuando le lloraron y le cerraron los ojos. Cuando lo metieron en el ataúd. Cuando le velaron y cuando le rezaron el responso. Cuando su casa comenzaba a llenarse de remolinos de cieno. Cuando se anegó el zaguán, y el patio, y las cocinas, y el comedor donde se instaló el velatorio. Llovía cuando las aguas buscaron su curso y arrastraron su féretro por las calles de Zafra.

3

A unas varas de la Puerta de Jerez, el cabildo ordenó abrir en la muralla otro arco por donde pudieran desaguar las calles de la villa. Muy pronto, el nuevo arco sería conocido por los habitantes de la ciudad como la Puerta del Agua. No era la primera vez que los regatos producidos por la lluvia se acumulaban en aquella zona baja del pueblo, taponados por el muro.

La ronda de vigilancia se había convertido en un embalse donde se amontonaba toda clase de objetos llevados por la corriente. Las casas que discurrían en paralelo con la muralla, constituyendo la ronda, se encontraban anegadas hasta las escaleras que conducían al piso superior.

Todas las casas grandes de la ciudad aportaron sirvientes para ayudar a construir la nueva salida y reparar los estragos de la inundación. Los trabajos comenzaron a realizarse desde el barrio extramuros. Juan de los Santos acudió con el marido y los hijos de Catalina; en cuanto llegó, reconoció a los moros de Sevilla entre los criados de las otras casas principales. El hombre de negro observaba los trabajos junto a los señores, desde el camino de Jerez. Nada más verle, se le acercó y le habló tan alto como si quisiera que le escucharan hasta en la otra punta de la ciudad.

—Pregúntale a tu señora qué tiene ella que ver con todo esto.

Juan de los Santos apretó los puños para contener su indignación y le gritó:

—¡Todo el mundo sabe que fue una gitana!

La atención de los señores dejó de centrarse en los trabajos de la muralla y se desvió hacia ellos. El comerciante sonreía.

—Pero lo que no sabe todo el mundo es que tu señora le pagó con reales de plata. ¿Sabes tú qué era lo que le estaba pagando? ¡No me extrañaría que fuera ella quien le enseñó la maldición!

El hombre de negro se volvió hacia los señores que les rodeaban.

—Será cuestión de averiguarlo, ¿no creen? Las esmeraldas y las plumas finas que lanza suelen tener consecuencias desagradables. No sería la primera vez que sus conjuros envían a alguien a la muerte.

Juan de los Santos dejó de morderse la lengua y sujetó al comerciante de paños por la pechera de la camisa.

—¡Retira ahora mismo tus palabras si no quieres tragártelas!

Los señores de Zafra se miraban unos a otros desconcertados. El hombre de negro esperaba impasible el puño en alto de Juan de los Santos. Seguía con la media sonrisa en la boca. Antes de que el criado descargara su rabia contra aquella cara de piedra, don Lorenzo apareció detrás de él y le sujetó el brazo.

—¿Qué ocurre aquí?

Juan de los Santos soltó a su presa entre el murmullo y la agitación de los presentes. El comerciante recompuso su camisa y se dirigió al capitán como si se estuviera despidiendo.

—Con mucho gusto se lo contaría. Pero debo partir hacia Llerena. Me esperan en el Santo Tribunal.

Después, se acercó a sus criados y les habló señalando ostensiblemente a Juan de los Santos y a don Lorenzo. Uno de los moros desató dos yeguas de la reja donde se encontraban amarradas, ayudó al comerciante a montar en una de ellas y subió después a la otra. Desaparecieron al galope en dirección a la Puerta de Sevilla. Todas las miradas les siguieron hasta que desaparecieron en la primera curva.

El alcaide Sepúlveda, que se encontraba entre el grupo de señores que contribuía con sus sirvientes a la limpieza de la ronda, tomó la palabra.

—Ese hombre tiene la lengua partida como las serpientes. No te preocupes, le conocemos desde hace años. Utiliza la feria de San Miguel como excusa, pero siempre acaba en Llerena para solicitar una visita del Santo Oficio. Allí también le conocen, no entiendo cómo se arriesga a denunciar a nadie. Con los rumores que corren sobre él, se podría encarcelar a media villa. Ven mañana a verme, te contaré lo que se dice en Granada.

El alcaide se volvió a los otros señores y les animó a que continuaran observando los trabajos de albañilería. La Puerta del Agua ya se vislumbraba entre el muro de piedra, rodeada de cascotes cubiertos de lodo.

Don Lorenzo se despidió de don Diego Sepúlveda con la promesa de ir a visitarle al día siguiente.

Juan de los Santos confiaba en que el comerciante no tuviera éxito en Llerena. Volvió a la plazuela del Pilar Redondo con el corazón encogido, sintiendo a su lado la preocupación del capitán, y pensando que la felicidad pendía siempre de un hilo tan delgado que apenas podía disfrutarse sin la angustia de verla desaparecer.

Acababa de ser padre. El comerciante de paños aún no había logrado el objetivo que se había marcado en el galeón, pero consiguió sembrar de tristeza la casa donde su hija debería crecer.

Cuando llegaron al palacio, sintió que los problemas no habían hecho más que empezar. Una de las criadas lloraba desconsoladamente. Sus gritos se escuchaban desde la plazuela.

—¡Juro por lo más sagrado que no he sido yo! ¡Lo juro!

Atravesaron el patio en dirección a las voces. Catalina intentaba calmar a la criada mientras Valvanera interrogaba al resto de la servidumbre. Doña Aurora revisaba llorando el contenido de las faltriqueras y de los bolsillos de los jubones, dispuestos sobre un banco al lado de cada uno de los sirvientes. Su cofre de piedra había desaparecido.

4

—¿Seguro que ninguna persona desconocida ha entrado en el palacio? Siempre tenéis las puertas abiertas.

—No hemos visto a nadie. Pero las moras de Sevilla no se han movido en toda la mañana de la plazuela. Empezaron a gritar que María y Miguel se habían caído al pilón, creímos que se estaban ahogando. Nos agarró la angustia. Salimos todos corriendo sin pensar en otra cosa.

Valvanera lloraba con su hija en brazos. La sujetaba como si corriera el peligro de que se la robaran también. Su esposo seguía preguntando, intentando averiguar quién pudo entrar en el palacete y subir hasta la habitación de la princesa.

—¿En algún momento perdisteis de vista a las moras?

—No, cada una sacó a un niño del agua. Se quedaron en la plazuela hasta que cerramos el zaguán.

—Entonces está claro que ellas no han sido. Sus maridos estaban en la muralla, tampoco han podido ser. Intenta recordar, ¿había alguien más en la plaza? ¿Alguien que no debería estar allí?

Pero Valvanera no recordaba, se aferraba a su niña y la mecía moviendo su cuerpo adelante y atrás. Tan sólo recordaba las palabras de la princesa. Las casualidades no existen. No era casualidad que el comerciante de paños apareciera en la feria. Tampoco la desaparición de la diosa de los besos y del anillo con la cabeza de águila. Como no fue casual que coincidieran en el galeón con el comerciante. Ni que hubiera una araña en el navío. Ni que muriera el carpintero. No, las casualidades no existen. El destino les esperaba en el nuevo mundo con sus garras de punta, dispuesto a lanzar sobre ellas otro zarpazo.

La princesa tenía razón, el comerciante urdió su estrategia, y no empezó a aplicarla precisamente cuando llegó a la ciudad. Los planes del hombre de negro comenzaron a diseñarse el mismo día en que las vio en la cubierta del buque. Quizás incluso mucho antes, quizá las siguiera desde Cuba, quizá la araña que picó al marinero embarcara en su equipaje. Aquél no era el tipo de animal que podía subir con sus propias patas a un barco.

En cualquier otro momento, Valvanera habría alimentado sus fuerzas con las adversidades. Sin embargo, ahora tenía un bebé. Ahora tan sólo quería amamantar a su hija y que los demás pensaran por ella. Abandonó sus pensamientos y volvió a las preguntas de su esposo.

—¿Quedó alguien en la parte de atrás del palacete? A lo mejor entró alguien por la puerta falsa.

—No lo sé, yo estaba en el pilón con los demás. Todos estábamos allí.

—¿Todos?

—No lo sé, Juan, no lo sé. Fue cosa de un momento. Salimos y entramos en la casa en menos de un suspiro.

Aparte de los criados que trajeron de Sevilla, en la casa vivían otras seis personas de servicio que el capitán contrató cuando se trasladaron al palacete. Un mozo de soldada para cuidar de los caballos, dos criadas para la limpieza de la casa, una lavandera, un despensero y una cocinera. El marido y los hijos de Catalina trabajaban en el campo, casi todas las noches se quedaban en los chozos que don Lorenzo mandó construir en el olivar. Cuando dormían en el palacete, lo hacían en el doblado. El resto de la servidumbre ocupaba dos alcobas situadas en la planta baja, detrás de las cocinas. En una dormían los dos hombres y en la otra las mujeres. Catalina ocupaba la habitación de los niños. Contigua a las de Valvanera y la princesa.

Juan de los Santos acompañó al capitán a inspeccionar las habitaciones. Las criadas lloraban exculpándose de la desaparición del joyero, los hombres ayudaban a desmontar los catres y a revisar los baúles donde guardaban sus cosas. Las almohadas, los colchones con sus hinchamientos de lana, los embozos, las mantas, los cobertores, todo se movió de su sitio.

La caja de piedra no aparecía.

Valvanera y doña Aurora esperaban en el patio intentando distraer a los niños, que, empapados aún, lloraban igualmente, sin saber muy bien por qué lo hacían los demás. La pequeña Inés dormía con la boca acoplada al pecho de su madre, era la única persona del palacete que se mantenía en calma. Valvanera la miraba con los ojos húmedos, y le recitaba en silencio los versos que cantó para ella el día que se la acercó por primera vez al pezón, hacía justamente un mes.

—Mi pluma preciosa, mi plumaje rico. Serás la llama que prenda el fuego del hogar.

Los hombres buscaron el cofre por cada rincón de la casa. Durante toda la tarde, se escucharon los lamentos del servicio. Todos negaban haber formado parte del robo.

Abandonaron la búsqueda cuando las mujeres comenzaron a encender los candiles. La princesa subió a su habitación tirando de sus pies. Su cuerpo parecía pesado, encogido. Se apoyaba en la barandilla como si soportara un lastre que le impedía remontar cada uno de los peldaños de la escalera. Valvanera la siguió y la ayudó a desabrocharse el traje y las enaguas.

—Quédate tranquila, mi niña, tu diosa volverá a ti.

Doña Aurora se refugió en ella como tantas veces había hecho a lo largo de su vida, descargó su llanto envuelta en su túnica de algodón y se lamentó de no haber guardado sus reliquias en un lugar secreto. Debería haberlas protegido mejor. Valvanera la dejó desahogarse. Después, la condujo hasta la cama, templó las sábanas con el calentador y la tapó con los cobertores.

—Duérmete, mi niña. No dejes que te atormenten tus pensamientos. El que se las ha llevado habría dado con ellas aunque estuvieran en el noveno abismo.

Capítulo V

1

En los tres días que llevaba en Granada, don Lorenzo había visitado todos los cármenes del Albaicín que don Diego le había sugerido. En casi todos escucharon su historia, pero cerraban sus puertas cuando mencionaba al comerciante. Desgraciadamente, aunque ocultara delitos como para encarcelar a medio Zafra, como presumía don Diego Sepúlveda, también guardaba secretos que sus vecinos no estaban dispuestos a que salieran a la luz. Su habilidad para encontrar herejías en cualquiera que le desagradara le venía de largo. Todos sabían algo contra él, pero el miedo era más fuerte que el deseo de venganza o de justicia. Nadie se decidió a ofrecer su testimonio como prueba.

Sin embargo, todavía le quedaba por hacer la visita más importante. Nada más llegar a Granada acudió al palacio de don Hernando, el hijo de don Hernando de Zafra, pero se encontraba fuera de la ciudad, no podría verle hasta pasados cuatro días. Guardaba en su bolsa la carta que don Diego le entregó para él.

El alcaide conocía a don Hernando padre desde mucho antes de que se marchara a la corte. Aprendieron juntos a escribir y a montar a caballo. Muchas veces compartieron mesa con el Conde de Feria y con el padre de don Lorenzo, y muchas veces se alojaron los tres en El Castellar después de una cacería. Don Diego se encontraba en Granada cuando don Hernando ayudó a los Reyes a liberarla de los moros, y cuando le recompensaron con el Señorío de la Villa de Castril. Conocía a su esposa, a sus suegros, a sus cuñadas, y a la esclava judía que le había dado en secreto a su único hijo. Era su amigo de toda la vida. Y asistió a su funeral cuando le tocó la muerte. Don Lorenzo lo sabía, como también sabía que el hijo de don Hernando heredó la amistad que unía a su padre con don Diego y con don Miguel de la Barreda. Sin embargo, cuando se dirigió a ver al alcaide, después de la desaparición de las joyas de la princesa, no podía imaginar que sus esperanzas se encontrarían en el hombre que rechazó la amistad de su padre porque se casó con una mora. Cabalgó hasta El Castellar pensando en la ayuda que pediría a Sepúlveda. No sabía que no sólo se la prestaría, sino que las claves que podrían devolver la paz a su casa se encontraban en manos del hijo de don Hernando. Galopó pensando en los días en que montaba con don Alonso y buscaban el pasadizo que, según la leyenda, comunicaba la iglesia de la Encarnación con la alcazaba. Pensaba en su hermana Clara, la madre de Diamantina y de don Alonso, que les contaba historias al calor del brasero mientras su esposo repasaba las cuentas con el alcaide.

Llegó a la fortaleza al anochecer. Don Diego le recibió en el comedor, estaba empezando a cenar. Comía solo desde que murió su esposa, pero mantenía el ceremonial de la mesa, como mandaban las buenas costumbres.

—¡Siéntate! Ordenaré que preparen otro servicio.

El capitán aceptó el ofrecimiento y le contó sus problemas con el comerciante, desde su encuentro en el barco hasta la desaparición de las joyas. Cuando escuchó el relato, el alcaide cerró la puerta de la sala y bajó la voz.

—Esto es mucho más grave de lo que yo había imaginado. Si el comerciante tiene el cofre, tu esposa tiene un problema. ¿Qué piensas hacer?

—No creo que lo tenga todavía, pero necesito vuestra ayuda.

—¡Cuenta con ella! ¡Dime!

—Necesito saber todo lo que se dice sobre él en Granada, después iré a por pruebas y se las cambiaré por el cofre. Pero antes esconderé a mi esposa y a Valvanera. Prefiero que no estén en Zafra cuando llegue el Tribunal.

El alcaide le contó los rumores y le facilitó la dirección de cada persona a la que debía dirigirse. Antes de hablarle de don Hernando hijo, se levantó, abrió un cajón de un bargueño, y escribió, firmó y lacró una carta.

—Toma, debes entregársela personalmente y esperar a que la lea. Después le cuentas todo lo que ha pasado. Él sabrá cómo ayudarte.

No sabía qué pensar. Don Diego conocía los conflictos de su padre con don Hernando, y aun así ponía su salvación en sus manos.

—Confía en mí, entrégale la carta. Nadie podría ayudarte mejor que él. Dime, ¿qué más has pensado?

—Si el comerciante tiene éxito en Llerena, ¿cuánto tiempo creéis que tardará el inquisidor en organizar una visita de distrito?

—Teniendo en cuenta que el juez tendrá que convocar a un notario, a un nuncio y a un oficial, creo que el Edicto General no se leerá hasta dentro de dos semanas.

—¿Cuándo sería el arresto?

—Primero le darán la oportunidad de autodelatarse en el Edicto General. Al domingo siguiente leerán el Edicto de Fe para que pueda reconocer su delito en la lista. Si no se entrega, el comerciante podrá denunciarla. Cuenta tres semanas a partir de hoy.

Don Lorenzo se quedó pensativo, mirando la confitera que le ofrecía don Diego. Eligió dos piñones, los partió, y colocó uno en cada plato.

—Recuerdo a mi padre y al Conde de Feria partiendo muchos piñones en esta mesa con vos y con el padre de don Hernando. Siempre me gustó vuestra confitera. El olor de los confites se extendía por toda la casa. Él os estaría muy agradecido.

—Déjate de pamplinas y dime lo que has pensado para mí.

—Necesitaré vuestra ayuda para esconder a doña Aurora y a Valvanera hasta que pase todo el peligro. También necesito que habléis con el conde.

—Eso está hecho. ¿Qué más?

—¿Es verdad lo que se cuenta del pasadizo secreto?

El alcaide Sepúlveda se levantó y descorrió el tapiz que cubría una de las paredes del comedor. Una puerta pequeña se disimulaba entre las piedras del muro.

—¡Directo a la Encarnación y Mina!

Don Lorenzo salió de El Castellar y se dirigió al convento de la Encarnación y Mina en busca del ecónomo, quería contarle sus planes bajo secreto de confesión, confiaba en él, pero no deseaba exponerle a ningún peligro. Conservaba la amistad que les unió en los torneos de ajedrez de los López de Segura. El sacerdote no le confesó, se comprometió a ayudarle sin necesidad de explicaciones.

Volvió al palacete pasada la medianoche, todos se habían retirado a sus alcobas excepto Juan de los Santos. El mozo salió a recibirle cuando escuchó el portón.

—¿Qué tal don Diego? ¿Está con nosotros?

—Sí.

—¿Y el cura?

—También.

—¿Cuándo nos vamos?

—Iré yo solo. Tú te quedas para cuidar de las mujeres. No le digas a nadie que estoy en Granada. Estoy en la ruta de Almendralejo, concertando la venta de la uva. Me llevaré al hijo mayor de Catalina.

Juan de los Santos le extendió la mano.

—¡Que tengas suerte!

—A por ella voy.

Los dos hombres subieron a sus habitaciones tras despedirse con un abrazo. Don Lorenzo encontró a su esposa incorporada en la cama. Se acercó hasta ella y se sentó.

—Es muy tarde, deberías estar dormida.

Doña Aurora le miró como si hiciera mucho tiempo que no le veía. Tenía los ojos hinchados. No podía creer que su anillo y su besador hubieran desaparecido. Los había tenido en las manos esa misma mañana.

—No llores, corazón, no han desaparecido, sólo están en un lugar distinto al que estuvieron siempre.

La princesa reprimía su llanto apretando los labios. Sus ojos brillaban abiertos como balcones. Don Lorenzo se dio cuenta de lo lejos que había estado de ella desde que llegaron a Zafra. Estaba hermosa.

—No te preocupes, chiquinina, yo los encontraré y te los traeré. Te lo prometo.

Le pasó la mano por el brazo, le rozó el pecho por encima de la túnica de algodón y le deshizo la trenza.

—Eres lo más bonito que nunca vieron mis ojos.

Ella sonrió y le quitó de la punta de la lengua las preguntas que siempre le correspondieron a él.

La atrajo hacia sí, se llevó la trenza a la boca y la besó.

—Por supuesto que te quiero. Te querré hasta que seas una viejecita preciosa, y yo un refunfuñón que seguirá adorándote y suspirando por conocer el olor de tu pelo.

Se besaron despacio. Compartieron el insomnio revisando cada paso que tendrían que dar para librarse de las artimañas del comerciante. Entre caricia y caricia, la princesa volvía a preguntarle si la seguía queriendo.

2

María y Miguel acostumbraban a llamar a Catalina por el sobrenombre de Mamata. Comenzaron a llamarla mamá Catalina cuando se convirtió en su niñera en la Ruta de la Plata, después lo abreviaron y pasó a ser mamá Cata, y de ahí al apodo con que se quedaría para el resto de su existencia. Mamata tenía edad como para ser la abuela de los niños, les cuidaba como las abuelas cuidan a sus nietos, regalándoles el mundo.

Todos adoraban a Mamata. Tenía la virtud de hacer reír a los demás aunque no existiera ningún motivo. Siempre encontraba el lado bueno de las cosas, incluso el de las que nadie hubiera podido imaginar de otro color que el negro más negro de todos los negros. Su capacidad para entretener a los pequeños superaba lo imaginable. Mamata era la bondad andando sobre dos piernas, la imaginación buscando un lugar donde construir sus nidos.

A la princesa no le extrañó que su esposo decidiera dejar a María y a Miguel a su cuidado cuando Valvanera y ella tuvieran que esconderse. Los niños no corrían peligro, la Inquisición sólo les exigía limpieza de sangre cuando alcanzaban la edad de doce años.

Don Lorenzo llevaba dos días fuera de la ciudad cuando Mamata entró en la habitación de doña Aurora, traía la noticia que todos temían desde que vieron galopar al comerciante camino de Llerena.

—¡Ha vuelto!

Doña Aurora bajó al comedor y se reunió con Valvanera y con Juan de los Santos. Debían poner en marcha los planes que le contó don Lorenzo la noche antes de marcharse. Ante todo, debían darse prisa en averiguar quién les traicionaba dentro del palacete. Nadie podría entrar o salir de la casa sin que lo supiera Juan de los Santos. Las puertas y ventanas deberían permanecer cerradas de día y de noche. El carruaje y los caballos siempre preparados para enganchar el tiro.

El marido y los hijos de Mamata vigilaban al resto de la servidumbre desde que desapareció el cofre. Estaba claro que el ladrón pertenecía a la casa; de otro modo, no se explicaba que nadie hubiera visto a ningún extraño subiendo o bajando del piso de arriba.

Tal y como había imaginado el capitán, ningún sirviente hizo nada sospechoso mientras el hombre de negro estuvo fuera de la ciudad. Podrían haber entregado las joyas a los moros de Sevilla, que se turnaban rondando el palacio. Durante el día vigilaban las mujeres, y por la noche lo hacía el hombre que se quedó trabajando en el desescombro de la Puerta del Agua. Pero el comerciante no se habría arriesgado a encargar a uno de sus sirvientes la custodia de las joyas, significaría exponerse a perderlas. Lo más lógico era pensar que el anillo y el colgante seguían dentro del palacete.

En algún momento, el ladrón tendría que reunirse con el comerciante tras su regreso de Llerena. Aún conservaba el botín, y seguro que le ardía en las manos. Vigilarían a todos los criados antes de poner en marcha la fuga; si la responsable era una de las criadas, tendrían que modificar algunos detalles.

Valvanera se mostraba confundida. Doña Aurora y Juan conocían de primera mano los planes de don Lorenzo, pero ella era la primera vez que los escuchaba.

—No entiendo nada, Juan, ¿para qué queremos el carruaje?, ¿tan ancho es el pasadizo?

Su esposo negó con la cabeza.

—El coche es sólo para despistar. No lo utilizaréis vosotras, sino el hijo menor de Mamata y las dos criadas, que se vestirán con vuestras ropas. El carruaje saldrá a toda velocidad de las murallas antes de que termine la misa. Los moros creerán que vosotras vais en el coche y avisarán al comerciante de que os escapáis.

—Pero las moras comprobarán que estamos allí. Y él también lo verá, siempre va a misa los domingos.

—Nadie os verá la cara ese día. Iréis tapadas de los pies a la cabeza. Cuando sus criados le avisen, pensará que sois las sirvientas disfrazadas con vuestras ropas. Saldrá corriendo para alcanzar al carruaje; si logra deteneros, tendrá la mejor prueba que necesita la Inquisición para procesaros. La huida es un delito. No consentirá que os escapéis. Antes de que se dé cuenta del engaño estaréis en El Castellar. El alcaide os esconderá hasta que el Santo Oficio se haya marchado.

—Pero las moras nos seguirán cuando salgamos de misa. Se extrañarán de que vayamos a la Encarnación y Mina.

Doña Aurora sustituyó a Juan de los Santos en las explicaciones. Ese domingo no irían a la misa de la parroquia, sino a la de la Encarnación. Despistarían a las moras en el revuelo de la salida y volverían a entrar en la iglesia. El ecónomo las estaría esperando en la sacristía para llevarlas al túnel. Don Lorenzo volvería de Granada a tiempo de interceptar al comerciante en el camino de Los Santos de Maimona. Si saliese todo bien, no le quedará más alternativa que aceptar el silencio del capitán a cambio del besador.

—Pero entonces, ¿qué necesidad tenemos de huir? El comerciante no podrá hacer nada sin las joyas. En cambio, si huimos y nos descubren, tendrá la prueba que antes no habría tenido.

Valvanera no entendía que, con colgante o sin él, y con huida o sin huida, sus cabezas peligraban. El hombre de negro ya habría envenenado a los inquisidores de Llerena con toda la bilis que era capaz de producir. El proceso contra los delitos de fe ya estaba en marcha, ni siquiera le hacía falta mencionarlas a ellas para atraer a los jueces a la villa, le bastaba con decir que había descubierto el brote de una secta de alumbrados. No le sería difícil encontrar unos cuantos judíos conversos a los que acusar de no respetar las formas de la religión, de rezar sólo mentalmente y de encomendarse a Dios sin necesidad de confesiones ni de penitencias.

El alcaide Sepúlveda le contó a don Lorenzo cómo solía actuar. Utilizaría las joyas como prueba en el juicio, pero esperaría el momento adecuado para denunciarlas. No se privaría del placer de verlas en la iglesia, escuchando el Edicto que las invitaría a delatarse a sí mismas. Ni de llevarles a casa la lista de delitos del Edicto de Fe, subrayada en los pecados de los que las obligarían a arrepentirse. Les sonreiría cuando las viera caminar hacia la cárcel, escoltadas por los guardas. Allí las estarían esperando los aparatos del tormento, para arrancarles la confesión que limpiaría sus almas de todos los pecados que no quisieran confesar.

El comerciante esperaría todo el tiempo que necesitaran, semanas, meses, años, hasta rematar su faena con las pruebas que las condenarían al sacrificio. Un sacrificio que en el nuevo mundo no servía para dignificar a las víctimas glorificando a los dioses, sino para humillarlas hasta más allá de la muerte. Ni siquiera sus cenizas descansarían en paz.

Valvanera lloraba abrazada a Juan de los Santos, rogándole a la princesa que terminara con sus explicaciones. No quería saber nada más. Únicamente esperaba el momento de huir de aquella pesadilla.

3

Juan de los Santos envió a las criadas a la posada de la calle de los Pasteleros con un recado para Virgilio y para José Manuel. Así se aseguraría de que no intentaban ponerse en contacto con el comerciante. De lo contrario, no podrían participar en los planes de huida. A una la envió por la mañana y a la otra después de comer. Las dos cumplieron su encargo sin pararse a hablar con ninguna persona, él mismo las siguió hasta que volvieron a casa.

Al día siguiente, repitió la operación con el mozo de soldada y con la lavandera. Ninguno de los dos buscó al de los paños. La cocinera y el despensero tampoco aprovecharon la oportunidad cuando les llegó su turno. La caja de piedra seguía en el palacete.

Doña Aurora le aconsejó que modificara la razón de las salidas. El que tuviera el cofre podría descubrir la trampa. No era muy normal que todos los sirvientes acudieran a la posada con un recado en tan breve espacio de tiempo.

Repasaron las rutinas del comerciante y enviaron a la servidumbre a los lugares donde podrían encontrarlo. La Plaza Grande, la Plaza Chica, el barrio judío, las tiendas de la calle Sevilla, la botica, el barbero. A todos se les brindó la ocasión de deshacerse de las joyas, pero Juan de los Santos siempre volvía al palacio con el enigma por resolver. Y el domingo se acercaba.

—No lo entiendo, doña Aurora, alguno debería haber hecho ya algo que le delatase.

Le rondaba por la cabeza la idea de que podrían haberse equivocado, de que el ladrón no tuviera otro objetivo que ganarse un dinero con la venta de las joyas. Sin embargo, nadie en su sano juicio se atrevería a comerciar con las imágenes de dos dioses paganos. El comerciante tenía que estar detrás del robo. Tarde o temprano, el responsable daría un paso en falso.

En una de las salidas, el hombre de negro le abordó en la Plaza Chica con su media sonrisa de siempre. Los dos moros le flanqueaban.

—¡Buenos días nos dé Dios! Parece que andáis compungido. ¿Habéis perdido algo?

Se quedó petrificado. El comerciante llevaba en las manos un zurrón de tela. Con la derecha lo sujetaba sobre la palma, y con la izquierda lo recorría con los dedos remarcando sus aristas. El tejido se ajustaba perfectamente al contorno del cofre de doña Aurora.

—¿O a alguien?

El hombre de negro le miraba acariciando su pequeño triunfo.

—He oído que la cuñada de vuestro señor ha desaparecido. Y que nadie la ha visto desde que acudió a la posada poco antes de la feria. Fue a solicitar los servicios de vuestra señora y de vuestra esposa, ¿verdad?

No podía apartar la vista del joyero pero, cuando escuchó al comerciante, se abalanzó sobre él con el gancho de izquierda preparado. Los criados le sujetaron antes de que pudiera propinarle una paliza.

—¿Qué estáis diciendo?

—Sólo digo lo que se oye por aquí. Que hubo mucha sangre en la posada, y que a la Señora de El Torno no se la ha vuelto a ver desde entonces.

—La señora doña Diamantina está en su casa. Preguntad a sus criados. Está perfectamente.

Los moros le soltaron obedeciendo un gesto del comerciante y se situaron un paso detrás de él, de cara a su amo.

—¿De verdad? Si estuviera perfectamente iría a misa los domingos. ¿Acaso crees que soy tonto? También podría preguntarles a sus criados qué pasó en la fonda. Demasiada sangre para no haber heridas, ¿no crees?

El comerciante le miraba con cara de saber lo que no debía. Clavado en el sitio donde le dejaron los moros, su cabeza daba vueltas buscando cómo impedirle seguir hasta donde quería llegar.

—Hay manchas que se repiten todos los meses donde viven las mujeres. No creo que haya nada extraño en eso.

—Lo extraño es que la sangre sea tanta, tan roja, y en una sola noche. Justo la noche en que apareció en la fonda la cuñada de tu señor. Pero no hace falta que me cuentes nada. Yo ya sé lo que pasó.

Nadie había visto salir a Diamantina de la posada, y nadie la había visto entrar. Era imposible que el comerciante lo supiera. Quizás alguien hubiera visto a la nodriza lavando los paños de algodón que sujetaron las hemorragias, pero no podía saber el origen de la sangre. Estaba claro que el hombre de negro le intentaba sonsacar, no quería darle pistas que confirmaran sus sospechas, pero tampoco podía permitir que aumentara su curiosidad.

—Creo que no os han informado bien. En la fonda no pasó absolutamente nada. La señora doña Diamantina está en su casa, siempre ha estado allí, reposando su embarazo.

El comerciante se dirigió a sus sirvientes, reía a carcajadas, su voz y sus hombros exageraban una fingida incomprensión.

—¿Habéis oído hablar de alguna preñez que continúe después de haberse malogrado?

Los moriscos negaron con la cabeza e imitaron su gesto. Después se acercó hasta él arrastrando la voz.

—Sin embargo, no sería la primera vez que el diablo plantase una mala semilla en el mismo sitio donde arrancó una buena.

—¿Qué estáis insinuando?

—No me hace falta insinuar nada. No es difícil suponer lo que pasó. Yo ya lo sé, y el Tribunal del Santo Oficio lo sabrá a su debido tiempo.

Se marchó en compañía de sus criados dejándole en medio de la plaza, sintiendo cómo se abría la tierra bajo sus pies. El comerciante tejía una tela cada vez más enmarañada alrededor de su esposa y de doña Aurora. Y tupía la trama añadiendo cualquier cosa que le sirviera como acusación. No se conformaba con culparlas de conservar a sus dioses, haber matado al calafate, o provocar la inundación de la ronda, ahora también las acusaba de provocar la desgracia de Diamantina invocando al propio Satanás. Ese hombre no pararía hasta que pudiera atribuirles todos los males del mundo.

Volvió al Pilar Redondo deseando que llegara el domingo; que volviera don Lorenzo con la moneda de cambio que había ido a buscar; que fueran ciertos los rumores que le contó el alcaide; que los inquisidores fueran sordos; y que la justicia no fuera ciega.

Cuando llegó al palacete, su esposa acababa de amamantar a la pequeña. La sujetaba con la mano izquierda, manteniendo contra su pecho la espalda de la niña. En la mano derecha sostenía una pieza de fruta que acababa de morder. Su india del color del caramelo le recordó a la Virgen de la Granada, la misma a la que él rezó tantas veces cuando acompañó a don Lorenzo a vender la uva a Llerena. Volvió a ver en su mente a Nuestra Señora, morenita y dulce, mostraba a su niño con la mano izquierda y sujetaba con la diestra la granada que simbolizaba la unión con que se ganó la batalla contra el moro. Le rezó contemplando a sus propias morenitas y le imploró para que iluminara al Santo Tribunal.

<h1 style="text-align:center">4</h1>

—¡No es posible! ¡No puedo creerlo!

Valvanera se llevó las manos a la cabeza. Juan de los Santos paseaba por la habitación con la niña en brazos.

—¡Piénsalo bien! ¿Cuánta gente estaba allí? ¿Quiénes sabían lo de la señora Diamantina?

Pero Valvanera seguía sin creer lo que su esposo había averiguado.

—Pero es imposible, no puede ser.

—Le he dado muchas vueltas, Valvanera, no puede ser otra persona. No creo que tenga dos cómplices. Quien le contó lo de Diamantina robó las joyas. Estoy seguro. Las criadas no pudieron ser, nunca estuvieron en la posada. Si ellas no le contaron lo del embarazo, tampoco han robado el joyero.

—¿Y eso qué tiene que ver? El comerciante pudo prometerles cualquier cosa. Todos tuvieron la oportunidad de verle en la feria.

—¿Y cómo te explicas que sepa lo de la señora Diamantina?

Valvanera se levantaba y se sentaba. Sacudía las manos como si pudiera liberar la angustia expulsándola por los dedos.

—Pero ¿cómo puedes estar tan seguro? Cualquiera pudo entrar en la habitación, todos estábamos en la plazuela.

—Cualquiera no. El que entró sabía dónde guardaba doña Aurora la caja. No lo habíamos pensado antes, pero eso sólo podía saberlo una mujer. Los hombres nunca han entrado en su habitación. Ni el despensero ni el mozo de soldada han podido ser. Y la lavandera y la cocinera sólo subían las escaleras para ir a la azotea o al chacinero. Que yo sepa, nunca entraron en las habitaciones.

Juan de los Santos dejó a la niña en su cuna y limpió las lágrimas de su esposa mientras la conducía hacia la puerta de la habitación.

—Tenemos que contárselo a la princesa. Hay que pensar en algo.

La reacción de doña Aurora fue la misma que la de su criada. No podía ser. No podía creerlo. Valvanera repitió el recuento que su esposo realizó para ella. La princesa descartó uno a uno a todos los criados, hasta quedarse con los cuatro que trajeron de Sevilla. Los tres hombres trabajaban en el desescombro de la ronda cuando desapareció su cofre. Sólo quedaba Mamata. Era imposible.

Valvanera se acercó a la ventana y comprobó que las moras seguían vigilando el palacete desde el pilar.

—Hay que hacer algo, mi niña. Si la verdad se parece a lo que piensa mi esposo, tenemos que descubrirlo antes de que llegue el domingo. Hemos hablado mucho delante de ella, puede ser que el comerciante sepa más de lo que nos conviene sobre nuestra excursión al Castellar.

Esperaron a la niñera con el corazón encogido. Juan de los Santos bajó a buscarla y aparecieron en el cuarto al cabo de unos momentos. Nadie le preguntó nada; cuando vio los ojos de la princesa, se arrodilló y se echó a llorar.

—¡No pude hacer otra cosa! Cuando me negué, me preguntó si los niños sabían nadar y me señaló el pilón. Después los vi allí, chorreando en brazos de las moras, y subí corriendo a por la caja. Lo siento, yo no sabía lo que se proponía. Lo siento mucho.

La princesa la ayudó a levantarse y le preguntó si fue ella quien le contó lo de Diamantina en la posada.

—Él ya sabía algo sobre los paños manchados de sangre. Alguno debió de ir a la basura por error. Me tiró de la lengua. Yo no sabía que diría esas cosas horribles. Parecía amable y preocupado.

Valvanera sintió lástima de Mamata. Era la primera vez que se enfrentaba a la víbora y, como a todos los demás, la acorraló y la dejó sin posibilidad de defenderse. Doña Aurora y Juan de los Santos la miraban con su misma cara de pena, también conocían su mordedura y la quemazón del veneno. La princesa trató de calmarla, necesitaba averiguar qué sabía el comerciante sobre los planes de huida.

—Lo sabe todo, señora, tuve que contárselo, tenía que proteger a los niños. ¡Lo siento, lo siento!

Juan de los Santos estalló de rabia.

—¿Y no podías haberle contado otra cosa?

Mamata no dejaba de llorar y de lamentarse por no haber sabido defender a la princesa. Juan de los Santos la zarandeó por los hombros.

—¿Por qué no nos lo contaste, mujer de Dios?

La niñera estaba a punto de desplomarse. Su cara resaltaba entre sus ropas negras como la cal entre el forjado de las ventanas. Valvanera miró a doña Aurora y a Juan de los Santos y señaló los sudores que empapaban su camisa.

—Creo que ya sabemos lo que queríamos saber. ¿Hace alguna falta que ella nos diga cómo atrapa a su presa ese mal bicho?

La princesa le dio la razón, no hacía ninguna falta. Cambiarían todos los planes que acordaron con don Lorenzo. Pensarían en la seguridad de los niños. Estaba claro que el hombre de negro no se detendría ante nada; Mamata no podría volver a hablarle, tendría que jurarlo por sus propios hijos.

—¡Os lo juro por Dios!

Era la primera vez que Valvanera escuchaba a doña Aurora exigir un juramento. No le gustaba prometer, y tampoco se lo pedía a los demás. Le parecía falta de confianza. Cuando Mamata abandonó la habitación, Valvanera le mostró su extrañeza.

—¿No te fías ya de Mamata?

Doña Aurora la tranquilizó, no desconfiaba de la niñera, sino del comerciante. Sabía que podría volver a doblegarla, y no quería poner en peligro los nuevos planes de fuga. En realidad, todo se mantendría tal y como habían pensado. La única diferencia se encontraba en la identidad de las que irían a misa y de las que transportaría el carruaje. Si el comerciante pensaba que se disponían a huir por el pasadizo hasta El Castellar después de la misa, no perseguiría al carruaje, sino a las personas que estuvieran en la iglesia de la Encarnación: lo más probable es que se dirigiera directamente a El Castellar para esperarlas al otro lado del pasadizo. Pero allí se encontraría con que, en realidad, había perseguido a las criadas, que habrían asistido a misa disfrazadas de Valvanera y de la princesa. Ellas huirían en el carruaje, en dirección a Los Santos de Maimona. Mamata y los niños las acompañarían.

Don Lorenzo y el hijo mayor de Mamata continuaban aún en Granada, su cometido seguía siendo el mismo, interceptar al hombre de negro en el camino de Los Santos. Pero, en lugar de al comerciante, encontrarían al marido de Mamata, que les informaría de los cambios. Cabalgarían los tres a todo galope hasta El Castellar, donde el alcaide Sepúlveda entretendría al comerciante hasta el momento en que se abriera la puerta del pasadizo. Si don Lorenzo traía lo que había ido a buscar, allí mismo podría exigirle la devolución del joyero.

Valvanera deseó con todo su ser que se cumpliera cada paso de lo planeado. Miró a su esposo y a doña Aurora y suspiró.

—¡Quién pudiera ver la cara de la víbora cuando descubra que debajo de nuestras ropas se esconderán las criadas!

Capítulo VI

1

Las horas pasaban en el palacio de Diamantina sin que se diferenciaran unas de otras. Pero aquella mañana se presentaba distinta, tenía la llave que le devolvería su libertad. De momento, se conformaría con poco, sólo saldría a respirar aire puro en el patio trasero mientras su esposo estuviera en el campo. Pero se trataba del principio. El próximo domingo abriría la puerta con su propia llave, y saldría del infierno en que se había convertido su vida. No volvería a permitir que otros ojos mirasen por los suyos.

Desde que su esposo instaló una cerradura para entrar y salir de su dormitorio, únicamente la visitaba una esclava que compró su padre en Almendralejo poco antes de morir, y que formó parte de su dote. Todos la llamaban Olvido, porque perdió la memoria al mismo tiempo que el habla tras golpearse la sien en una caída. No era capaz de recordar ni siquiera su propio nombre.

Su nodriza tenía prohibida la entrada en su habitación, salvo cuando la acompañaba don Manuel. Era el único que disponía de la llave. De vez en cuando, le permitía entrar con un barreño de agua caliente, la lavaba y le cambiaba las enaguas, pero bajo promesa de no pronunciar una sola palabra. Ambas pensaron que su esposo les levantaría el castigo en cuanto hubieran comprobado su dureza, pero se alargaba ya un mes, nueve días, la mitad de una tarde y una noche entera, y don Manuel no daba muestras de dar marcha atrás. Si alguna vez le preguntaba cuándo podría salir o le decía cualquier cosa que pudiera interpretarse como una queja, la forma en que le contestaba no hacía sino aumentar su desesperación.

—Ni siquiera la reina Juana puede andar a su antojo por el castillo de Tordesillas. No quieras ser tú más que ella. ¿Acaso te falta algo?

Prefería no responder. Asumió su cautiverio pensando que, en algún momento, a su esposo se le pasaría el disgusto y las cosas volverían a ser como antes. Sin embargo, después de permanecer encerrada durante treinta y nueve días y cuarenta noches, ya no deseaba traer a su hijo a una vida como la de antes, en la que su suerte únicamente dependía del estado de ánimo de don Manuel. Había dejado de pensar que su esposo tenía más derechos sobre ella que su propia persona.

Las voces dormidas sólo benefician al que las obliga al silencio. Pero, afortunadamente, su voz estaba a punto de oírse. La paradoja quiso que fuera su esclava muda quien la despertara.

Las primeras semanas se sometió a don Manuel con el convencimiento de que tenía razón. No debió desobedecerle. Todas las mañanas le pedía que la perdonara, pero comprendía que la ofensa fue demasiado grande, el perdón tenía que hacerse esperar. Le retó acudiendo a conocer a la niña de Valvanera, sabiendo que a él no le gustaría. Le humilló delante de don Lorenzo y de la servidumbre. Le avergonzó forzándole a ir a recogerla él mismo al palacete como si le faltara autoridad para gobernar a los suyos. Se merecía el castigo.

Pasaba casi todo el día mirando por la balconada. Pero lo que podría haber supuesto un entretenimiento para ella, pronto se convirtió en una rutina que no le aportaba ningún aliciente. Para evitarle la tentación de comunicarse con la casa de su hermano, don Manuel había hecho trasladar su dormitorio a la fachada posterior de la vivienda. La única vista que divisaba era el patio trasero y la tapia que lo separaba del palacete contiguo.

Albergaba la esperanza de que cada noche fuera la última de su encierro. Recibía el peso de su marido intentando volver a quererle, procurando satisfacer sus caricias como cuando el deseo se parecía al amor. Le agradecía su ternura y sus cuidados, le devolvía sus besos, y nunca le pedía nada. A él le gustaba así. La quería, aunque a veces tuviese que demostrarlo de una forma que algunos no podrían entender. Pero la quería. Y le dolía tanto el castigo como a ella. Él también necesitaba suavizarlo, no sólo por ella, sino por él mismo. Él sufría viéndola sufrir.

Don Manuel deseaba recuperar su confianza, pero se le hacía difícil, sólo lo conseguiría si ella lograba devolverle la tranquilidad que le había quitado. Si conseguía que no tuviera que preocuparse por su reposo, si le demostraba que era capaz de cuidar de sí misma y no volvía a defraudarle.

Horas antes de que la lluvia empezara a caer sobre Zafra como un diluvio, su esposo le hizo un gesto para que se aproximara a la puerta. Estaba a punto de cerrarla, tras haber dejado pasar a Olvido, y la miraba desde la rendija que quedaba entre el quicio y la hoja. Tenía las llaves en la mano.

—Si te portas bien durante varios días seguidos, dejaré que tu niñera sustituya a la muda alguna tarde. Estoy deseándolo. Después, ya veremos; si te lo propones, a lo mejor conseguimos que puedas salir al patio alguna mañana. Pero tienes que hacer un esfuerzo. Me harías tan feliz si consiguieras que pudiera dejarte cuidar de tus macetas otra vez.

Iba a darle un beso de despedida, pero Diamantina le cogió las manos y se acarició la cara con ellas.

—¿Cuándo? ¿Cuándo podré salir al patio? Por favor, deja que salga hoy, sólo un ratito. Por favor, un ratito. Iré yo sola, te lo prometo. Por favor. No hablaré con nadie.

Su esposo la dejó suplicar rodeándole la nuca con sus manos. Diamantina contemplaba la rendija de la puerta.

—¡Anda! ¡Deja que vaya! ¡Por favor! Aunque sólo sea bajar y subir. ¡Anda! ¡Déjame! Me portaré bien, ya lo verás. Llevo más de veinte días sin salir de esta habitación. Me siento como si estuviera en una jaula. ¡Por favor!

Don Manuel volvió a entrar en la habitación, ordenó a Olvido que saliera, cerró la puerta y volvió a echar la llave. La cogió por la cintura y la llevó a la cama.

—Ven aquí, pajarito. ¿No te gusta tu jaula?

Se metió bajo las sábanas mientras él se quitaba la ropa que acababa de ponerse. Acopló su cuerpo al de su esposo pensando en el aire que respiraría en el patio. Cuando don Manuel volvió a vestirse, se levantó y le acompañó hasta la puerta.

—¿Entonces? ¿Puedo salir hoy un poquito al patio?

Él la besó en la frente y le habló como si se tratara de una niña.

—Todavía no, mi amor. Este pajarito necesita reposo, y esperar tranquilito en su jaula hasta que su marido venga para cuidarlo. Ya sabes lo que pasa cuando te dejo sola. No querrás que tenga que enfadarme otra vez, ¿verdad?

—Pero podría bajar contigo. Por favor.

Diamantina empezó a llorar.

—Por favor, sólo un ratito.

Hasta que escuchó a don Manuel, y comprobó la expresión de su cara, no temió que estuviera tirando demasiado de la cuerda.

—¡Vamos, vamos! No vuelvas a estropearlo todo con tus lloriqueos. Me estás haciendo perder mucho tiempo esta mañana. Tengo que irme.

Abrió la puerta de la habitación, dejó pasar a la esclava, que esperaba al otro lado del corredor, y se marchó después de echar la llave.

Diamantina volvió a la cama, la rabia le había cortado el llanto.

A excepción de la criatura que aún crecía en su vientre, los sentimientos más hermosos se los arrancaba Olvido, con los dibujos que le pintaba sobre el vaho de los cristales.

—Píntame algo bonito, por favor.

2

La señora Diamantina tardó algún tiempo en advertir que sus dibujos tenían un significado. Su madre se los enseñó cuando era pequeña, era el único recuerdo que le quedaba de la vida anterior al accidente. Pero cuando su señora comprendió que podrían comunicarse a través del cristal, a Olvido se le abrió el firmamento con todas sus estrellas. Aprendió a leer y a escribir colocando al lado de cada símbolo el término que le correspondía. Los peces, el fuego, los leones, las gacelas, los chozos, las serpientes. Sus dibujos dejaron de ser garabatos sin sentido para convertirse en palabras que salían de sus dedos. En pocos días, consiguió memorizar todas las letras, construir sílabas y representar sonidos, aunque no tuviera un dibujo para compararlos. Por mucho que se lo hubieran dicho, nunca habría creído que la prisión que compartía con su señora pudiera convertirse en una puerta abierta. Todos los días aprendía alguna palabra. Diamantina le explicaba el significado y leía en voz alta para ella las frases que poco a poco comenzó a hilvanar sobre el cristal.

Siempre que la encontraba alicaída, se acercaba a la ventana y le contaba algún chisme de los que circulaban por el palacete. Los amores de la cocinera con el mayordomo, las peleas de los mozos de soldada, los despistes del administrador. Diamantina recibía las noticias como si cada una fuera un regalo. En el momento en que veía que su disgusto iba desapareciendo, le pedía que le contara el motivo de su tristeza como si se tratara de la vida de otra persona. Siempre terminaba llorando y preguntándole qué podría hacer para evitar su sufrimiento, y ella siempre le escribía en el cristal la misma respuesta.

—Haz tú misma lo que le aconsejarías a otras que hicieran.

—Debería huir de este palacio, ¿verdad?

Olvido se encogía de hombros. La decisión sólo podía ser suya. La mayor parte de las veces acababan riéndose, imaginando cómo se librarían de aquella cárcel que les había servido para conocerse después de haber vivido bajo el mismo techo durante años. Olvido le contaba historias de otras mujeres a las que había pertenecido, de sus peleas con sus esposos y de sus reconciliaciones, de cómo se amaban o se odiaban. De cómo había conocido algunos amores como pájaros que enseñan a volar a sus polluelos, y otros como hachas que les cortan las alas. Diamantina le rogaba que continuara con sus historias, se sorprendía con cada una de ellas.

—No entiendo cómo sabes tantas cosas de los demás.

Y el cristal volvía a llenarse de palabras.

—La gente habla sin reparos delante de una muda. No se plantean si soy sorda o no. No podría contar nada.

Por las noches, cuando escuchaban el chirrido de la cerradura, pasaban un paño por los cristales y recibían al carcelero en silencio. Olvido se retiraba sabiendo que a la mañana siguiente debía volver con novedades para su señora. Le traía noticias de la princesa y de Valvanera, de los niños, de las lluvias que anegaron la parte baja de la ronda. De la muerte del alcaide Bigotes.

Sin embargo, llegó un momento en que hubiera preferido no saber escribir las noticias que tenía que contarle. Uno de los comerciantes de la feria se había empeñado en hacer creer a toda la villa que su hijo no se había concebido como manda la ley de Dios. Diamantina leyó el mensaje mientras ella lo escribía. Su cara iba palideciendo con cada palabra.

—Todos los hijos se conciben de la misma manera. ¿Qué quiere decir como manda la ley de Dios?

Antes de que hubiera terminado su pregunta, Olvido ya había escrito otra frase en el cristal.

—Dice que estás enterrada en la cripta del palacio. Por eso nadie te ve desde hace un mes.

—¿Y mi esposo? ¿Qué dice mi esposo?

Los dedos de Olvido recorrían el cristal con dificultad. Tenía que secarlo y volverlo a empañar después de cada frase.

—Él sólo ríe. Dice que te mató porque no quería un hijo endemoniado, y se ríe a carcajadas.

—¡Dios mío del amor hermoso! ¡Tengo que salir de aquí! Habla con mi nodriza, tenemos que conseguir una llave de la cerradura.

Olvido le pidió por señas que repitiera lo que acababa de decir. Diamantina la miró con cara de extrañeza.

—He dicho que tengo que salir de aquí. No consentiré que manchen ni mi nombre ni el de mi hijo. Si el padre no es capaz de defenderlo, tendrá que hacerlo la madre.

La esclava se dirigió al cristal y escribió a toda prisa.

—¿Estás segura?

La señora asintió. Ella señaló la frase otra vez. Movía la cabeza arriba y abajo como si con cada movimiento volviera a preguntarle lo mismo.

—¿Estás segura?

—Sí, sí. Estoy segura. No puedo consentir que nadie pisotee mi nombre. Ni a mí.

Olvido buscó en su faltriquera y sacó una vela derretida. Cogió el dedo de la señora y lo presionó sobre la cera. Después, se dirigió hacia la puerta y simuló abrir y cerrar la cerradura, colocó la llave imaginaria sobre el hueco que dejó el dedo de Diamantina y apretó.

Su señora no salía de su asombro.

—¡No puedo creerlo! ¡Has llevado siempre la vela en la bolsa! ¡Sólo estabas esperando el momento para dármela!

La esclava cogió sus manos, las apretó contra las suyas y dejó la cera en la palma de Diamantina.

—¿Sabías que ocurriría?

Ella se encogió de hombros. Volvió al cristal y dibujó la cara de una mujer amordazada. Debajo del dibujo escribió su nombre.

—Diamantina.

3

Mamata le juró a la princesa que no hablaría con el comerciante, pero no le juró que no saldría de la casa.

Tal y como había hecho en ocasiones anteriores, esperó a que los demás durmieran para salir por la puerta de la leñera, tenía que arreglar lo que había estropeado. Se dirigió a la trasera del palacio de Diamantina, donde la esperaba su aya, y le entregó un papel.

—¿Cómo está tu señora? ¿Has podido verla?

La nodriza la condujo hasta la despensa y cerró por dentro. Hablaban en susurros en medio de la oscuridad.

—Hace dos semanas que el señor no me llama para que suba. Sólo deja que entre la esclava, como siempre.

—¿Ha bajado ya? ¿Tiene la cera?

—Sí ha bajado, pero no sé si hoy tampoco traerá el molde. Vendrá en cuanto se duerman las criadas que comparten el cuarto con ella.

Esperaron en silencio hasta escuchar los cuatro golpes que señalaban la llamada de Olvido. La esclava entregó a Mamata el molde de la llave con una sonrisa que le desbordaba la cara. La nodriza le entregó a ella el papel, le temblaba todo el cuerpo.

—¡Por fin! ¡Pobrecita mía! ¡Qué miedo habrá pasado! ¿Qué haremos ahora?

Mamata abrió la despensa y se dispuso a salir.

—Esperar a que os traiga la llave mañana por la noche.

Después se dirigió a Olvido.

—Entrégale el papel. No olvidéis quemarlo en la chimenea después de leerlo, es muy importante que no lo vea nadie.

Volvió al palacio de enfrente protegiendo la fragilidad de la cera con las dos manos. La solución de muchos problemas se encontraba en aquel molde. A la mañana siguiente, la llave colgaba en su pecho junto a la Virgen del Rocío.

Buscó a su señora y le explicó lo que tramaba.

—Tenemos que conseguir que Diamantina salga de su palacete. Sólo ella puede convencer a los jueces de Llerena de lo que pasó en la fonda.

La princesa la escuchó atentamente. El plan era bueno. Lo integrarían en el que ella había modificado. Pero nadie debía conocerlo, ni siquiera su familia. Diamantina podría volverse atrás en el último momento.

Mamata acudió esa misma noche al palacio de Diamantina para entregarle la llave a Olvido. Llamó a la puerta falsa con la señal convenida con la nodriza, pero nadie le abría. Esperó durante más de una hora hasta que comprendió que el aya no acudiría a su encuentro, y volvió al palacete. No sabía qué pensar. Antes del amanecer, su hijo entró en su habitación y la encontró todavía despierta.

—¡Madre! La esperan en las caballerizas.

No necesitó vestirse, se había acostado sobre la colcha, tal y como había salido a la calle. Cuando llegó a los cobertizos, encontró a la niñera envuelta en un mar de llanto.

—Lo siento, no pude ir. El señor volvió anoche bebido, nos mantuvo a todos en jaque hasta que conseguimos meterlo en la cama. Cuando miré el reloj de la iglesia ya habían pasado más de dos horas.

Mamata intentó tranquilizarla.

—No importa, no llores. No necesitará la llave hasta el domingo. Ahora mismo vamos a ver a Olvido y todo arreglado. ¿A qué hora suele bajar don Manuel?

Pero la niñera seguía llorando. Anudaba el mandil en sus dedos hasta convertirlo en un ovillo con el que se restregaba los ojos.

—Acaba de marcharse, ha dicho que estaría todo el día en el campo. Anoche no consintió en abrir la puerta de la señora. ¡Dios mío! ¿Qué pasará ahora con Diamantina? Olvido no puede salir de la habitación. ¿Cómo vamos a darle la llave?

Mamata sacó la cadena que llevaba al cuello y le mostró lo que colgaba de ella.

—Pero nosotras podemos entrar.

Después volvió a guardarse la cadena.

—Aunque será mejor que esperemos a mañana. No hay tanta prisa. Por la noche se la daremos a Olvido y pasado mañana la tendrá Diamantina. Todavía faltará un día para el momento en que la use.

El ama de cría la miró decepcionada.

—Pero ella la esperaba hoy. ¿No podríamos evitarle el sufrimiento de no saber si la tenemos o no?

Mamata sonrió y volvió a sacar la llave.

—¡Vamos!

Momentos después, las cuatro mujeres se abrazaban en silencio. Mamata no permitió los llantos ni los saltos de alegría.

—Eso tenéis que dejarlo para el domingo. Ahora tenemos que salir de aquí, si nos viera alguien se estropearía todo.

Diamantina acarició la llave con las dos manos. Se acercó a Mamata y la abrazó con toda su fuerza.

—¡Gracias! No puedes imaginar cuánto te lo agradezco.

—Es a mi señora a quien se lo debéis agradecer. Ella también os estará agradecida cuando cumpláis vuestra parte.

Se despidieron con la alegría de los que pronto se volverán a ver. En sus caras se reflejaba la excitación de las ilusiones a punto de cumplirse. Mamata, Olvido, Diamantina y su nodriza sabían que las agujas del reloj nunca pueden girar hacia atrás. El primer paso ya estaba dado, la llave funcionaba, Diamantina la escondería hasta el momento de la fuga. Sería el domingo, a la hora de la misa de la Encarnación y Mina. Las criadas de la princesa la visitarán vestidas de Valvanera y de doña Aurora, y éstas esperarán en el carruaje ataviadas con ropas idénticas a las que llevarán las criadas.

Mamata arrastró a la nodriza hacia la puerta. Asomó la cabeza al corredor, estaba vacío, nadie había advertido su presencia. Salió de la habitación con el aya dejando a Olvido y a Diamantina del otro lado.

—Seguid las instrucciones sin saltaros una coma. Todo saldrá bien. Echad la llave en cuanto salgamos.

4

El castigo que soportaba la nodriza de Diamantina era mucho mayor de lo que don Manuel podía calcular. Nunca se había separado de su señora. Se la arrimó al pecho cuando llegó al mundo, huérfana incluso antes de que sus pies abandonaran el vientre de su madre. La alimentó con su propia leche y veló sus sueños al tiempo que los de la niña que le arrebató la peste una semana antes que a su esposo, antes de cumplir los dos años.

Diamantina era para ella sangre de su sangre. Don Manuel sabía cómo escarmentarla con el peor de los castigos, el silencio. Las pocas veces en que le permitió que subiera a la habitación para ayudarla a lavarse, la vigilaba tan de cerca que resultaba imposible comunicarse ni siquiera con los ojos. Permanecía clavado delante de ellas, observando cada movimiento que pudiera contravenir las reglas que había establecido.

—No podéis hablar ni miraros a la cara. Si desobedecéis, se acabó el baño de agua caliente.

La niñera volvía a su alcoba con la frustración de no haberle dado un beso siquiera. La imaginaba soportando el silencio en compañía de una esclava incapaz de comunicarse con nadie. Sin saber si podría desahogar sus angustias en una persona con la que nunca había cruzado más de tres palabras, no sólo por la minusvalía de Olvido, sino porque su ocupación como ayudante de la cocinera la mantenía todo el día recluida en las cocinas. Incluso podría tratarse de una espía de don Manuel.

Todas las noches, cuando Olvido bajaba de la habitación de Diamantina, le preguntaba si la señora se encontraba bien. La esclava le tocaba el brazo y le decía que sí con la cabeza repetidamente. A las tres semanas del encierro, la llevó hasta la chimenea de la cocina, comprobó que nadie podía verlas y, con un palo, escribió en la ceniza una palabra que borró nada más terminar.

—Tranquila.

La niñera la miró atónita. Excepto ella y la señora Diamantina, que aprendió a leer a escondidas de su padre y disfrutaba enseñándole a ella, nadie en toda la casa sabía escribir. Don Manuel leía sin dificultad, pero para escribir utilizaba los servicios de un escribano. No tenía ningún interés en hacerlo él mismo.

—¿Sabes escribir?

Olvido asintió y volvió a coger el palo.

—También puedo memorizar lo que tengas que decirle. Seguro que le gustaría leerlo.

Así empezó a comunicarse con Diamantina. Hubiera podido enviarle cartas con la esclava todas las mañanas, pero don Manuel la registraba de arriba abajo antes de dejarla pasar al dormitorio. No podía esconder nada.

En una ocasión, la niñera sorprendió a Olvido cuando amasaba algo con los dedos.

—¿Qué tienes ahí?

Olvido le mostró el bloque de cera y escribió sobre la ceniza.

—Cuando la señora abra los ojos, también abrirá la puerta de la habitación. Don Manuel deja la llave siempre en el mismo sitio. Sólo tiene que esperar a que se duerma.

—¿No te lo ha visto el señor?

La esclava se escenificó a sí misma sacudiendo los brazos y con los dedos agarrotados. Después cogió la cera, la amasó hecha una bola y fingió relajarse. La nodriza sonrió.

—¡Qué espabilada! ¡Le has hecho creer que es para calmar los nervios!

Olvido confiaba en que Diamantina comenzaría muy pronto a quererse a sí misma; sin embargo, a la nodriza le costaba creerlo, hacía años que sufría los abusos de don Manuel convencida de que el amor era un diamante con aristas donde los cortes son inevitables. Por mucho que su esposo pretendiera limarlas, el mineral siempre se mantendría más fuerte que sus propios deseos.

La esclava no había presenciado la construcción del laberinto donde se había perdido Diamantina, donde la claridad y la sombra la engañaban cuando intentaba encontrar la salida y la empujaban cada vez más al centro. La esclava no lo había vivido, y se mantenía en que Diamantina conseguiría salir. Pero a veces la claridad elimina los matices, y resulta difícil distinguir si la pendiente sube o baja. La señora utilizaría las sombras para identificar el abismo. Saldría de su laberinto. Olvido estaba segura. Su niñera no tanto. No empezó a acariciar esa idea hasta un día en que Mamata la abordó en la plazuela, y le dijo que a medianoche la esperaría en la puerta falsa del palacete. Tenía que contarle los rumores que andaba propagando un comerciante que permanecía en la ciudad a pesar de que la feria de San Miguel había terminado hacía semanas. Mamata parecía asustada.

—Está utilizando a tu señora para hacerle daño a la princesa. Sus acusaciones están llegando demasiado lejos, pueden destruirlas a las dos.

Mamata no ahorró detalles. La nodriza conocía ya algunos rumores, pero nunca pensó que la gente pudiera creer a un hombre tan siniestro. Cuando escuchó la reacción de don Manuel ante las calumnias que inventó el comerciante sobre lo ocurrido en la posada, se indignó.

—Con esa actitud, conseguirá que los rumores se extiendan hasta asfixiarnos a todas. ¡Ojalá que mi pequeña se quite la venda con esto!

Convinieron en que Diamantina se uniría a la fuga de la princesa para aclarar ante el Santo Oficio lo ocurrido en la fonda. Mamata se encargaría de llevar el molde al herrero. Olvido entregaría a su señora la llave y un escrito con todos los detalles de la fuga. Varias noches esperaron durante horas en la despensa a que la esclava bajara con el molde de la llave. Pero Diamantina necesitó días enteros hasta reunir el valor que le aseguraba que su esposo dormía profundamente.

La noche en que por fin entraron en el dormitorio con la llave que había conseguido Mamata, el miedo a despertar a los demás criados las obligó a seguir callando, pero sus ojos se dijeron todo lo que el silencio es capaz de guardar. No se entretuvieron más que unos instantes, los suficientes para saber que las paredes del laberinto habían cedido. Nunca más volverían a taparles la boca.

Olvido sonreía como si la victoria se hubiera adelantado a los pasos que aún les quedaban por andar. Saboreaban el triunfo que les esperaba, incierto todavía, pero ya parecía brillar en sus manos.

Mamata las apremiaba a darse el último abrazo.

Se despidieron con frases a medio terminar. Empujadas por la prisa de Mamata, pero sabiendo que los muros también se pueden derribar desde dentro.

Diamantina cerró la puerta con su propia llave. Al día siguiente, bajó al patio una hora después de que su esposo se marchara. Su nodriza le echó un manto por encima y la llevó hasta la galería.

—¡Estás loca! Si alguien te ve, nuestros planes se irán al traste. Sube inmediatamente si no quieres que se estropee todo.

—No te preocupes, nadie se ha dado cuenta. No volveré a salir hasta el día convenido. Tenía que oler los geranios.

Capítulo VII

1

Era más de medianoche. Se puso una capa sobre su túnica de algodón y esperó en el patio a que la llamaran del palacio de enfrente. Los gritos que deberían oírse desde el otro lado de la plaza no acababan de llegar. El silencio se le hacía interminable. Valvanera, sentada a su lado, sostenía dos cestos, uno repleto de hierbas curativas y otro de paños de algodón. Miraba al zaguán, deseando como ella que llamara la nodriza después de escucharse el alboroto de la casa de los Señores de El Torno.

—¿Has oído eso? ¡Parece que ya se oye algo! ¡Escucha! ¡Sí, sí, es un chillo! ¡Es Diamantina!

Los chillidos de Diamantina se oyeron en toda la plaza, pero la nodriza no llegaba. Quizá se equivocó al pensar que don Manuel la llamaría en cuanto viera que el niño volvía a poner en peligro la vida de su esposa.

Se asomaron a la portezuela del zaguán. En el palacio de Diamantina, los candiles comenzaron a prenderse en todas las habitaciones. El moro que vigilaba en la plazuela salió corriendo en la dirección de la posada, seguramente se disponía a informar al comerciante de que algo extraño sucedía.

Antes de que se abriera la puerta del palacete y apareciera la figura de Olvido envuelta en una toquilla, el hombre de negro ya se había presentado en el Pilar Redondo. Acudía todas las mañanas y todas las tardes desde que don Lorenzo se marchó, hablaba durante un rato con sus criados apoyado sobre el pilar, y observaba los balcones con la clara intención de que todos en el palacete supiesen que les vigilaba. La princesa sabía que al principio no se extrañó de la ausencia del capitán. Había preguntado a Virgilio y a José Manuel si era lógico concertar la venta de la uva mes y medio después de que terminara la vendimia. Pero la respuesta de los posaderos pareció convencerle.

—Este año todo el mundo la está vendiendo tarde. Ha habido mucha cosecha en todos lados. Además, él tendrá que buscar compradores nuevos, no puede pisarle las bodegas a su hermano.

Sin embargo, a medida que pasaban los días y el capitán no regresaba, se le veía con más frecuencia en la plazuela. Poco después de la conversación con Virgilio y con José Manuel, reforzó la vigilancia sobre todos los habitantes del palacete, nadie salía a la calle sin llevar detrás a uno de sus criados.

La princesa sólo abandonaba su casa para acudir a la misa de doce con Valvanera. No faltaban ni una sola mañana, especialmente desde que apareció el comerciante. Necesitaban demostrar que cumplían con los ritos cristianos, siempre sería mejor pecar por exceso que por defecto. Doña Aurora lo aprendió de los judíos de la calle del Pozo, que construyeron una capilla diminuta aprovechando un hueco entre dos casas para que todo el pueblo supiera que habían abandonado su credo. Cuando se extendió el rumor de que el Santo Tribunal preparaba una visita de distrito, el Cristo del Pozo se convirtió en el lugar más visitado de toda la judería.

Normalmente, Mamata se quedaba cuidando de los niños hasta que ellas regresaban, sólo asistía a los oficios sagrados los domingos y las fiestas de guardar. Ella no necesitaba alardear de su fe, al igual que su marido y sus hijos era cristiana vieja.

Uno de los moriscos permanecía vigilando el palacete mientras las moras seguían a la princesa y a Valvanera a la misa. Todos los días se producía el mismo movimiento en la plazuela, el relevo de los vigilantes. El moro que había pasado la noche sentado en el brocal del pilar era sustituido por las dos moras cuando las campanas de la iglesia daban las siete y media. A la hora de la misa, llegaba el otro para que ellas pudieran seguir a doña Aurora y a Valvanera hasta la iglesia.

La princesa soportaba el asedio del palacio pensando que, finalmente, acabaría por beneficiarles; el comerciante se sentía seguro controlándoles cada paso, creería la artimaña de las capas. Sin embargo, el hecho de sentir cómo las moras le pisaban los talones hasta el interior de la colegiata le producía un profundo malestar. No le agradaba tener que fingir una fe que no era la suya, y sabía que las jóvenes no las seguían para testificar sobre sus buenos hábitos religiosos, seguramente ellas mismas tampoco profesaban la fe que simulaban. Pero sentía como si aquellas muchachas las condujeran todos los días a un lugar equivocado. En aquel templo, ni siquiera le quedaba el consuelo de rezar a los dioses que reposaban debajo del altar, como ocurría en los que levantaron los españoles en su tierra, donde los sacerdotes ocultaban bajo los cimientos los ídolos que les obligaban a destruir.

La presencia de las moras al final de la iglesia le resultaba insoportable. Desmentía la ilusión que se había forjado al pensar que ella misma eligió voluntariamente acudir a misa diaria. Era verdad que nadie la forzaba, pero también era cierto que aquella vigilancia convertía su asistencia a la misa en una obligación. Lo importante no era que las moras sabían cuándo asistían, sino que podrían informar a todo el que se lo preguntase en caso de que no lo hicieran.

Participaba en el oficio religioso como cualquiera de las mujeres que abarrotaban la iglesia. Contestaba al sacerdote en latín, un idioma que no entendía, se arrepentía de los pecados que llevaron a la cruz al dios de aquellas tierras, confesaba los suyos propios, y comulgaba con el mismo fervor que el resto de las feligresas. Al regresar al palacete, invocaba junto a Valvanera y a los niños a su diosa del agua, a la Serpiente Emplumada y al Señor del Cerca y del Junto, y les pedía perdón por haberles traicionado.

La criada se lamentaba con ella de su cobardía. Con la desaparición del besador, no podían sino pensar que sus dioses las estaban castigando.

Muchas veces le planteó a Valvanera si deberían interrumpir las enseñanzas que impartían a los pequeños, su futuro sería más fácil si sólo conocieran a los dioses del nuevo mundo. Pero sería tanto como renegar de la sabiduría de sus antepasados, de lo que les transmitieron en los libros de tinta roja y negra, de todo en lo que habían creído desde que les alcanzaba la memoria. Si no compartieran con los niños los conocimientos que sus mayores compartieron con ellas, el olvido se llevaría la historia de su pueblo, y el secreto de los sabios que guardaban los códices se quedaría en un recuerdo que moriría con ellas.

La esclava la miraba con ojos de aceptar lo que ella decidiera.

—No sufras más, mi niña, nuestros dioses sabrán perdonar cualquier cosa que hagamos, ellos tienen que saber mejor que nadie que a veces pesa más la memoria que el olvido.

2

Juan de los Santos entró en la taberna de la posada con la sombra del miedo en el rostro. Llevaba varios días sin aparecer por allí. Detrás del mostrador, Virgilio limpiaba los vasos que se amontonaban en la artesa.

—¡Dichosos los ojos! ¿Te hace un vinito?

El mozo asintió, se bebió el vino de un trago y se restregó los ojos como si acabara de levantarse. El posadero volvió a llenarle la copa.

—¿Qué te pasa? Se diría que acabas de ver al mismísimo Demonio.

Pero no hacía falta ver a Satanás para saber que el infierno les rondaba.

—Vengo de la Plaza Chica. Una de las verduleras dice que ha visto a la Serpiente del Castellar.

La cara de Virgilio palideció.

—¡No puede ser! ¿Otra vez?

—No sé de qué te extrañas. La Inquisición está a punto de llegar. Acuérdate de hace diez años. Veremos cuánto tardan en acusar a cualquiera de ser un alumbrado. Y para colmo, ese pájaro de mal agüero estaba allí, le ha faltado tiempo para aprovechar lo de la bicha y lanzarlo contra nosotros.

Virgilio se sirvió un vaso de vino. Salió al otro lado del mostrador y se sentó junto a Juan de los Santos.

—No comprendo qué hace aquí todavía. No hace más que preguntar y preguntar. Y todas las preguntas tienen que ver con la princesa o con tu esposa.

El mozo de espuela se giró hacia la entrada de la fonda y señaló hacia la calle.

—¡Ya lo sé! ¡Mira!

Uno de los criados del comerciante contemplaba los trozos de mazapán de la dulcería.

—Lo llevo pegado al trasero desde que se fue mi señor.

Juan y Virgilio eran hermanos de leche, la madre de Juan les amamantó a los dos cuando a la de Virgilio la contrataron para criar a uno de los hijos de los Condes de Feria. Se querían más que muchos hermanos de sangre. Desde que se marcharon a vivir al palacete, no había tarde que Juan de los Santos no se pasara por la fonda para echar unas cartas con él y con José Manuel. A veces las partidas se alargaban hasta bien entrada la noche, Valvanera siempre le esperaba despierta y le mostraba la cuna donde dormía la pequeña Inés.

—Tu hija te conocerá por lo que yo le hable de ti.

Apretaba los labios mientras hablaba y le miraba desafiante. Pero él sabía que sólo eran gestos, la besaba en la boca fruncida y la llevaba al calor de las mantas. Al día siguiente, volvía a llegar a deshoras y Valvanera seguía esperándole. Sin embargo, desde que don Lorenzo se marchó a Granada, apenas iba a la taberna. Se le escapaban los días vigilando a los criados de su casa y sintiéndose vigilado por los del comerciante. A veces acompañaba a Valvanera y a Mamata a por verduras a la Plaza Chica. Solían comprar siempre a la misma melonera, la que había visto a la serpiente. Atravesaba la sierra de El Castellar todos los días desde la Alconera con su marido y con uno de sus hijos, el marido recorría el pueblo vendiendo huevos y leche por las casas, y ella se quedaba con el hijo en la Plaza Chica, atendiendo el puesto.

Cuando llegaron al arco donde solían comprar, Juan, Valvanera y Mamata se encontraron con un corrillo de gente alrededor de la verdulera, que no paraba de hablar y hacer aspavientos.

—¡Tenía la cabeza tan grande como una ternera, y los ojos enormes y espantosos, era tan gruesa como un tronco de árbol, y levantaba el pecho como las salamanquesas!

A su lado, otra mujer gritaba muy alterada. El círculo crecía a medida que sus gritos inundaban la plaza.

—¡Es la misma que vi yo la otra vez! ¡Desde entonces no he vuelto a pisar la sierra! ¡Me robó el sueño durante más de seis meses!

El hijo de la verdulera intentaba poner orden en el griterío, sujetaba a su madre y le hablaba tan bajo que apenas podía oírsele, pero, en lugar de calmarla, conseguía enervarla aún más.

—¡No me digas lo que he visto! ¡Era la sierpe de los alumbrados!

El chaval no se atrevió a contradecirla, la muchedumbre la jaleaba y la animaba a continuar.

—Estaba detrás de un peñasco enorme. Cuando ellos se volvieron, el Sol les deslumbró, por eso no la han visto. Pero yo vi con estos ojos cómo echaba fuego por la boca y se metía en su cueva.

La otra mujer completaba el relato añadiendo detalles que casi todos los presentes conocían. La leyenda de la Serpiente de El Castellar atemorizaba a toda la comarca desde tiempos remotos.

—Acordaos de la otra vez. Aunque la vieron algunos valientes, ninguno osó levantar armas contra ella, ni se le pasó por el pensamiento, sino que huían volviéndole la cara, desquiciados y aterrorizados.

Juan de los Santos no quería seguir escuchando aquellas supersticiones, que se repetían siempre iguales cada vez que la Inquisición hacía acto de presencia en la ciudad. Miró a Valvanera y a Mamata y les hizo un gesto para que regresaran al palacete. Al darse la vuelta, se encontraron frente a frente con el hombre de negro. Como siempre, les hizo una reverencia con una sonrisa que sólo podía interpretarse como un mal presagio.

—¡Buenos días, señores! ¿Ya se van? ¿No les interesa conocer el final de la historia?

El mozo de espuela sujetó a cada una de las mujeres por un brazo y siguió su camino sin contestar. A sus espaldas, escuchó al comerciante que se dirigía al corrillo de la melonera.

—Yo también conozco historias de serpientes. Serpientes emplumadas.

Valvanera hizo ademán de volverse, pero su esposo la retuvo y la obligó a seguir caminando.

—No merece la pena. Puede contar sus patrañas cuando no estemos delante. Ya nos llegará nuestra hora, no tengas prisa.

Las acompañó al palacete y después se marchó a la fonda. Hablaría con su amigo Virgilio para que contrarrestara los chismes de la hiena entre los parroquianos que acudían a su establecimiento.

Sólo faltaban tres días para la fecha prevista para la fuga. Don Lorenzo ya estaría cabalgando de regreso con las pruebas que inculparían al comerciante, el domingo tendría que morderse la lengua.

3

El cabildo de Zafra organizó una batida con otros pueblos vecinos para buscar a la serpiente. Varias personas dijeron haberla visto cuando atravesaban los montes de El Castellar. Generalmente, las apariciones se producían en solitario, comerciantes o pastores que repetían la mis-

ma historia y que no aportaban más pistas que las que todos conocían. En las apariciones de años atrás, la criatura
misteriosa se manifestó en dos o tres ocasiones ante dos
personas juntas, y una sola vez ante tres miembros de una
misma familia que cruzaba la sierra camino de la Puebla
de Sancho Pérez. Sus testimonios podrían haber servido en
el registro de la mancha, la primera operación que se realiza
en cualquier batida, en la que se averiguan los parajes donde
se encaman las presas a batir. Pero todos acabaron mu-
dándose más al norte de Extremadura, sin reponerse nunca del pánico con el que les marcó la bestia. Habría que ir
a buscarlos a Trujillo, a Don Benito y a Villanueva de la Se-
rena y no había tiempo para eso.

En cada una de las apariciones anteriores se produjo el rastreo de la sierra sin obtener resultados. El animal nunca volvió a aparecer. Esta vez, las autoridades di-
vidieron a los voceadores de cinco en cinco, y confiaron
la dirección de cada grupo a uno de los señores de la villa.
No sólo para intentar dar muerte al reptil, sino para provocar su aparición ante un grupo nutrido de personas ca-
pitaneadas por una voz que, en caso de que consiguiera
escaparse, garantizara la veracidad de los hechos.

Don Manuel de la Barreda se preparaba en el cuarto
de Diamantina para encabezar uno de los grupos de campesinos.

—Dicen que no es serpiente sino criatura superior
y demonio, porque es imposible que se haya podido criar
en estas tierras.

Diamantina le miró fingiendo no dar importancia
a lo que acababa de escuchar. Por segunda vez en pocos
días, le nombraban al Maléfico rodeado de extrañas cir-
cunstancias. No podía deberse a la casualidad.

—Estas tierras son prósperas, yo pienso que cualquier cosa se puede criar aquí. No sé por qué dicen eso.

Su marido le tocó la tripa. Era la primera vez que acariciaba al bebé, que empezaba a presentirse en la curva que redondeaba su cintura. Siempre había evitado rozarle el vientre cuando la tocaba.

—Tú cuídate y no pienses.

Don Manuel terminó de ajustarse el jubón, abrió la cerradura del dormitorio, registró a Olvido y le lanzó un beso desde el otro lado de la puerta. Cuando echó la llave, Diamantina se lanzó sobre el colchón, buscó debajo del hinchamiento y acarició la suya sin sacarla de su escondite. La esclava empañó el cristal para escribir un mensaje de su nodriza.

—Las cosas no pueden andar peor, el comerciante de paños acorrala a doña Aurora y a Valvanera. Ahora dice que la serpiente es un dios de los indios, un demonio con plumas al que ellas invocan para que devore a los hombres de buena fe.

Olvido borraba las palabras que Diamantina leía en voz alta; cuando terminó de borrar, empañó de nuevo los cristales para volver a escribir. Tal y como le había dicho su esposo, en el pueblo se pensaba que, siendo un animal tan fiero, no podía haberse criado sin causar daños terribles en las huertas o en las granjas de la zona. Ningún campesino había echado en falta una sola cabeza de sus animales, ni vio sus huertos utilizados para otra cosa que para su propio provecho. Nadie podía entender cómo podría criarse una fiera tan enorme en la sierra de El Castellar, árida y rocosa, sin haber bajado al llano alguna vez, donde podría encontrar su alimento. La serpiente no era de este mundo.

Diamantina tembló al pensar en la princesa, el comerciante se empeñaba en arruinar el respeto que había conseguido construirse. Durante los meses que vivió en la posada, ni un solo hombre o mujer se atrevió a levantar la voz en su contra o en contra de Valvanera. Don Lorenzo no lo hubiera consentido. En memoria de su madre mora, no hubiera tolerado que nadie rebajase otra vez a la mujer que más amaba en el mundo. Sin embargo, tampoco le hizo falta. La princesa se ganó el respeto y la admiración de sus nuevos vecinos con su sola presencia. Enamoraba al andar. Cualquiera que tuviera tratos con ella descubría su embrujo. Por mucho tiempo que viviera, Diamantina nunca olvidaría sus manos tocándole la frente, apaciguando el calor de su cuerpo con sus paños de algodón, siempre al lado de su cama cuando recobraba el sentido. Doña Aurora no se merecía que nadie buscara su mal.

Olvido se sentó en un sillón y comenzó a repasar un bordado, la única actividad que don Manuel les permitía en su cautiverio. Con frecuencia, cuando la veía absorta en sus pensamientos, se sentaba a su lado y se ponía a coser sin molestarla. Diamantina le agradeció internamente su discreción. No tenía ganas de hablar. Se tumbó en la cama y se mantuvo en un duermevela prácticamente el resto del día.

Hasta que llegó la noche, no volvió a dirigirse a la esclava. Cuando escuchó la cerradura de la puerta, se acercó a su oído.

—Sólo faltan tres días, ¿verdad?

Don Manuel entró un momento, registró a la criada, la hizo salir con él al corredor y se volvió antes de cerrar.

—Hoy estoy muy cansado, dormiré en mi alcoba.

Diamantina corrió hacia él y sujetó la puerta.

—¿Habéis encontrado a la serpiente?

Su esposo la miró como si estuviera reprimiendo un insulto. Por un momento, pensó que había averiguado algo sobre la llave del colchón.

—Si la hubiéramos encontrado te lo habría dicho, ¿no crees?

—No sé. Quería decir que...

No la dejó terminar, volvió a mirarla, esta vez parecía que se apiadaba de un perro abandonado. Le acarició la mejilla, se acercó para besarla y transformó la voz para tratarla como si fuera una niña.

—Pues claro que te lo hubiera dicho, pequeña. Dime, ¿alguna vez te he ocultado algo?

Por supuesto que le había ocultado muchas cosas, pero se habría enfadado si le hubiera dicho la verdad.

—No.

—Vete a dormir, pajarito, mañana vendré a sacarte de la jaula. Nos vamos al campo.

4

La nodriza se asustó cuando leyó lo que le escribía la esclava. El señor no podía terminar con el encierro antes del domingo, si se la llevaba a la casa del campo fallaría todo lo que habían tramado. Tenía que averiguar qué había ocurrido en la batida para provocar su cambio de actitud. Buscó en las caballerizas a los mozos que acompañaron a don Manuel. Afortunadamente, todavía no se habían marchado. Les conocía poco, sólo de verlos en el cortijo cuando pasaban algunas temporadas en los meses de calor, pero llevaban toda la vida al servicio de don Manuel, no les extrañaría que les invitara a un trozo de queso de Castuera y a una copa de vino.

—Tenéis que reponer fuerzas. Creo que ha sido un día muy duro, ¿no?

Los muchachos aceptaron la invitación, no podían desaprovechar la oportunidad de comer al abrigo del fogón de la casa grande. Pocas veces disfrutaban de ese privilegio. Acompañaban a don Manuel en todas sus cacerías, pero siempre regresaban al campo al terminar la jornada. Vivían en el cortijo de la Gavilla Verde durante todo el año. Sus padres, sus abuelos y sus bisabuelos habían sido los guardeses hasta que les llegó su última hora.

Entre los dos, se comieron una hogaza de pan untada en el queso. La nodriza les contemplaba sin decir una palabra, les preparó un solomillo de retinto que don Manuel no se había comido y se lo sirvió. Tarde o temprano acabarían hablando de sus hazañas del día, todos los hombres lo hacen. Después de comerse la carne, el mayor de ellos se levantó y tiró del otro.

—La noche se está cerrando mucho. Deberíamos marcharnos si queremos ver algo por el camino.

El aya señaló el cuarto de detrás de la leñera y se dirigió al mozo que acababa de hablar.

—Podéis dormir aquí si queréis, tenemos mucho sitio. Así mañana no tenéis que volver si hay batida otra vez.

Los mozos dudaron como si les agradara la idea, pero el mayor tomó la palabra de inmediato.

—Me extrañaría mucho que don Manuel quisiera repetir. De todos modos, no podemos quedarnos, los perros no han comido hoy.

La nodriza cogió la olla que había en el fuego y se la enseñó.

—Pues a nosotros nos ha sobrado todo esto. ¿Queréis que os lo prepare? Seguro que ellos también se merecen una recompensa.

El menor se levantó para ver el contenido del puchero.

—¡Ya lo creo que se lo merecen! ¡Nunca he visto una suelta más rara!

La nodriza sacó una bandeja con mazapanes y confituras y les hizo un gesto para que volvieran a sentarse.

—Pues esperaos mientras busco dónde os lo pongo. Tomad un poco de postre. ¿Así que la suelta ha sido rara?

—¡Y tanto!

—¡Ya lo creo! Los pobres lebreles no sabían adónde acudir. Había tanta gente cuando les quitamos las traíllas que cualquiera hubiera dicho que estábamos en la feria. En vez de salir corriendo en busca de la sierpe, se quedaron olisqueando las correas como si quisieran que los volviéramos a atar.

Los dos mozos soltaban por fin la lengua. La nodriza sacó una botella de aguardiente y les sirvió. Mientras oía la conversación, revolvía entre las cacerolas y rellenaba los vasos cada vez que los vaciaban.

—Por primera vez en mi vida no me he guiado por el latido de la jauría, sino por las voces de los ojeadores que llevábamos delante. ¡Madre mía del amor hermoso! ¡Si no nos quedó otro remedio que atar a los perros otra vez!

—¿Y qué me dices de la aparición?

Los dos mozos soltaron una carcajada. El mayor miró a la puerta de la cocina y bajó la voz.

—No te rías, al señor no le hizo ninguna gracia.

—¿Y cómo iba a hacerle gracia? Si aquel hombre parecía salido del mismísimo infierno.

—¡Menudo susto cuando lo vimos detrás del zarzal! Eso sí es aparecerse, y no lo de la serpiente, que no hay quien la vea ni viva ni muerta.

—¿Te diste cuenta de cómo le mudó la cara a don Manuel?

—¡Pues claro!

Los mozos volvieron a reírse y a llenarse las copas.

—¡Pues no va y le dice que la señora Diamantina tendrá que dar cuentas de lo que está pasando!

—¿Y qué tendrá que ver la señora? Si la pobre no sale de su habitación desde hace mes y medio.

La nodriza no supo quedarse callada por más tiempo.

—¿Qué decís de la señora?

—Que por si no tuviera suficiente con lo que tiene, ahora la acusan de liarse con las indias para invocar a Satanás.

—¿Y el señor? ¿Qué ha dicho?

—Casi le parte la cara. Si no llega a ser por los moros que iban con él, mañana íbamos de entierro.

—¿Creéis que hará algo?

—Por lo pronto, mañana nos llevamos a la señora a la Gavilla Verde. Después, él sabrá lo que tiene pensado, no nos ha dicho gran cosa.

Los cuellos de los muchachos no podían sujetar sus cabezas, se les caían como a los muñecos de trapo. La nodriza llamó a Olvido y, a pesar de su resistencia, los llevaron a la habitación y los metieron en la cama.

La esclava lo había escuchado todo desde el cuarto de al lado, la nodriza se puso una toquilla y se dirigió a la puerta falsa.

—Me voy a ver a Mamata. Tenemos que pensar cómo retener a la señora hasta el domingo. Espérame aquí para abrirme cuando regrese.

Se dirigió al palacio de enfrente y dio unos golpes en la puerta falsa. Al momento, el hijo menor de Mamata le abrió y la condujo hasta las cocinas. Mamata apareció enseguida envuelta en una colcha. Se sentó, escuchó lo que la nodriza acababa de descubrir y se puso de pie.

—¡Vamos! Hay que contárselo a la princesa.

Momentos más tarde, doña Aurora llamó a Valvanera a su dormitorio, Juan de los Santos no había regresado todavía de la fonda. Las cuatro mujeres se afanaban en encontrar una solución al problema que se les planteaba sobre lo previsto para la fuga. La nodriza no sabía qué hacer.

—¿Y si le contamos al señor don Manuel lo que habíamos pensado? Seguro que ahora no tendrá inconveniente en dejar que la señora Diamantina se marche.

Mamata la miró como si hubiera perdido la razón.

—¿Te has vuelto loca? Él no la dejará marcharse de su lado, a menos que vaya con los pies por delante.

—A lo mejor con esto cambia. No consentirá que el comerciante le haga daño.

—Las serpientes no cambian, sólo mudan la piel.

Valvanera y doña Aurora hablaban entre ellas. Cuando las criadas se callaron, la princesa planteó el modo en que podrían retener a Diamantina en la casa. La nodriza regresaría al palacio, llamaría a la puerta de Diamantina, y le contaría cómo tenía que proceder. Esa misma noche, fingiría encontrarse al borde de la muerte y llamaría a gritos a su marido y a la princesa. Cuando don Manuel la viera retorciéndose de dolor, las llamaría a ella y a Valvanera para que la auxiliaran. Ellas acudirían para prohibirle a la joven que se levantara de la cama en un par de meses.

La nodriza regresó al palacete con las instrucciones. Mamata se quedó en la habitación de los niños para calmarlos si se despertaban con los gritos de Diamantina. Valvanera y la princesa prepararon los cestos de las hierbas y los paños de algodón, y bajaron al patio para esperar a que las llamaran.

Capítulo VIII

1

Coincidiendo con la entrada de la primavera, todos los años se celebraba en el barrio judío la Velá del Pozo. Pero ante la llegada del Santo Oficio, los conversos decidieron adelantar la fiesta a mediados de noviembre, para dejar constancia de su devoción cristiana ante el Tribunal. Diamantina le dio permiso a su nodriza para que ayudara a sus hermanas en los preparativos. Todos los sábados se reunía a comer con su familia, pero aquél era un día especial: después del almuerzo, en los alrededores de la pequeña iglesia, comenzaba a sentirse el bullicio que presagiaba la fiesta de la noche, cuando los bailes y la música se mezclarían con las oraciones con que velarían al Cristo.

Cuando don Manuel se lo aprobaba, Diamantina acompañaba a su aya el día de la fiesta. Se acercaban hasta la calle del Pozo después de la misa y ayudaban a colocar los farolillos con que adornaban el barrio. Le encantaba sentirse útil. Sin embargo, en aquella ocasión, su nodriza no tuvo otro remedio que acudir sola. La princesa le había prohibido delante de su esposo moverse de la cama.

Nunca pensó que pudiera ser tan fácil engañar a don Manuel. Su alcoba se encontraba al otro lado del corredor, junto a la salita donde solía recibir a los aparceros en el invierno. En los meses de verano, se trasladaban a vivir a la planta baja del palacio, mucho más fresca que la de arriba. Pero en invierno la humedad se colaba hasta las sábanas y se mudaban a la planta superior, donde se reproducían todas las estancias de la de abajo, el comedor, las salitas, los salones, las alcobas, las cocinas, todo se había construido por igual en las dos plantas de la vivienda.

Hasta la llegada del invierno, solían vivir a caballo entre los dos pisos, alternándose en los dormitorios de uno y de otro en función de los coletazos de calor con que se presentara el otoño, aunque la vida cotidiana seguía manteniéndose en el de abajo. Excepto Fermín, el mayordomo, que dormía en una habitación contigua a la de don Manuel, la servidumbre se acostaba en los cuartos que daban a la leñera y al patio de las cuadras. Cuando llegaba el invierno, se trasladaban al altillo.

Habían golpeado la puerta de su habitación, Diamantina sabía que no podía ser nadie más que su aya o su esclava. Abrió con su propia llave, muy despacio, para no romper el silencio que invadía toda la casa. Olvido y la nodriza esperaban al otro lado de la puerta, con instrucciones de doña Aurora.

Antes de comenzar a gritar, como le habían indicado, Diamantina hizo tiempo para que Olvido y su nodriza bajaran a las cocinas. Su esposo tenía que ser el primero en acudir en su auxilio. Su niñera y su esclava debían aparecer con el resto de la servidumbre, que todavía dormía en la planta inferior. De lo contrario, don Manuel podría sospechar.

Escondió la llave en el lugar habitual, miró por el balcón, se sentó y se levantó, dio varias vueltas a la alcoba, volvió a mirar hacia el patio trasero, y a sentarse, y a levantarse, y a mirar por el balcón. Y se tumbó en la cama.

Se levantó, se acercó a la puerta, y lanzó el primer alarido. Gritó como le había dicho su nodriza, como si le estuvieran arrancando al bebé de las entrañas. Entre chillido y chillido, escuchaba la voz de Fermín que alertaba a su esposo.

—¡Señor! ¡Señor! ¡Despertaos!

Pero don Manuel no se despertaba. Como siempre que llegaba agotado, se habría tomado sus hierbas, unas que le daban en el campo y le provocaban un sueño tan profundo que a veces se dormía durante más de catorce horas.

El mayordomo se acercó a su habitación.

—¿Qué os sucede, señora? ¡Tranquilizaos! ¡Enseguida viene don Manuel!

Escuchó las escaleras. Los criados del piso de abajo comenzaban a subir y a arremolinarse alrededor del mayordomo. Ella gritaba. Fermín corría de un lado al otro del corredor, aporreaba la puerta de don Manuel y volvía a la suya.

—¿Qué os pasa? ¡Por el amor de Dios, decidme qué os pasa!

Pero ella sólo gritaba y repetía el nombre de su esposo y el de la princesa. Gritó hasta que don Manuel acabó por oírla y salió de su cuarto. Cuando escuchó su voz al otro lado del corredor, se acercó a la cerradura.

—¡Me desangro! ¡Llamad a doña Aurora! ¡Llamadla, por favor! ¡Me estoy desangrando!

Su esposo la encontró arrodillada sobre un charco de sangre. Le levantó el camisón y tocó sus muslos empapados. Sus brazos se mancharon de rojo cuando la llevó a la cama. Se volvió al mayordomo y gritó.

—¡Que alguien traiga a la princesa! ¡Corred!

La nodriza se acercó con los ojos llenos de lágrimas.

—¿Qué ha pasado?

Don Manuel le pasaba la mano por la frente.

—¡Tranquila! Doña Aurora te curará.

Ella se quejaba.

—¡Me duele mucho!

Los criados no se atrevieron a entrar, esperaban todos en el corredor asomando las cabezas por la puerta abierta. Sus voces se escuchaban como una letanía, probablemente horrorizados a la vista de la sangre.

—¡Virgen de los Desamparados!

—¡Santa Madre de Dios!

—¡Jesús!

Olvido no se encontraba entre ellos, quizá fuera la encargada de acudir al palacete de enfrente. Una voz gritó desde el pasillo.

—¡Ya están aquí!

Cuando Valvanera y doña Aurora alcanzaron la cabecera de su cama, la princesa ordenó que salieran todos de la habitación. Su esposo no dejaba de besarle las manos. Antes de salir, se dirigió a las recién llegadas con un hilo de voz, reprimiéndose para no llorar.

—¡Salvadla a ella!

Valvanera permanecía de pie al lado de doña Aurora, llevaba un cesto colgado de cada brazo.

—No os preocupéis, los salvaremos a los dos.

Su esposo cruzó la puerta que nunca más volvería a cerrar con llave. Envió a la servidumbre de vuelta a sus habitaciones, esperó una hora hasta que le dejaron pasar, y les rogó que permanecieran a su lado el resto de la noche para cuidarla. La princesa le tranquilizó. No era necesario, el niño estaba creciendo bien, y Diamantina sólo necesitaba reposo. No debía moverse de la cama en un par de meses. Pero si él se quedaba más tranquilo, ella no se movería del lado de Diamantina. Valvanera sí, tenía que amamantar a su bebé.

Su nodriza esperaba fuera, miró a don Manuel pidiéndole permiso para entrar y él apuntó con la mano abierta hacia la cama en señal de que se lo estaba concediendo.

Después, su esposo acompañó a Valvanera hasta el corredor. Aunque hablaban en voz baja, pudo escuchar lo que se decían. A don Manuel se le notaba la preocupación.

—Entonces, ¿está bien?

Era la primera vez que Valvanera hablaba directamente con él.

—No tengáis cuidado. Está bien, pero no consintáis que salga de esa cama. La sangre podría volver a removerse dentro de su cuerpo.

—No se moverá.

—Pues entonces no temáis. Quedaos tranquilo, todo irá bien. Ahora debéis descansar.

—Gracias.

¿Gracias? ¿Había dicho gracias? ¿Su marido dando las gracias a una criada? ¿Tanto podía cambiar cuando sentía que podría perderla? ¿Tanto la amaba? ¿Sería verdad que sin ella no podría vivir? ¿Se desesperaría cuando le abandonase? ¿Sufriría? ¿Cuánto? ¿Merecía alguien tanto sufrimiento?

2

Faltaban dos días más para la fuga. Olvido remetió las sábanas debajo del colchón y tropezó con la llave. La cogió y se la enseñó a su señora señalando su faltriquera con un gesto de interrogación. Diamantina asintió.

—Sí, sí, guárdala, ya no la necesitaremos.

Don Manuel no había dormido, permaneció al lado de la cama de la señora hasta que Valvanera regresó y se marchó con la princesa. Se retiró a descansar cuando la nodriza y ella llegaron al cuarto, pero antes sacó su llave del jubón y se la entregó a Diamantina.

—Hoy pensaba llevarte a la Gavilla Verde para que te diera el Sol. Pero tendrás que seguir aquí por un tiempo. Ya has oído a doña Aurora, no hagas locuras. Te quiero sana para cuando nazca nuestro hijo.

La señora apretó la llave contra su pecho.

—¿No vas a cerrar?

—No.

—¿Podrá quedarse mi aya aquí?

—Sí, podrá quedarse tu aya.

—¿Y Olvido?

—También Olvido.

Don Manuel se inclinó sobre ella y le puso los labios sobre la frente.

—No parece que tengas calentura. Me voy a dormir un rato. Doña Aurora y Valvanera volverán a mediodía. Le diré a Fermín que me llame cuando hayan llegado. Duerme tú también un poco, pajarito.

Cerraron la puerta cuando se quedaron a solas. La nodriza arqueó las cejas y se encogió de hombros, su cara reflejaba una mezcla de alegría y de incredulidad.

—¡No me lo puedo creer! ¡Lo hemos conseguido!

La señora se incorporó con cara de tristeza.

—¡Dios mío! ¡Me siento tan mal! ¿Cómo he podido engañarle así? Hacía tiempo que no le veía sufrir de esta forma. ¡La Virgen me perdone!

Olvido la miró a los ojos. No tenía ganas de empañar los cristales, pero le hubiera gustado que leyera en su mirada. El remordimiento es un infierno que sólo tendría que arder para los que buscan el daño de los otros. Pero su pecado no era la maldad, sino la necesidad de huir de ella. El que se defiende no tiene motivos para el arrepentimiento, el derecho divino le asiste cuando levanta sus armas contra el agresor.

El ama de cría se sentó al lado de la señora y la abrazó.

—No te atormentes con eso. Tu marido es cazador, ellos saben cuándo tienen que darle aire a la pieza para que se confíe. Pero siempre acaban cayendo sobre ella. Ya te lo ha demostrado otras veces.

—Pero a lo mejor no estaría mal darle otra oportunidad.

—Ni bien tampoco, Diamantina, la aprovecharía para volver a las andadas. ¿Hasta cuándo aguantarías con la puerta abierta? ¿Qué precio tendrías que pagar? ¿Cuántos golpes hasta que echara la llave otra vez?

La señora lloraba en el regazo de su aya. Se durmió agarrada a la llave que le acababan de entregar, hasta que doña Aurora y Valvanera entraron en la habitación seguidas de don Manuel. La princesa fingió sorprenderse con la mejoría de la enferma, había recobrado el color. Valvanera llevaba un balde lleno de agua caliente, sacó un paño de los cestos que había dejado al lado de la cama la noche anterior y se dirigió a don Manuel señalando el barreño.

—Es muy importante que se lave todos los días. Las heridas sólo quieren agua, sal, y muchos mimos.

No hizo falta que nadie le dijera que debía salir del dormitorio, don Manuel se quedó mirando a Valvanera y sonrió.

—Ya sé, ya sé, tengo que irme, pero antes, déjame que me despida de mi mujer. No volveré a verla hasta dentro de una semana por lo menos. Salgo de viaje ahora mismo.

Cuando no la transformaba la ira, su voz era hermosa. Grave y acompasada, como Olvido recordaba la de su padre. Sus labios rozaron los de la señora Diamantina, le susurraron algo al oído que sólo ella pudo escuchar, y volvieron a su boca. Después se marchó.

La esclava le siguió con la mirada. No era la primera vez que parecía diferente, pero sí la única en que ella deseó no haber presenciado su transformación. No le extrañaba que la señora Diamantina volviera una y otra vez a sus brazos, las caras de algunos ángeles no serían tan bellas.

El ruido del barreño contra el suelo la sacó de su abstracción. Valvanera lo colocó a los pies de la cama.

—¡Señora! ¡Tenéis que bañaros! Seguro que anoche nos dejamos la mitad de la sangre.

Valvanera contempló la mancha de las baldosas y se volvió hacia la nodriza.

—¿De dónde habéis sacado tanta sangre?

La princesa se sumó a la observación de su criada. No había pensado en tanto realismo cuando les dio las instrucciones sobre lo que debían hacer. El aya se encogió de hombros y arqueó las cejas.

—Añadimos algunos detalles para que el señor no dudase en llamaros a vosotras y no al médico de la casa.

Diamantina se metió de pie en el barreño.

—¡Si las hubierais visto cuando les abrí la puerta! Me costó acertar en la cerradura del susto que tenía. ¡Madre de Dios! ¡No sabía qué pensar cuando vi la jarra llena de sangre! ¿De dónde la sacasteis?

La nodriza miró a Olvido y le guiñó un ojo.

—La cocinera siempre le pide a Olvido que le mate las gallinas para el caldo. Hoy pensaba hacer uno. Ya la tiene desplumada y desollada.

Al ver las piernas manchadas de sangre, Valvanera, Diamantina y doña Aurora hicieron el mismo gesto de asco a la vez. La princesa estalló en una carcajada y contagió al resto de las mujeres, que se miraban unas a otras sin la menor preocupación de que alguien pudiera hacerlas callar. Olvido se escuchó a sí misma compartiendo con ellas el sonido de sus risas. Las cuatro observaban las piernas de Diamantina y se reían. Se miraban y volvían a reírse. Diamantina salpicó a doña Aurora, doña Aurora a Valvanera, Valvanera a la nodriza, y la nodriza cerró el círculo salpicándola a ella. Gritaban y reían sin decir una sola palabra. Y se entendían.

3

Entre Monesterio y Santa Olalla, se encontraba la posada del Culebrín, donde solían hacer noche los viajeros de la Ruta de la Plata, entre Zafra y Sevilla. Desde la posada hasta Zafra, se tardaba poco menos de un día a caballo. Don Lorenzo calculó su viaje de regreso de Granada teniendo en cuenta que debía llegar a la Media Fanega el viernes por la noche a más tardar. El sábado saldría en dirección a Los Santos, llegaría al anochecer y dormiría allí. En la mañana del domingo, interceptaría al comerciante en el cruce donde había convenido con la princesa.

En la fecha y la hora calculadas, entraba en la taberna de la fonda para pedir alojamiento para él y para otras cuatro personas que esperaban en un carruaje.

De espaldas a la entrada, recogiendo la llave de una de las habitaciones, se encontró con la última persona que hubiera podido imaginar. Su hermano Manuel. El primer impulso que sintió fue alejarse, pero se acercó hasta tenerlo a dos pasos y saludó.

—¡Buenas noches!

Manuel levantó la cabeza y esperó unos instantes para girarse.

—¡Esto sí que se llama una casualidad! ¿Tú no estabas vendiendo tu uva en la ruta de Almendralejo?

Don Lorenzo no tenía interés en mantener una conversación. Su propósito era terminar cuanto antes con aquel desagradable encuentro, y avisar a las personas que esperaban en el coche de que podían entrar.

—Parece que no.

Se acercó al mostrador y se dirigió al posadero.

—¿Qué hay, Luciano? ¿Tienes cuatro habitaciones?

Antes de que Luciano pudiera contestar, don Manuel le cogió del brazo y le retiró del mostrador.

—Tengo algo importante que decirte.

—¿Y qué te hace pensar que lo que es importante para ti puede ser importante para mí?

Su hermano le clavó los dedos en el brazo y lo llevó hasta una mesa, la más retirada que encontró. Su aspecto no era el que presentaba la última vez que se vieron, parecía avejentado.

—Me encantaría pelear contigo, pero he cabalgado doce horas seguidas, estoy agotado. Lo que tengo que decirte es mucho más importante que nuestras diferencias. Escúchame y no me interrumpas hasta que termine. Las vidas de tu esposa y de la mía dependen de lo que tú y yo seamos capaces de hacer. Voy a Sevilla a buscar ayuda.

Don Manuel le contó los últimos acontecimientos ocurridos en Zafra. Por supuesto, desconocía la existencia del joyero, pero sabía las acusaciones que el comerciante había vertido sobre doña Aurora y sobre Valvanera en relación con Diamantina y con la fonda.

—Al principio no le di importancia. Pensé que nadie creería las patrañas de ese hijo de Satanás. Pero cuando se me acercó en la batida, comprendí que su perversión no tiene límites. Ahora resulta que la Serpiente del Castellar también es obra de ellas.

—Pero es absurdo, ésa es una historia antigua. Los abuelos de nuestros abuelos ya hablaban de la serpiente.

—Precisamente por eso, no hay animal que viva tantos años. ¿No adoran los indios a un dios en forma de serpiente?

—Quetzalcoatl, la Serpiente Emplumada.

—¡Pues ahí la tienes! Según el comerciante, doña Aurora y Valvanera invocaron a su dios para que Diamantina siguiera embarazada a pesar de haber perdido al niño. Eso es lo que le va a decir al Santo Tribunal. Tenemos que conseguir un testimonio a favor de tu mujer y de tu criada, gente de prestigio que pueda callarle la boca a ese embustero.

Don Lorenzo todavía no le había contado su historia. La muerte del calafate, la inundación de la ronda y el entierro del Bigotes, las amenazas, el joyero. El comerciante odiaba a cualquiera que no demostrara su pureza de sangre.

—Acusó a su propia esposa de mantener sus ritos judíos y la mandó a la hoguera. Parece que no le encuentra sentido a la vida si no es odiando a los que somos diferentes. En nosotros encontró las víctimas perfectas, el hijo de una mora y su familia india.

La reacción de su hermano ante lo que acababa de narrar le desconcertó. Jamás hubiera creído que de sus labios pudieran salir alabanzas sobre nadie que no fuera cristiano viejo, y mucho menos sobre doña Aurora.

—Tu mujer no merece ese trato, es una de las damas más dulces que han pasado por Zafra. Ese hombre debería lavarse la boca con jabón para hablar de ella. No podemos consentir que se salga con la suya.

Don Lorenzo hizo un gesto de admiración. No podía ser cierto lo que acababa de escuchar.

—Sí, hombre, sí. Ya sé que a veces soy un burro, pero sé diferenciar una corneja de una paloma.

De pronto, los dos hermanos se encontraron como no lo habían hecho en todos los años de su vida, sonriéndose el uno al otro. Don Lorenzo le miró como si se tratara de un desconocido. Aquel hombre no podía ser el mismo que no consintió que su madre reposara en la cripta familiar hasta que no vio peligrar su herencia. El que le echó de su propia casa porque deseaba a la mujer que él no aceptó como esposa. No podía ser. No había vuelto a verle desde el nacimiento de la hija de Valvanera, cuando apareció en su palacete y se llevó a Diamantina para encerrarla bajo llave hasta no se sabía cuándo. No podía ser el mismo. Sin embargo, allí estaba, hablando de doña Aurora como si la apreciara de verdad, dispuesto a cabalgar hasta Sevilla en busca de ayuda.

—¿Y qué piensas hacer en Sevilla?

—Pedirle al Conde de Feria un juicio público.

—Los condes no están en Sevilla.

—¿Estás seguro?

—Completamente.

Don Manuel se quedó pensativo.

—Pero si me han dicho en palacio que han ido a pasar unos días allí.

Don Lorenzo se acercó a la ventana y le hizo un gesto para que echara un vistazo. Las figuras de dos hombres y dos mujeres se perfilaban en las ventanillas de un coche que esperaba en la puerta. Don Manuel sonrió.

—¡Así es que ésta era tu ruta de la uva!

—Mañana viajarán directos al Castellar. Allí les espera Sepúlveda. Traen una sorpresa para el comerciante de paños.

—¿Quiénes son los otros?

—El hombre es don Hernando, el hijo de don Hernando de Zafra. Y la mujer es la esposa del comerciante.

—Pero ¿no me has dicho que murió en la hoguera?

—Es una historia muy larga. Mañana te la contaré por el camino.

A primera hora del sábado, los dos hermanos se despidieron de los ocupantes del carruaje hasta el día siguiente en El Castellar. Montaron cada uno su caballo y se dirigieron hacia Los Santos de Maimona. Era la primera vez que cabalgaban juntos.

4

Juan de los Santos se movía por la habitación como un gato entre cuatro paredes. Hacía rato que doña Aurora y Valvanera deberían haber vuelto de misa de doce. Él hubiera preferido que se quedaran todo el día en casa, pero la princesa insistió en continuar con su vida normal. Si alteraban su rutina, podrían levantar las sospechas del comerciante de paños. Sólo faltaban veinticuatro horas para liberarse de la angustia del último mes y medio.

Se acercó a la ventana y miró a la torre de la iglesia. Uno de los criados del comerciante bostezaba apoyado en el brocal del Pilar Redondo, con la mirada fija en el mismo sitio que él. Ya se había levantado y sentado varias veces. Y rodeado el pilar. Y mirado en la dirección por donde deberían venir. Y en las otras direcciones. Y al balcón. Ya se habían cruzado sus miradas en varias ocasiones, en la esperanza de descubrir, cada uno en el otro, el motivo del retraso.

El reloj de la torre marcaba las dos y media cuando las moriscas aparecieron por la calle opuesta a la de costumbre, la que terminaba en la ronda. Juan de los Santos esperó hasta comprobar que la princesa y Valvanera no venían detrás, se echó encima su capa, y bajó los escalones de dos en dos.

Cuando salió a la plazuela, los tres moros corrían en dirección a la muralla. Juan cerró la puerta con llave y les siguió hasta que se detuvieron en seco, doña Aurora y Valvanera bajaban desde la ronda hacia el Pilar Redondo. Al llegar a su altura, los moros se apartaron a ambos lados de la calle, ellas les saludaron con un gesto y pasaron por el medio. Caminaban despacio, cubiertas de la cabeza a los pies, como hacían desde que planearon engañar al comerciante con el truco de las capas. Sus manos enguantadas sujetaban las tocas a la altura de la nariz, ni siquiera se les veían los ojos.

Una vez en el palacete, la princesa se retiró el manto y dejó al descubierto sus trenzas negras, hizo sonar la aldaba hasta que Mamata abrió el portón y, antes de cruzar el umbral, se volvió hacia la torre como si estuviera comprobando la hora. Saludó de nuevo a los criados del comerciante, y entró en casa.

Los nervios de Juan de los Santos estaban a punto de estallar.

—Pero ¿se puede saber de dónde venís?

Valvanera le pasó la mano por la frente, estaba sudando.

—De la calle del Pozo. No te imaginas la que están preparando allí. Esta noche velarán al Cristo.

Doña Aurora le explicó que habían acompañado a la nodriza de Diamantina a visitar a su familia. No sabía que era hija de judíos conversos. Todos los sábados se acercaba a la judería después de la misa de doce y comía con sus hermanos. El barrio entero preparaba una fiesta que duraría hasta el amanecer. Habría baile, comida y bebida para todo el que quisiera asistir.

Juan de los Santos se echó a temblar. Las mujeres parecían entusiasmadas con la fiesta.

—¿No estaréis pensando en ir a la Velá del Pozo?

Las dos se miraron y se echaron a reír. Por un momento pensó que se habían vuelto locas, y que se proponían pasar la noche anterior a la fuga cantando y bailando en la calle. Valvanera le tranquilizó.

—Este año no, pero el que viene, ya verás. Yo, desde luego, iré.

Estaban radiantes, se notaba que su excursión por la judería, libres de las miradas de las moras, y el paseo triunfal desde la muralla hasta el zaguán del palacio las habían puesto de buen humor. Después de afirmar que ella también iría a la próxima velá, la princesa ordenó a Mamata que preparara el almuerzo mientras ellas tomaban un baño, y se dirigió al piso de arriba. Valvanera la siguió, en la mitad de las escaleras se volvió hacia él y le guiñó un ojo.

—Prueba un poco de manteca colorá mientras bajo. La he hecho yo, a ver si te gusta cómo me ha salido.

Juan de los Santos se metió en la cocina, se sirvió un tazón de escabeche y se untó un trozo de pan con la manteca que su esposa acababa de aprender a cocinar. Sabía picante. Sonrió para sí mismo y se la comió. Cuando Valvanera bajó, él ya había terminado de comer.

Se había vestido con sus ropas aztecas. Se movía por la cocina como una figura sacada de un cuadro. Con su blusa bordada y su falda de colores, sus trenzas, sus pendientes hasta los hombros, sus sandalias. Olía a jabón. Sus pechos se marcaban exuberantes debajo de los bordados, rebosando leche. Se diría que aún no había parido, todavía no había recuperado la curva de la cintura, y su vientre se adivinaba entre los pliegues de la falda. El tono de su piel se parecía cada vez más al de las gitanillas y las moriscas. Era preciosa.

Valvanera se mantenía en silencio. Rodeó la mesa, se sentó, y se dejó contemplar mirándole a los ojos. Él se levantó y le acarició el pelo.

—Me has tenido en vilo toda la mañana.

—Yo quisiera tenerte en vilo toda la vida.

Capítulo IX

1

Doña Aurora y Valvanera esperaban en el carruaje disfrazadas de ellas mismas. En el asiento de enfrente, Mamata escondía a los niños debajo de su manto. No estaban seguras de que el comerciante las hubiera denunciado aún, pero si fuera así, en cuanto el hijo de la niñera le diera la señal al cochero, se convertirían en prófugas de los inquisidores. Si el comerciante no había caído en la trampa que habían urdido para él, las perseguiría hasta detenerlas y entregarlas al Santo Tribunal. Las criadas habían salido para el palacio de Diamantina media hora antes, ocultas bajo la indumentaria que Valvanera y doña Aurora habían bordado durante la última semana, idéntica a la que llevaban puesta en el carruaje. La suerte ya estaba echada.

No tenían noticias de don Lorenzo y del hijo mayor de Mamata. El marido de Mamata les esperaba desde el amanecer en el cruce de los caminos de Sevilla y Los Santos de Maimona para explicarles que debían dirigirse a El Castellar y esperar allí al comerciante. En ese momento ya debían de estar con don Diego Sepúlveda.

Los nervios de Valvanera y de la niñera le exigieron mantener la calma, alguien debía hacerlo, pero doña Aurora sentía como si le estuvieran mordiendo el estómago. Recordó el desastre de la huida de Tenochtitlan. El incendio del palacio de los capitanes. Su salida en canoa.

Los cuerpos de los españoles hundiéndose en el lago por el peso del oro. Su estancia en Cholula, y la angustia de la espera sin la certeza de que los suyos hubieran logrado salir de aquel infierno.

El destino volvía a separarla de su esposo en el momento en que más le necesitaba. Hacía ya diez días que se marchó, y diez noches en las que repasó cada detalle de lo que estaba a punto de comenzar. Esta vez no pasaría como en la capital de los aztecas, había diseñado la solución a cualquier imprevisto.

Cuando salieron de la ronda, después de dejar a la nodriza con sus hermanos, comprendió que las moras caerían en la trampa. Seguirían a sus capas hasta la misa de doce convencidas de que debajo se encontraban sus verdaderas dueñas. Lo supo cuando bajaron los ojos mientras las saludaba desde el umbral del palacio. Nadie mantiene la mirada del que entregará a la muerte segura al día siguiente.

Una hora después del regreso de la judería, el comerciante se encontraba apostado en el pilón junto a los cuatro moriscos. Los había colocado en dirección a cada una de las calles que confluían en el Pilar Redondo. Las que daban a la iglesia y a su trasera, la del palacio de Diamantina, y la que terminaba en la ronda de la muralla. Cada cual vigilaba su calle, él miraba directamente al balcón de doña Aurora, sonriéndole cada vez que ella se asomaba.

Parecía claro que el comerciante reforzaba su vigilancia para no perder la oportunidad de detenerlas mientras huían. La cuestión estaba en si se guiaría por los planes que le contó Mamata, si pensaría que las criadas escaparían hacia Los Santos y ellas a El Castellar, como había planeado su esposo, o contemplaría otras alternativas en previsión de que fueran ellas las que huyeran en el carruaje. No lo sabría hasta que no llegara el momento, pero confiaba en su intuición. Tenía que salir bien.

Juan de los Santos parecía enfadado cuando volvieron de la judería, pero aquel paseo no hizo sino mejorar sus planes. Al día siguiente, las moras no perderían de vista sus ropas desde que salieran del palacio hasta que el ecónomo las condujera al pasadizo.

La tarde transcurría más rápido de lo que había imaginado. Entre el nerviosismo de unos y de otros, no tuvo tiempo de pensar en el suyo. Los jueces del Santo Tribunal habían llegado a Zafra el día anterior. Leyeron su Edicto de Fe en la misa de doce y empapelaron la villa con la lista de los actos que la Inquisición consideraba merecedores de castigo. Judaísmo, islamismo, hechicería, lectura y tenencia de libros prohibidos, bigamia, brujería, predicciones del horóscopo, sortilegios para buscar agua y objetos perdidos, blasfemia, sodomía, invocaciones a la lluvia, astrología, falso testimonio, solicitar el acto sexual siendo clérigo, herejía, renegado, predicciones del futuro, filtros amorosos, pintar y componer a la novia a la morisca, no comer tocino, amasar pan sin levadura, y un sinfín de ejemplos que merecerían la cárcel, la humillación o la muerte, y provocaron la angustia de toda la población, incluidos los habitantes del palacio. Cualquiera podía ser denunciado y recluido en una cárcel secreta sin conocer ni su delito ni a su acusador. Pasarían meses desaparecidos, incluso años, hasta que se celebrara el juicio público y sus familiares supieran algo de ellos.

A excepción de los cambios que habían introducido para liberar a Diamantina, que las mujeres mantenían en riguroso secreto, el marido y los hijos de Mamata eran los únicos que conocían los planes de huida. El resto de la servidumbre debía seguir ignorándolos hasta que la fuga hubiera terminado. Para evitar sus sospechas, los preparativos se limitaron a tener listo el tiro del carruaje y a guardar en una bolsa algunas ropas para los niños. Nada de arcones ni de baúles, llevarían dinero para comprar lo que necesitasen si la fuga se prolongaba.

Valvanera y Mamata subieron a su habitación después del almuerzo. María y Miguel jugaban en el patio, la pequeña Inés dormía. La niñera se mostraba inquieta.

—¿Y si el comerciante nos sigue a nosotras? Don Lorenzo no estará en el cruce de Sevilla y Los Santos para detenerle. ¿Qué haremos?

Valvanera intentó calmarla.

—Las seguirá a ellas. No te preocupes. Es muy listo, y los listos piensan en todo, menos en las cosas más simples. Si tú le has dicho que el carruaje lo usaremos para despistarle mientras nosotras huimos por el pasadizo, seguro que no se plantea que lo más sensato era trasladarnos lo más lejos posible.

Valvanera tenía razón, los listos piensan en todo, lo terrible sería que pensara que la trampa estaba en la historia que le había contado Mamata. No quiso preocuparlas más, no tenía respuesta a su pregunta, confiaba en que el comerciante no se diera cuenta de que también ellas sabían pensar.

2

Los alguaciles habían desalojado a los meloneros de los arcos de la Plaza Chica. En la Casa del Concejo se instaló la tarima y el dosel para la mesa donde los jueces procederían contra los acusados. Se habilitaron celdas para los reos que recibirían de otras ciudades de la comarca, se recabaron informes sobre las causas que se despacharían en la visita de distrito, y se iniciaron las diligencias necesarias para lograr el lucimiento del acto que coronaría la presencia de la Inquisición en Zafra, un Auto de Fe General donde se ejecutarían las condenas, las que se impondrían en la visita y las que esperaban su ejecución en toda la comarca desde hacía dos años.

La experiencia del último que celebraron en el municipio les demostró que la organización era complicada y costosa, debían empezar con suficiente antelación para cumplir con el protocolo y procurar economizar gastos. La fecha para la celebración del Auto se fijaría para unos meses más adelante, pero las autoridades comenzaron con sus preparativos nada más conocer la concesión de la licencia que el Tribunal de Llerena había solicitado al Inquisidor General. A pesar de que la comunicación del permiso para estas ceremonias se realizaba en secreto, en Zafra no se hablaba de otra cosa.

Juan de los Santos comprobaba las herraduras de los caballos cuando el hijo menor de Mamata le avisó de que había llegado un alguacil con una notificación del cabildo. Salió al patio sin preocuparse, sabía de qué se trataba.

El alguacil le esperaba sentado en el poyete. Se conocían desde que eran niños, pero nadie diría que tenían la misma edad, le sobraban más de cuarenta kilos de peso.

—¿Qué pasa, Manolón?

—¡Buenas tardes, Juan! ¿Ha vuelto ya tu señor?

—¿Ya vienes a sacarle los reales? Pues siento decirte que tendrás que esperar hasta mañana.

Manolón le entregó el pergamino lacrado. Respiraba con dificultad.

—¡Hazme el favor! ¡Dásela tú! Ésta es la última que me queda. Llevo toda la mañana de acá para allá. Todavía no he comido.

—¿Cuántas has entregado?

El alguacil se secó la frente.

—¡Uff! Un montón. He ido a todas las casas grandes. Con el secuestro de bienes no les va a llegar. Tendrán que dar de comer a muchos prisioneros. Además, ya sabes que los gastos de la procesión siempre se disparan.

—No quisiera estar en tu pellejo. ¡Menuda te espera!

—¡Y que lo digas! Mañana empezamos a desenterrar a los últimos condenados a la hoguera.

—¡Pero si faltan meses para las ejecuciones! ¿Adónde los llevarán?

—¡Ya! Pero quieren evitar que los familiares los cambien de sitio. Los meterán en un calabozo hasta el Auto de Fe. ¡Esto es de locos! ¿Qué necesidad habrá de quemar a los difuntos? Suficiente castigo tuvieron ya con morirse esperando la muerte.

—¡Y tanto! Lo que deberían hacer es quemarlos después de cada proceso.

—¿Y quedarse sin espectáculo en el siguiente Auto de Fe General? ¡Parece que no les conoces! Prefieren que se les mueran unos cuantos antes que quedarse sin su fiesta. ¡Además, sale mucho más barato quemarlos a todos a la vez! Hace tiempo que no se hacen Autos Particulares, no habría arcas del cabildo que lo soportaran.

Juan de los Santos acompañó a Manolón hasta la Plaza Chica, donde se instalaría el cadalso, sus ventanas serían confiscadas por el tribunal, pero el resto de las casas por donde transcurriría la procesión ya habían comenzado a ofrecerlas en alquiler. Juan contempló los carteles mientras olía a pelo quemado y escuchaba unos chillidos que rompían el aire. Era época de matanza. El olor a quemado y los gritos de los cochinos se adelantaban a los que inundarían la plaza en el Auto de Fe. Pensó en doña Aurora y en Valvanera, no deberían estar allí cuando se celebrara.

De regreso al palacete, el comerciante le salió al encuentro por la calle de la iglesia. Siempre llevaba colgado al hombro el zurrón donde guardaba la caja de doña Aurora.

—¡Buenas tardes nos dé Dios!

No quería contestarle, pero se había colocado frente a él y le impedía el paso.

—¡Buenas tardes! Si no os importa, tengo prisa.

El comerciante se retiró hacia la acera después de hacerle una de sus reverencias con la capa.

—¡Por supuesto! No seré yo quien te corte el camino. Sólo quería felicitarte por el nacimiento de la pequeña Inés. No había tenido oportunidad.

Las tripas se le revolvieron al escuchar el nombre de su hija en su boca. Le hubiera partido aquellos dientes amarillos si no fuera porque podría poner en peligro la fuga del día siguiente. Se tragó la bilis y continuó andando. El comerciante le seguía a corta distancia, podía escuchar su respiración.

—Supongo que será tan guapa como la madre. ¡Y tan india!

Juan se volvió, le levantó por la pechera con la mano izquierda hasta dejarle de puntillas, y situó el otro puño a la altura de su nariz.

—¡Vuelve a nombrar a mi hija y te mando directo al infierno!

Uno de los moriscos se precipitó sobre él y le sujetó el puño, intentó liberar a su señor de la mano que le levantaba del suelo, pero Juan le agarraba con fuerza. El comerciante levantó las suyas para que su mozo se detuviera. No había cambiado el gesto desde que le dio las buenas tardes con su sonrisa fingida. Juan le soltó y se acercó a su oído.

—¡Que no te vea nunca cerca de mi hija! ¡O no habrá fuerza divina ni humana que me sujete!

La cara del hombre de negro seguía impasible. Volvió a hacerle una reverencia con su capa y se alejó hablando con su criado.

—¡Pobrecillo! Está nervioso. Y no me extraña, la llegada del Santo Oficio puede alterar incluso a quien no tiene nada que esconder.

Después se quedó contemplando fijamente las ventanas del palacete y se dirigió a él sin desviar la mirada.

—¡Recuerdos a la princesa y a tu esposa! ¡Cuídalas! En estos tiempos que corren nunca se sabe dónde nos encontrará el peligro.

Aun sabiendo que era imposible, Juan de los Santos entró en el palacete con la certeza de que el comerciante conocía los últimos planes de fuga. Se dirigió al piso de arriba y buscó a Valvanera con el estómago todavía revuelto, deseando que pasaran las horas. En su habitación, su esposa amamantaba a la pequeña Inés. No permitiría que nada ni nadie se las arrebatara.

3

El aya de Diamantina regresó al palacio pasadas las seis de la tarde. Estaba preocupada. Como todos los años, su familia participó en los preparativos de la Velá del Pozo con el resto de los judíos conversos. De puertas afuera, sonreían y bromeaban, pero de puertas adentro la situación era muy diferente. Uno de sus sobrinos había infringido las normas del Santo Tribunal que prohibían a los hijos y nietos varones de condenados llevar armas, oro, montar a caballo y tener un oficio honroso. El joven no se resignaba a pagar las penas que la Inquisición impuso a sus abuelos y a sus tías hacía diez años. Había montado en secreto una tienda de guantes con el hijo de un caballero al que le unía una fuerte amistad. Su amigo se encargaba de la venta al público, pero él trabajaba en la confección de las prendas y, en varias ocasiones, le acompañó a caballo hasta Sevilla para entregar los pedidos que les encargaban otros establecimientos. Toda la familia rezaba para que nadie le denunciase.

La nodriza encontró a Diamantina sentada en un sillón, trabajando en uno de sus bordados.

—¿Qué te pasa? Traes mala cara.

El aya se sentó en un taburete y comenzó a ordenar el cesto donde guardaban los hilos.

—¡Ojalá mañana pudiera huir toda mi familia también!

Diamantina dejó su labor y le acarició el brazo.

—No te preocupes, ya habéis pasado por esto otras veces, es duro, pero nunca habéis tenido problemas.

—Lo sé, pero cada vez se hace más cuesta arriba. Algún día, mis sobrinos estallarán. Uno de ellos ha estado al borde de quemar el sambenito de su madre.

—¿Y cómo están tus hermanas?

—Demasiado bien para lo que llevan encima. No sé cómo no se han vuelto locas. Si las vieras remendando y blanqueando los hábitos. ¡Menos mal que mis pobres padres han dejado ya de sufrir!

Las hermanas de la nodriza debían vestir sus sambenitos cada vez que se celebraba un Auto de Fe. Fueron denunciadas por blasfemia junto a sus padres. A ellas las condenaron a vergüenza pública, y a vestir las insignias en la misa del domingo durante cinco años, y en todos los autos que se celebraran en la villa hasta su muerte. Pero los jueces consideraron que no había suficientes pruebas contra sus padres, y sus procesos quedaron en suspenso. Hasta el final de sus días vivieron bajo la amenaza de sus causas abiertas a nuevas testificaciones y diligencias, con la posibilidad de ser reanudadas en cualquier visita de distrito.

La nodriza tenía grabadas en la memoria las voces del pregonero que acompañó a sus hermanas por las calles de Zafra, y la mirada de odio del ministro del tribunal que vigiló su humillación. Las dos amordazadas y sujetando su vela, escuchando en cada esquina la sentencia que les obligaba a encadenarse a una túnica blanca de por vida.

Se volvió hacia Diamantina y se echó a llorar. No podía apartar de su mente la imagen de la última procesión. Los arcabuceros que habían hecho la guardia aquella noche en el Palacio de Justicia detrás de la Cruz Verde. Los ciriales con velas amarillas apagadas, las cruces de San Andrés, de Alcántara y de Santiago con velas negras, y los clérigos de las parroquias con sobrepellices y velas apagadas. Las estatuas de los condenados que lograron huir antes del cumplimiento de las sentencias, y que serían ajusticiados en imagen. Las arcas con los huesos de los difuntos. Sus hermanas caminando entre los casi cincuenta penitenciados, con sus insignias de sambenitos y sus velos, con la cabeza gacha, para no soportar las miradas de los balcones. Sus padres acompañándolas, apoyándose en las varas de justicia que les obligaron a llevar. Los ministros que aplicaron la tortura, el resto de las familias de los reos, sus hermanos, sus cuñados, sus sobrinos, sufriendo el dolor de los condenados y su propia humillación. Los gritos de muerte al perro judío. Los comisarios y los notarios. Y los cuatro relajados que morirían en la hoguera, con una cruz en las manos, con sus sambenitos y sus coronas de llamas. Los vítores y el llanto.

Ella perdió el sentido cuando pasaron los cuatro caballeros que cerraban el cortejo, uniformados según las órdenes militares que representaban. Sobre unas andas, transportaban las arquillas donde custodiaban las sentencias.

La nodriza no paraba de llorar. Se abrazó a Diamantina y se dejó llevar por el recuerdo.

—No soportaré verlas en otra procesión.

Diamantina le daba palmaditas en la espalda.

—¡Vamos! ¡Tranquilízate! Queda mucho tiempo para el Auto, no te derrumbes todavía, tus hermanas te necesitan fuerte. Y yo también. Recuerda que mañana será un día importante. Diremos adiós a la jaula.

Sólo quedaban algunas horas para que abandonaran el palacio, la nodriza se recompuso y se secó los ojos.

—¡No te preocupes! Ya estoy bien. Tienes razón, ahora lo más importante es que mañana volarás.

Al cabo de unos momentos, Olvido apareció en el dormitorio con un papel en la mano. Después de leerlo, Diamantina lo arrojó a la chimenea, cerró la puerta y habló en voz baja dirigiéndose a su nodriza.

—Tenemos que estar preparadas a las once y media. Las criadas de la princesa vendrán al palacio vestidas de doña Aurora y de Valvanera. Fingirán que vienen a verme antes de irse a misa. Doña Aurora, Valvanera y Mamata esperarán un rato, hasta calcular que haya empezado el ofertorio, y saldrán en el carruaje.

El aya miró a la esclava y después a Diamantina.

—¿Qué pasará con Olvido?

La joven tomó las manos de su esclava entre las suyas.

—Tú te quedarás hasta que mande a buscarte, cuando estemos instaladas. Le dejaré una carta a mi esposo, sabrá por qué me voy y dónde podrá encontrarme. No tienes nada que temer, no irá contra ti.

La noche se había cerrado de repente. Las campanas de la iglesia anunciaban las siete y media cuando el mayordomo llamó al dormitorio. Olvido esperó a que su señora se metiera en la cama y abrió.

—¡Buenas tardes, señora! ¿Da usted su permiso?

—¡Buenas tardes, Fermín! ¡Pasa!

El mayordomo venía acompañado de dos sirvientes que arrastraban un baúl.

—Señora, don Manuel me ordenó que si la serpiente aparecía otra vez, preparáramos su equipaje y la lleváramos a la Gavilla Verde. Me acaban de decir que un cura de la Puebla la ha visto esta misma tarde. El coche os espera.

Diamantina miró a Olvido y a su aya. Las tres mujeres pusieron la misma cara de espanto. La nodriza se acercó a los criados y les señaló el lugar donde debían dejar el arcón.

—No son horas para andar de viaje con una enferma. Está muy débil, debería descansar.

La señora se tocó la frente y buscó la mano de su esclava.

—Así es, debo reponer fuerzas antes de iniciar el viaje. Volved mañana después de la misa de doce. Estaré preparada.

Cuando el mayordomo se marchó, Diamantina se levantó y las cogió a cada una de una mano.

—¡Por favor! No me dejéis sola esta noche.

4

Valvanera escuchó ruidos en la plaza y se asomó al balcón. Un sacerdote al que nunca había visto se disponía a subirse al borde del pilar con la ayuda del hombre de negro. La plaza estaba vacía.

—¡Juan! ¡Ven a ver esto!

El sacerdote se remangó la sotana y señaló en dirección a los montes de El Castellar.

—¡Hermanos! Mis ojos han sido testigos de la herejía de los alumbrados. Dios ha querido que este demonio, que tantos años se había ocultado en los corazones de la gente, se presente ante mí como la sierpe antigua del Castellar. Ha llegado el tiempo en que las obras de Satanás se manifestarán al mundo como una fiera espantosa. El terrible monstruo se ha revelado en vuestra villa como una serpiente emplumada.

Mientras el cura lanzaba su arenga, los ojos del comerciante no dejaron de mirar hacia los balcones del palacete. Sonreía y acariciaba su zurrón. Los dos parecían borrachos. El resto de las ventanas que daban a la plazuela se iluminaban a medida que se oían los gritos. Juan de los Santos la obligó a retirarse de los cristales y volver a la cama.

—No hagas caso de ese patán. Seguro que es un impostor, los curas sólo dan sermones en el púlpito. ¡Duérmete! Mañana será un día muy largo.

Pero Valvanera no tenía sueño. Hacía más de dos horas que intentaba dormir sin conseguirlo.

—No puedo dormirme, Juan, tengo miedo de lo que pueda pasar mañana.

Tampoco Juan conseguía dormirse, cada vez que Valvanera se daba una vuelta, él se giraba hacia ella y se encontraban los dos con los ojos abiertos.

—No pasará nada. Este desgraciado tendrá que tragarse las infamias que ha dicho sobre nosotros, eso es lo que pasará. Y empezaremos a vivir otra vez, como si él no hubiera existido.

En la habitación de al lado se escuchaban los pasos de la princesa que caminaba de un lado para otro. Ella tampoco podía dormir. En la lejanía, se escuchaba la música de la calle del Pozo.

Valvanera acopló su pecho a la espalda de su marido hasta que el cielo comenzó a clarearse y les venció el sueño. Les despertó doña Aurora aporreando la puerta. La pequeña Inés no había reclamado su leche cuando se hizo de día. Eran las nueve de la mañana.

Tomó un baño después de darle el pecho a la pequeña y se reunió en el piso de abajo con Mamata, con la princesa y con las dos criadas que tenían que disfrazarse. Nada más verla llegar, la princesa les pidió que la acompañaran a su habitación. Mamata y Valvanera subían las últimas. Valvanera sujetó a la niñera por un brazo y le habló en voz baja.

—¿Qué saben estas dos?

—Sólo que tienen que ponerse vuestros trajes y dirigirse al palacio de Diamantina antes de la misa. Y que habrá una bolsa con cien maravedís para cada una si conservan la boca cerrada.

Vistieron a las mozas con sus ropas y las vieron salir del palacete media hora antes de que empezara la misa. En ese mismo momento, ellas subieron al coche que las conduciría a la libertad o al desastre.

Mamata se enredaba el mandil entre los dedos. Debajo de su capa, María y Miguel se reían pensando que jugaban al escondite.

Frente a ella, la princesa mantenía la cabeza en alto, las manos reposando en las sayas, el cuerpo erguido, como una emperatriz en el momento de recibir su corona. Valvanera la envidió, le hubiera gustado tener su tranquilidad, pero temblaba tanto que casi no podía desabrocharse la blusa para darle el pecho a la niña.

Su esposo la observaba detrás de los cristales.

—Recordad, no debéis parar hasta que no hayáis llegado. Cuidaos mucho. Me reuniré con vosotras muy pronto.

Valvanera sintió cómo se le escapaba una lágrima. Se despedía de él por primera vez desde que llegó al palacio de los capitanes herido en la cabeza. Desde que le prometió que cuidaría de ella toda la vida.

Esperaron en el carruaje hasta que calcularon que la misa ya habría empezado. Juan le dio dos golpes a la carrocería. El hijo menor de Mamata abrió el portón y se subió al pescante. El cochero levantó su látigo y lo dejó caer sobre los caballos. La princesa se cubrió la cara con la capa, ella la imitó.

Juan permaneció con la mano levantada hasta que doblaron la esquina.

Salieron por la ronda tan deprisa como podía avanzar el carruaje en la ciudad. En la puerta de la muralla les esperaba un jinete que se colocó a la altura de la portezuela y cabalgó a su paso.

Capítulo X

1

En el comedor de don Diego Sepúlveda, don Lorenzo sostenía el cofre con el anillo y el besador, deseando ver la alegría de doña Aurora cuando lo pusiera en sus manos. Una docena de miradas se clavaba en el tapiz que escondía la puerta por donde deberían entrar las criadas con el ecónomo. Los ruidos que se escuchaban al otro lado del muro indicaban que ya habían cruzado el pasadizo. Alguien movía la piedra que ocultaba la manivela secreta.

Al cabo de unos instantes, se escuchó un chirrido oxidado. Don Diego descorrió el tapiz y dejó a la vista la puerta por donde salieron las tres figuras que esperaban.

El capitán dio un paso al frente, se disponía a ayudar a una de las criadas, que parecía tambalearse, cuando descubrió quién se encontraba bajo la capa. Miró al ecónomo sin comprender lo que sucedía y se giró hacia don Manuel. Estaba paralizado. Aspiraba por la nariz como si quisiera retener el aire en sus pulmones. Sus ojos se desencajaron igual que si estuvieran frente a una aparición. Sus labios temblaban mientras dejaban escapar el aire que había acumulado, mezclado con el nombre de su esposa.

—¿Diamantina?

No parecía una pregunta, ni la expresión de su asombro, sino más bien el lamento de una certeza. La constatación del que se encuentra frente a un error que ya no tiene remedio.

—¿Qué haces aquí?

Diamantina le miraba con lágrimas en los ojos, buscando el hombro de su nodriza para apoyarse.

Por primera vez en su vida, don Lorenzo sintió lástima de su hermano. Habían pasado juntos las últimas treinta y seis horas, muchas más de las que compartieron en sus treinta y dos años de existencia. No hablaron mucho desde que se encontraron en la posada de la Media Fanega hasta que llegaron a El Castellar, pero fue suficiente para comprobar que tenía otra cara además de la que él conocía.

Cabalgaron al trote durante todo el trayecto, disfrutando del color de los olivos y de las encinas, saboreando la baza que llevaban contra el comerciante.

Cuando se acercaban a la fonda de Los Santos, donde se alojarían hasta el domingo, se bajaron del caballo para contemplar la luz amarillenta del atardecer. Don Manuel señaló hacia el norte.

—¿Te acuerdas de los viajes a la Gavilla Verde? Al viejo le gustaba parar en Villafranca para que saludáramos a las monjas. Tú siempre te escondías detrás de Arabella. El único hábito que no te asustaba era el del cura de Alange.

—Es verdad, se llamaba Jesús, ¿vivirá todavía?

—Ya lo creo que vive. Algún día iremos a comer unas palomas a su casa, ya verás cómo cocina.

Si le hubieran dicho que su hermano iba a proponerle viajar a la Gavilla Verde para comer con el cura del pueblo, no lo habría creído. Su padre le había comprado las tierras a la Orden de Santiago para asociarlas a su título. El Señorío de El Torno y la Gavilla Verde fueron las propiedades que más le hicieron sufrir hasta que las tuvo a su nombre.

Don Manuel contempló las viñas y cambió de tema.

—Ya me extrañaba a mí que todavía no hubieras vendido la uva. Llegué a pensar que estabas ofreciendo la del año que viene.

Aparte de la conversación que mantuvieron en la posada de la Media Fanega, ésta era la primera vez que hablaban sin discutir. Don Lorenzo aprovechó la oportunidad para indagar sobre su cambio de actitud.

—Así que mi esposa te parece una paloma.

Don Manuel se rió a carcajadas.

—¡Desde luego, me gusta mucho más que tú! Es de bien nacidos ser agradecidos. Ella le ha salvado la vida a Diamantina dos veces. Tiene que gustarme por fuerza.

—¿Cómo está Diamantina?

—Bien, bien. Haciendo reposo.

A riesgo de romper la armonía que habían conseguido, don Lorenzo no se resistió a decir lo que estaba pensando.

—Quiero verla en cuanto lleguemos a Zafra.

Don Manuel subió al caballo.

—¡No entremos en caminos de donde no podamos salir! Si empiezas con tus monsergas, se acabó lo que se daba.

—¡Es mi sobrina! ¡Tengo derecho a verla! ¡No puedes mantenerla encerrada toda la vida!

La cara de don Manuel enrojecía por momentos. Espoleó su caballo y se marchó.

—¡Es mi esposa! ¡Y no pienso darte explicaciones de lo que hago o dejo de hacer!

Don Lorenzo intentó recomponer la situación. Montó en su caballo y se situó a su lado.

—¡Está bien! No me des explicaciones, no me dejes entrar en tu casa, pero ábrele la puerta, ¡por el amor de Dios!

Don Manuel aminoró la marcha y volvió a mostrarle la cara que siempre había tenido para él.

—¡Tú no sabes nada! ¡Nunca has tenido que saberlo! Siempre fuiste el más guapo, el más alto, el más gracioso, el más listo. Pero ahora te has equivocado. Diamantina me ama, no necesita llaves que la guarden.

No volvieron a hablar hasta que llegaron a la posada de Los Santos de Maimona. Cada uno pidió su habitación, se dijeron hasta mañana y se fueron a intentar dormir un rato. Don Lorenzo no lo consiguió. Al amanecer, encontró a su hermano en la taberna preparado para el viaje. Tenía la cara hinchada y los ojos rojos, parecía que él tampoco había dormido.

Cuando llegaron al cruce con el camino de Sevilla, el marido de Mamata les esperaba con un recado de la princesa.

—Los planes han cambiado, señor. Debéis esperar al comerciante en El Castellar. El alcaide Sepúlveda os lo explicará todo.

2

Mamata, Valvanera y doña Aurora contuvieron la respiración hasta que el cochero sujetó a los caballos al llegar a la Ruta de la Plata. Los niños dormían bajo el manto de la niñera. Hasta ese momento, nadie se atrevió a mirar por la ventanilla para averiguar la identidad del jinete que cabalgaba a su lado. La princesa y su esclava continuaban tapadas hasta los ojos, con la mirada al frente, sin decir una sola palabra.

Obedeciendo las órdenes de su señora, Mamata se incorporó, cerró las portezuelas de las ventanas, corrió los cortinones, y aprovechó para comprobar si era el comerciante el que las seguía. Las tres respiraron profundamente cuando Mamata volvió a sentarse.

—No es él, es uno de los moros.

Doña Aurora sonrió, el plan estaba funcionando. Valvanera se retiró la capa y destapó a los niños.

—¿Qué pasará ahora? Si nos sigue hasta Sevilla, y el comerciante queda libre, estamos perdidas.

Pero la princesa ya lo había previsto. Sabía que el hombre de negro no dejaría marchar al carruaje sin vigilancia. Lo más lógico era pensar que uno de sus criados le acompañaría hasta El Castellar y el otro las seguiría a ellas. Una vez en su destino, el criado volvería para informarle de dónde podría encontrarlas. En realidad, no se dirigían a Sevilla directamente, pararían en Fuente de Cantos. Allí les esperaban los Condes de Osilo para esconderlas hasta que el criado se marchase.

Mamata y Valvanera la miraron sorprendidas, ninguna de las dos conocía esa parte del plan. Su esclava se rió.

—¿Y de qué conoces tú a esos condes?

No los conocía, pero el alcaide Sepúlveda sí. Eran primos de su esposa.

—¿El alcaide Sepúlveda? ¿Y cuándo has visto al alcaide Sepúlveda?

No le hizo falta verlo, se comunicaban por carta desde que don Lorenzo se marchó a Granada.

Mamata las escuchaba sin intervenir, le entristecía que su señora no hubiera confiado en ella. Era verdad que le había fallado, y que la confianza es un hilo que, una vez roto, es difícil recomponer sin que se noten los nudos. Pero la princesa sabía que lo hizo por los niños. Le había jurado por Dios que nunca más hablaría con el comerciante, y no podía romper ese juramento sin poner en peligro la salvación de su alma. Se consoló pensando que también se lo había ocultado a Valvanera, su esclava inseparable. Ella sí se atrevió a preguntar el motivo de la desconfianza.

—¿Y por qué no nos lo habías dicho? Tú sabes que no lo hubiéramos contado. ¿O no lo sabes?

La princesa se colgó de su brazo y se reclinó sobre su hombro. Por supuesto que sabía que no se lo habrían dicho a nadie si lo hubieran sabido. Le hubiera gustado contárselo, pero don Diego le pidió que lo mantuviera en secreto.

Cuando llegaron al palacete de los Condes de Osilo, dos criados les esperaban en la puerta de las cuadras. Doña Aurora y Valvanera volvieron a cubrirse y descorrieron los cortinones y las portezuelas de las ventanillas. El criado del comerciante seguía allí.

Los niños habían dormido durante todo el trayecto, pero se despertaron al pararse el coche y comenzaron a alborotar y a asomarse por los cristales, sin que Mamata pudiera hacer nada por detenerles. La pequeña Inés se despertó con el ruido y empezó a llorar. Valvanera intentó calmarla con el dedo meñique mientras se desabrochaba los botones para darle el pecho, pero el llanto de su hija la ponía nerviosa, no acertaba a liberarse de la blusa.

El criado del comerciante tocó el cristal con la frente y clavó los ojos en los pequeños. Después miró a Valvanera y a su hija, buscó la mirada de la princesa, y le dirigió una sonrisa. Se dio la media vuelta y subió a su caballo para desaparecer a todo galope. En un par de horas estaría en Zafra informando a su señor. Si el capitán no había conseguido su objetivo en Granada, otras dos horas más y el comerciante caería sobre ellas con los soldados de la Inquisición.

Los Condes de Osilo les aconsejaron que dejaran descansar a los caballos. Mientras su perseguidor iba y venía de Zafra, les daría tiempo de comer, echar un poco de siesta y reemprender el camino. Para cuando el comerciante estuviera en Fuente de Cantos, ellas ya habrían llegado a Monesterio.

Sin embargo, la princesa sólo aceptó la invitación a comer, tenía que ganar tiempo. El comerciante y su sirviente viajaban a caballo, mucho más rápido que el carruaje. Seguramente, al no encontrarlas en Fuente de Cantos, seguirían la Ruta de la Plata hacia Sevilla para alcanzarlas en el camino, y no quería darles esa oportunidad.

Mamata y Valvanera comieron en la cocina con los pequeños. En menos de una hora, ya habían vuelto a subir al carruaje.

3

Juan de los Santos contempló cómo se alejaba el coche manteniendo la mano en el aire. Decía adiós, cuando su deseo hubiera sido correr tras él, galopar al lado de su esposa y protegerla de cerca. Pero su misión era vigilar lo que sucedía en la misa de doce y seguir al comerciante hasta El Castellar. Montó en su yegua, comprobó que nadie vigilaba ya en el Pilar Redondo, se acercó a la Encarnación y Mina.

Dos filas de feligreses recorrían la nave central hasta el altar mayor, recibían el santo sacramento y regresaban a sus reclinatorios con las cabezas bajas. En el lado de los hombres, el comerciante y uno de sus sirvientes volvían a su sitio en el final del crucero. Los vio arrodillarse y taparse la cara entre las manos. Momentos después, se levantaron y se colocaron al fondo de la nave lateral que terminaba en la sacristía. Al finalizar la ceremonia, las moras se colocaron detrás de ellos, señalaron con la cabeza en dirección a las mujeres, y permanecieron allí hasta que las capas de doña Aurora y de Valvanera desaparecieron tras el ecónomo.

El comerciante y su mozo salieron de la iglesia en dirección al Palacio de Justicia, allí recogieron a uno de los notarios del Santo Oficio y se dirigieron los tres a caballo hacia El Castellar. Juan los seguía a unas varas de distancia. No importaba que lo viesen, al fin y al cabo se suponía que su esposa y doña Aurora se encontraban al borde de caer en manos de la Inquisición. Era natural que él quisiera estar allí cuando ocurriera.

Al llegar a la alcazaba, hallaron las puertas abiertas de par en par. Juan avanzó y se situó junto a los otros jinetes antes de cruzarlas. Todavía no habían desmontado cuando se escuchó el sonido de las puertas cerrándose tras ellos. Dos soldados del Conde de Feria se acercaron al grupo y obligaron al criado a que se retirara. Después de presentar sus lanzas al juez, flanquearon al comerciante de paños.

—¡Acompáñenos! ¡Le esperan arriba!

Juan observó complacido la expresión de su cara mientras subía las escaleras, escoltado y solo, en la situación contraria a la que había imaginado. Ya no sonreía.

Todas las facciones de su rostro se contrajeron cuando entraron al comedor. Sentados a un lado de la mesa, como en cualquier sala de un tribunal, les esperaban los Condes de Feria, don Lorenzo y su hermano, don Diego Sepúlveda, el juez episcopal del distrito y don Hernando, el hijo de don Hernando de Zafra. Detrás del conde, Manolón ocultaba con su cuerpo la figura de una mujer.

Los soldados condujeron al comerciante frente al tribunal y cruzaron sus lanzas. Otros dos lanceros se situaron a su espalda. El notario estaba perplejo, no sabía dónde colocarse, hasta que el alcaide Sepúlveda lo reconoció y le cedió su sitio al lado del juez.

—Me alegro de que estéis aquí. Esta cita también os interesa.

El hombre de negro mantenía la mirada fija en la figura que se escondía detrás del alguacil. Ni siquiera hizo intención de hablar. Cuando el Conde de Feria se dirigió a él, sus pensamientos debían de estar recorriendo el pasado, impotentes y sorprendidos. La voz del conde retumbó en la sala.

—¡Descúbrase!

Se quitó el sombrero sin dejar de mirar a la mujer que se adivinaba detrás de Manolón.

—¿Tenéis algo que confesar antes de que el juez proceda con sus diligencias?

Ante el silencio del comerciante, el juez episcopal tomó la palabra.

—En nombre de la Santa Madre Iglesia, y por la autoridad que se me ha conferido, os informo de que tenéis abierto un proceso por falso testimonio y por bigamia.

El comerciante miró a don Hernando y a la mujer alternativamente, evitando cruzar sus ojos con los de don Lorenzo; seguía sin abrir la boca. Juan de los Santos miró al capitán y a don Manuel, no comprendía qué hacía allí el hermano de su señor, pero cualquiera hubiera dicho que habían hecho las paces. Los dos observaban al hombre de negro con la misma cara de satisfacción.

Antes de continuar con su prédica, el juez episcopal entregó al notario del Santo Oficio unos pergaminos.

—Estos documentos demuestran que os casasteis teniendo mujer viva, fingiendo y probando falsamente que había muerto. Y que la acusasteis ante el Santo Oficio cuando la segunda descubrió el engaño. Y que murió inocente, como habría muerto la segunda si hubiera contado lo que sabía.

El hombre de negro continuaba callado, intentando recomponerse cada vez que hablaba el juez.

—Es deseo de este magistrado traspasar a la Santa Inquisición la competencia de los delitos de los que se os acusa.

Tras leer los documentos, el notario tomó la palabra y se dirigió al comerciante.

—Según estos informes, habéis cometido uno de los peores crímenes de los que se puede acusar a un cristiano. El falso testigo desprecia la presencia de Dios en el proceso al que acude con su falso testimonio, desprecia al juez al que engaña, y desprecia al reo inocente, exponiéndole a un peligro gravísimo que afecta a su vida y a la salvación de su alma.

El notario se levantó y se dirigió a los componentes de la mesa.

—¡Señores! Desde este momento, el acusado permanecerá bajo la custodia del Santo Oficio para que responda ante Dios, ante la justicia, ante la mujer que envió a la hoguera, y ante aquella a la que amenazó con la misma suerte.

Detrás de Manolón se escuchó un sollozo. A una señal del notario, el alguacil se apartó y dejó a la mujer a la vista de todos. La Condesa de Feria se levantó, se acercó hasta ella y buscó su mirada.

—Nada tenéis que temer ya de este hombre. Os aseguro que ningún tribunal volverá a dar crédito a sus mentiras. Este hombre no tiene derecho a denunciar a nadie de no ser buen cristiano.

Don Lorenzo se levantó y se colocó frente al comerciante seguido por su hermano, por el Conde de Feria y por don Diego. Se acercó, le susurró algo al oído, y esperó con la mano extendida hasta que le dio el zurrón.

Juan de los Santos contempló al comerciante mientras se desprendía del as de su manga; sonreía, pero su sonrisa ya no se parecía al triunfo.

4

Diamantina sujetaba su toca con una mano, con la otra se agarraba al brazo de su nodriza como si se tratara de un lazarillo. Apenas podía ver por dónde pisaba. El ecónomo les abría paso con una antorcha e intentaba distraerla contándole historias sobre el túnel, pero no conseguía controlar su miedo a los murciélagos que revoloteaban sobre sus cabezas.

—¿Estáis seguro de que llegaremos al Castellar?

—¡Pues claro que sí, mujer! Esta misma mañana he hecho el recorrido. Desde que vino don Lorenzo a verme, lo habré cruzado más de diez veces.

—¿Tantas?

—Todos los días. Para comprobar que nadie se hubiera colado por aquí. El alcaide no quería sorpresas. Aunque se la va a llevar cuando os vea aparecer.

Diamantina no podía saber aún que la sorpresa mayor sería la suya. Cuando lacró las cartas que dejó para su esposo, pensaba que no volvería a verle hasta después de que don Diego la hubiera acogido en El Castellar. Se las entregó a Olvido antes de que llegaran las criadas de doña Aurora, mientras la esclava terminaba de colocarle una capa idéntica a la que vestía una de ellas.

—La primera te libera de culpa, dásela en cuanto pregunte por mí. Se pondrá furioso, pero comprenderá que tú no has tenido nada que ver con mi decisión. No le des la otra hasta que no le veas tranquilo.

No conseguía quitarse de la mente a su esposo, le preocupaba el momento en que Olvido le diera las cartas. Lo veía dando vueltas sobre sí mismo, enrojecido de ira, reclamando la presencia de todos los criados del palacio para preguntarles sobre su paradero.

La esclava guardó los pergaminos en un baúl, se acercó al cristal y le escribió.

—La vida empieza hoy.

Las dos se abrazaron sin poder contener las lágrimas.

Olvido terminó de colocarle el velo negro que enmascaraba el color de sus trenzas. Apenas se le notaba el embarazo, pero insistió en ajustarse el vestido hasta que se convenció de que nadie podría sospechar que no era doña Aurora. Se puso la toca y la capa, y se miró al espejo tapada de la cabeza a los pies.

Mientras tanto, la nodriza se revolvía entre las ropas que había bordado Olvido, iguales a las de Valvanera. Se puso las calzas que preparó para alargar su estatura, y se cubrió con su manto hasta los ojos.

—¿Cómo me veis?

Diamantina se echó a reír.

—Estás muy guapa, Valvanera.

—Y vos también, princesa.

Poco antes de la misa de doce, caminaban hacia la Encarnación y Mina vigiladas por las moriscas. Las criadas de la princesa, vestidas exactamente igual que ellas y que Valvanera y doña Aurora, se quedaron en el palacete a la espera de que la misa hubiera terminado.

Diamantina y su nodriza mantuvieron sus rostros ocultos hasta que entraron en el pasadizo. Nadie descubrió el engaño. Cuando el ecónomo cerró la puerta de la sacristía, Diamantina se echó la capa hacia atrás. El cura no pudo ocultar su confusión.

—¡Doña Diamantina!

La joven le sonrió y volvió a cubrirse.

—¡No os preocupéis! Doña Aurora está a salvo. Cambiaron los planes en el último momento.

Anduvieron casi tres horas hasta que divisaron el muro. A lo largo del trayecto, Diamantina repasaba una y otra vez lo que iba a decirle al alcaide. Testificaría a favor de doña Aurora y de Valvanera si el comerciante las denunciaba, pero eso significaba revelar el trato que recibía de su esposo. Necesitaba su protección y su cobijo.

Don Diego y su esposa la quisieron desde que vino al mundo, la cuidaron como si fuera sangre de su sangre, como quisieron a su madre nada más llegar a El Castellar. La alcazaba siempre había sido su casa. Cuando murieron su padre y su hermano Alonso, se trasladaron a un dormitorio contiguo al suyo, donde la alcaidesa pasó muchas noches en vela consolando su llanto.

Sabía que el alcaide la acogería incluso sin explicaciones, conocía a don Manuel desde que era pequeño, nunca le gustó la idea de aquel matrimonio. Sin embargo, Diamantina temía la vuelta a la fortaleza. Jamás imaginó que volvería para intentar reconstruir su alma. El día que murió su esposa, ella le prometió a don Diego que cuidaría de él en la plazuela del Pilar Redondo cuando fuera un anciano, y que algún día entendería por qué eligió a don Manuel como esposo. Hay hombres que necesitan afecto y no saben cómo pedirlo, se refugian en la cólera para disimular su hambre de caricias, pero, cuando aprenden a ser dulces, miran con los ojos más tiernos del mundo. Diamantina quería enseñarle a don Diego ese lado desconocido de don Manuel, quería que le amara. Pero ahora volvía para pedirle ayuda contra el dolor, contra el que la había marcado por fuera y el que no se veía.

Cuando la sombra del ecónomo chocó contra el muro donde terminaba el pasadizo, no podía imaginar que detrás de aquella puerta se encontraría con la razón de su huida.

Sintió los brazos de don Lorenzo sujetándola para no caer, sintió los ojos de su esposo, su voz, un hilo donde colgaba una pregunta que no necesitaba respuesta, su boca, la que había susurrado palabras hermosas a su oído tres noches atrás, su olor, su pelo ensortijado. Y sus brazos cargándola hasta la cama donde había dormido desde niña. Sintió el abismo abriéndose debajo de ella. Y no podía hablar. Pero nadie en este mundo, ni siquiera aquel hombre al que amaba a pesar de sus pesares, podría haberle arrancado de los labios otra frase que la última que vio dibujada en el cristal. Mi vida empieza hoy.

Capítulo XI

1

Las casas de Sanlúcar de Barrameda se divisaban a lo lejos como motas blancas cayendo sobre el río. El cielo estaba inmensamente azul. En el castillo de proa, don Lorenzo enseñaba a su hijo los instrumentos de navegación. El pequeño Miguel contemplaba embelesado cada objeto que le mostraba su padre, el astrolabio, la brújula, el octante, el sextante, el cuadrante, el compás, cada uno parecía interesarle más que el anterior. El capitán don Ramiro le miraba sonriendo.

—¡Este niño debería aprender el arte de navegar! En el próximo viaje se viene conmigo de grumete.

Le cogió por debajo de los brazos y le colocó las manos sobre el timón.

—¡Mantén el rumbo! ¡En derechura!

Don Lorenzo se rió a carcajadas cuando el timonel le puso su gorro, le tapaba hasta la nariz. El niño se aferraba al timón como si presintiera que aquel placer duraría muy poco, intentaba liberar sus ojos echando la cabeza hacia atrás, no estaba dispuesto a utilizar sus manos para otra cosa que no fuera gobernar la nave.

Hacía tiempo que no disfrutaba de varias horas seguidas con Miguel. Por fortuna, las cosas habían cambiado, y aquel viaje le daría la oportunidad de pasar con su familia días enteros, sin otra obligación que pasear.

Observó a la princesa apoyada sobre la borda, contemplaba cómo se deshacía en el aire el humo de su cigarro. Llevaba el pelo suelto, ondulado por la presión de las trenzas que acababa de quitarse, un mechón le caía sobre la frente a pesar de que ella insistía en colocarlo detrás de la oreja una y otra vez. Se la veía feliz. No parecía la misma que se abrazó a él llorando desconsolada en el Arenal de Sevilla. Desbordada por la incertidumbre de si volvería a encontrarle, y por la angustia de la huida, que nunca parecía llegar a su fin.

Don Diego Sepúlveda le enseñó una ruta alternativa por la serranía de Córdoba, el viaje era mucho más largo, pero, si los planes fallaban, impediría al comerciante seguirles la pista. Hasta que no llegara a Sevilla, doña Aurora no podría saber que el comerciante ya no las perseguiría nunca más.

Como de costumbre, él viajó por la Ruta de la Plata. Salió al día siguiente del simulacro de juicio en El Castellar. Sabía que el carruaje necesitaría tres jornadas más que ellos para llegar a Sevilla, de modo que podía volver a Zafra, preparar unos baúles de ropa para los niños y para las mujeres, dormir, y emprender el viaje el lunes por la mañana. Llegaría a tiempo de hablar con don Ramiro de su propósito de embarcar en el galeón, y de comprar las cosas que no hubiera podido cargar en el equipaje.

Se despidió de los Condes de Feria, del hijo de don Hernando y del alcaide Sepúlveda, con el agradecimiento rebosándole por los cuatro costados. Y de su sobrina Diamantina, con la admiración que provocan los hombres que ganan la guerra. Su nodriza permanecía junto a ella, dispuesta para echarle una mano en las batallas que le quedaban por delante.

Del hombre de negro no se despidió, le vio partir flanqueado por los soldados del conde, siguiendo al notario que le enviaría a galeras después de leer su sentencia en todas las esquinas de la ciudad. Él no estaría allí para comprobarlo, pero por un momento, mientras se alejaba, creyó verle vestido con el sambenito que deseó para doña Aurora.

De su hermano hubiera querido no separarse, le acompañó hasta el palacio del Pilar Redondo y le propuso que se embarcara con él, un tiempo lejos de Zafra le ayudaría a olvidar. Pero don Manuel deseaba estar cerca de Diamantina cuando naciera su hijo.

Don Lorenzo le siguió hasta el interior del palacete sin plantearse si podría entrar o no. Se sentaron en el comedor y compartieron una jarra de vino como si lo hubieran hecho toda la vida. Al cabo de un rato, Olvido apareció en la sala llevando dos cartas en una bandeja. Se dirigió a su señor, inclinó las rodillas hasta casi tocar el suelo, y extendió los brazos. Don Manuel cogió los rollos de papel y le permitió que se retirara batiendo la mano derecha.

Los abrió y los leyó despacio, sin permitir que se moviera un solo músculo de su cuerpo. Después, dejó caer las cartas, levantó la vista, y le miró. La tristeza de sus ojos sólo podía compararse a la de las madres que pierden a sus hijos.

2

En la mañana del lunes, Juan de los Santos se levantó temprano y recorrió todas las habitaciones del palacete. Cerró las ventanas y las contraventanas, cubrió los muebles con paños blancos, y cerró las puertas.

En la mesa del comedor, don Lorenzo liquidaba los contratos con la servidumbre. Al mozo de soldada, a la lavandera, al despensero y a la cocinera les entregó a cada uno una bolsa con treinta reales de plata, el sueldo de un año. Las dos criadas que ayudaron a escapar a Diamantina recibieron, además, los cien maravedís que les había prometido doña Aurora. Todos eran naturales de la villa, de manera que podían regresar a sus casas sin mayor complicación.

Cuando les llegó el turno al marido y al hijo mayor de Mamata, don Lorenzo se despidió del resto de los criados y le hizo una señal a Juan de los Santos para que cerrara la puerta. El marido de Mamata se encontraba de pie, frente al capitán.

—Si lo deseáis, podéis venir con nosotros. Nada me gustaría más que conservaros a mi servicio.

El criado se acercó al borde de la mesa y se quitó la gorra.

—Nos encontraréis a vuestra disposición siempre que nos necesitéis, pero preferimos quedarnos en Sevilla, si no tenéis inconveniente.

El capitán le entregó una bolsa en la que había introducido diez ducados de oro.

—Ningún inconveniente, faltaría más. Os agradezco todo lo que habéis hecho por nosotros, tú y tu familia.

Después se dirigió a Juan de los Santos.

—¿Está todo listo?

—Todo.

—¡Pues vamos allá!

Los cuatro hombres salieron de la casa-palacio por la puerta de la cochera. El hijo mayor de Mamata conducía un carromato donde habían cargado los baúles, su padre le acompañaba en el pescante.

Juan cabalgaba con don Lorenzo delante del carro. Habría jurado que los condes les ayudarían, pero le extrañaba el apoyo que les había brindado don Hernando.

—¿Encontraste en Granada a los Condes de Feria? Creía que estaban en Sevilla.

—Y lo estaban. Don Hernando me acompañó hasta allí en su busca, él mismo les recomendó a la mujer del comerciante para gobernanta de su palacio de Triana. Todos conocían las andanzas de ese mal bicho.

—Tu padre se habría sorprendido con lo que ha hecho don Hernando. Todavía recuerdo el disgusto que tenía cuando le retiró su amistad al conocer su boda con tu madre. Y eso que él tampoco es cristiano viejo.

—Ya lo ves, la gente cambia. Aunque yo creo que lo ha hecho más por esa pobre mujer que por nosotros. La tenía amedrentada. También ella es hija de judíos, como la otra. El comerciante la obligó a darle el permiso para viajar a las Indias y la abandonó.

—¿Y de qué la conocía don Hernando?

—Su madre era su ama de cría. Cuando se vio sola acudió a él para buscar trabajo.

Juan de los Santos se echó a reír.

—¡No me digas más! ¡Qué chico es el mundo! Seguro que don Hernando vio al comerciante en Zafra en alguna feria, y le contó su historia al conde y al alcaide Sepúlveda.

Don Lorenzo asintió.

—¡Y a don Manuel! Él también iba a Sevilla a por los condes. No sabía que la mujer sólo se movería de la mano de su hermano de leche.

Juan se alegró de no haber sabido nada hasta ese momento, de lo contrario le habría partido los dientes amarillos y lo habría entregado al alguacil, pero se habría privado de verle la cara cuando se topó con las pruebas ante sus narices.

Cuando se acercaron a la zona de Tentudía, le pidió al capitán que hicieran un alto para acercarse hasta el monasterio y rezarle a su Virgen milagrosa.

—Santa Madre de Dios, devuélvenos sanos y salvos a las mujeres y a los pequeños. Haz que se detenga el día para que lleguen al Arenal antes que nosotros. No dejes que pasen frío.

Como era de esperar, el carruaje de las mujeres no estaba en Sevilla cuando ellos llegaron, se fueron directos a la posada donde se habían alojado ocho meses atrás, y se despidieron del marido y del hijo mayor de Mamata después de descargar los bultos.

Juan de los Santos se quedó en su habitación mientras don Lorenzo se dirigía al puerto. No apartaba el pensamiento de su hija, era demasiado pequeña para un viaje tan largo. Aún le faltaban tres días para respirar tranquilo.

3

Los niños no dejaban de preguntar cuánto faltaba, pero la respuesta siempre era la misma.

—Detrás de aquel monte está Sevilla.

Mamata trató de entretenerlos inventando juegos con lo poco que tenían a su alcance, sus propias manos, la vista del horizonte, las viñas, o los árboles. Pero al cuarto día, sus recursos ya se habían agotado. Los niños ya estaban aburridos de jugar al «pin pin zarramacatín», de buscar cosas del mismo color, de hablar sin mover los labios, o de adivinar palabras que empezaban con alguna letra.

La pequeña Inés también protestaba. Desde que salieron de Zafra, aunque su madre se la pusiera al pecho, no dejaba de llorar con los puños cerrados. Tenía hambre. Valvanera no sabía qué hacer, salvo llorar.

—Se morirá si no llegamos pronto. Creo que ya no me queda ni una gota de leche.

Mamata acarició a la niña, se le notaba que trataba de no parecer preocupada, pero el tono de su voz la traicionó.

—¡No te desesperes! ¡Pronto llegaremos! La nuera de mi hermana le dará de mamar. Estaba de cinco meses cuando me fui. Con todos sus hijos ha tenido que descargarse los pechos porque le rebosan. Seguro que a ti te vuelve cuando menos lo esperes, han debido de ser los nervios.

Valvanera tocó suavemente la cabeza de su hija. Tenía la piel pegada al hueso, y la fontanela se hundía con sólo rozarla.

—Puede que no pase de esta noche.

La princesa miró por la ventana, en un par de horas habría anochecido. Si en la próxima fonda no encontraban un ama de cría, continuarían el camino aunque tuvieran que viajar toda la noche. Antes de que amaneciera, la niña podría estar mamando de la nuera de Mamata.

Valvanera se desabrochó la blusa y arrimó a la pequeña al pezón. No se le escuchaba el ruido que solía hacer al tragar, chupaba desesperada y se retiraba llorando. Los huesos de la cabeza se hundían por momentos. Valvanera rezó a la diosa del agua para que se produjera un milagro.

—¡Escucha! ¡Tú, mi madre! ¡La de las enaguas preciosas!

El llanto de la niña se estaba apagando cuando llegaron a la posada. Nadie se bajó del coche. Esperaron a que el hijo menor de Mamata volviera con buenas noticias, pero en aquel lugar nadie había parido desde hacía años. Había que continuar el viaje. María y Miguel miraban a Valvanera y a la niña como si comprendieran lo que estaba sucediendo. La princesa ordenó al cochero que diera de beber a los caballos, en cuanto estuvieran listos seguirían camino hacia Sevilla. En ese momento, Mamata abrió la portezuela, salió del coche y corrió hacia la posada gritando.

—¡Beber! El hambre de la niña se parece mucho a la sed.

Volvió en un abrir y cerrar de ojos con un vaso de agua. Se lo acercó a la pequeña a la boca y ésta bebió como si se tratara de un adulto, la fontanela volvía a redondear su cabeza a medida que el líquido entraba en su cuerpo. Valvanera lloraba y reía.

—¡Pero qué tonta he sido! ¡Qué tonta!

María y Miguel la miraban sin decidirse a acompañarla en su risa o en su llanto. La princesa también reía y lloraba. Mamata se metió en el carruaje y ordenó al cochero.

—¡Vámonos!

Llegaron al Arenal de Sevilla antes de que los faroles de las calles empezaran a apagarse. Mamata y su hijo bajaron del coche y se encaminaron a pie hacia los barrios intramuros. Valvanera y doña Aurora se dirigieron a la posada donde les esperaban don Lorenzo y Juan de los Santos, aporrearon la aldaba con tanta fuerza que los dos bajaron sin que nadie tuviera que despertarlos.

No hay abrazo más dulce que el del consuelo. Valvanera se acurrucó en el pecho de su esposo y dejó que las lágrimas rodaran. En menos de una hora, Mamata volvía a la posada con su nuera.

4

Se desabrochó la ropa y la dejó caer sobre sus pies. La Luna se imponía a través de la escotilla del camarote, inmaculada, transparente, dulce. Su esposo la esperaba tendido sobre el catre, transformándola con su mirada en la mujer más hermosa de la Tierra. Ella se acercó a su oído y le susurró.

—¿Quieres que te cuente cómo huele la arena del mar?

Él la abrazó por la cintura y la atrajo hacia sí.

—Cuéntame.

—Huele a grito, amor, y a sueños a punto de cumplirse.

Ella desparramó sus trenzas sobre su cuerpo, él le besó la frente, ella los ojos, él buscó sus labios. Y los dos se sumergieron en las profundidades del otro.

La noche se convirtió en madrugada sin que se dieran cuenta, y la madrugada en una mañana radiante y azul. Durmieron hasta que el vigía de proa gritó que se avistaba Sanlúcar, la ciudad donde esperarían a que en Zafra terminaran los procesos del Santo Oficio, quizá seis meses, o un año, o dos.

Sus cuerpos volvieron a fundirse.

—Ehecatl, ¿me querrás siempre?

—Mucho más que siempre, hasta que tu mundo y el mío estén tan cerca como nosotros.

Él repitió su nombre, el viento que la impulsó a volar hasta esas tierras y hasta esos brazos. Y su boca parecía una promesa cumplida.

—Ehecatl, Ehecatl.

Agradecimientos

A Amaya y a Juantxu, que confiaron en mí.

A Isabel Belloso Bueso, José María Moreno González y Juan Carlos Rubio Masa, que compartieron conmigo su mirada de Zafra.

A Arabella, que corrigió mis gazapos.

A Xesca, que supo distinguir los disfraces.

A Amelia Mendívil, que me prestó el nombre de Mamata.

Y a Julia, que escuchó la voz de la princesa en la última página.

La princesa india se terminó de imprimir en abril de 2006, en Litográfica Ingramex, S.A. de C.V. Centeno 162, Col. Granjas Esmeralda, C.P. 09810, México, D.F.